# Francoise Hamel

# IDA

# Notwehr oder Selbstjustiz?

Ins Deutsche übertragen
von Angelika Weidmann



**TRUE CRIME**
**Der wahre Kriminalfall**

BASTEI
LÜBBE

BASTEI-LÜBBE-TASCHENBUCH
Band 13 678

Erste Auflage
September 1995


Deutsche Lizenzausgabe 1995
Bastei-Verlag Gustav H. Lübbe
GmbH & Co., Bergisch Gladbach
Originaltitel:
Ida – Histoire d'une parricide
Lektorat: Dr. Edgar Bracht
Unser Titelbild zeigt
Ida Beaussart
Umschlaggestaltung:
Klaus Blumenberg
Satz: KCS GmbH,
Buchholz/Hamburg
Druck und Verarbeitung:
Brodard & Taupin,
La Flèche, Frankreich
Printed in France

ISBN 3-404-13678-0

Der Preis dieses Bandes
versteht sich einschließlich der
gesetzlichen Mehrwertsteuer

*Monster gibt es, doch sie sind zu selten, um wirklich gefährlich zu sein; am gefährlichsten sind die ganz normalen Menschen.*

PRIMO LEVI
*›Les Naufragés et les Rescapés‹*

*Mein Dank gilt Maître Blandine Lejeune,
die mich willkommen geheißen und ermutigt hat
und ohne die dieses Buch
nicht hätte entstehen können.*

Ich habe meinen Vater getötet. Mit einer einzigen Pistolenkugel, mit einer Luger 22 Long Rifle. Ich habe ihn nicht verfehlt.

Es geschah am Dienstag, dem 18. Juli 1989, um acht Uhr morgens. Damals war ich siebzehn Jahre alt, sah jedoch aus wie zwölf. Ich wog nur fünfunddreißig Kilo, während mein Vater über hundertdreißig Kilo auf die Waage brachte. Aber ich habe es dennoch gewagt.

An jenem Morgen waren ich und meine Mutter um sieben Uhr aufgestanden, und während sie den Müll nach draußen brachte, besorgte ich mir die Waffe, die auf der Standuhr im Eßzimmer lag. Ich versteckte sie unter meinem T-Shirt und ging in das erste Stockwerk hinauf.

Mein Vater schlief noch fest. Er lag auf der Seite, als würde er am Daumen lutschen. Ich habe die Pistole mit beiden Händen gepackt und abgedrückt. Ihm eine Kugel in den Nacken geschossen. Blut trat aus dem Ohr hervor. Er hat gesagt: »Ei jei jei!« Dann war er still.

Ich ging die Treppe hinunter und sagte zu meiner Mutter: »Mama, ich habe Papa getötet.« Sie hat sich ganz verdattert hingesetzt. Dann ist sie hinaufgegangen, um nachzusehen.

Ich habe die Waffe in einen Lappen gewickelt und auf eine Kommode gelegt. Ich habe auf die Gendarmen gewartet. Mein Herz war kalt wie ein Eiswürfel. Ich mußte diesen Akt vollziehen. Nur ich konnte das tun.

Es dauerte nicht lange, und die Gendarmen schwärmten in unserm Haus aus. Sie haben mir Handschellen angelegt. Das war der Anfang der Affäre Beaussart.

Seither wollen viele Leute wissen, wie ein solches Drama geschehen konnte. Warum? In meinem Alter? Seinen Vater umbringen! Mörderin mit siebzehn Jahren! Vatermörderin! Ist mir das denn inzwischen klargeworden? Bereue ich meine Tat?

Man erklärte mir auch, daß ein Leben wie meines heutzutage nicht glaubhaft sei. Welch ein Irrtum! Wo ich es doch selber gelebt habe.

## Eine glückliche Kindheit, gibt es das?

Ich erinnere mich an alle Einzelheiten meines Lebens. Und dabei gibt es einige, die ich lieber vergessen würde, aber sie sind in meinen Kopf geschrieben, für immer.

Damals war ich noch ein kleines Kind. Vier Jahre vielleicht. Mein Vater hat mich noch nicht als Sündenbock ausgewählt. Ich lebe noch in der Illusion, er sei ein Papa wie alle anderen. Dabei weiß ich gar nicht genau, wie andere Papas sind, ich kenne keine. Wir haben weder das Recht, aus dem Haus zu gehen, noch dürfen wir uns mit anderen Leuten unterhalten. Und die Leute mögen uns sowieso nicht.

Mein Papa macht viele Dummheiten. Wenn er in einer Krise steckt, macht er alles kaputt. Er schießt mit dem Gewehr in den Kühlschrank oder auf die alte Nähmaschine. Mama vergießt viele Tränen wegen seiner Wutanfälle. Er macht uns angst. Schon allein wegen seiner Statur: Er ist groß, stark und dick. Man nennt ihn ›Teddybär‹. Ein böser Teddybär.

Er hat uns gesagt, daß der Name unseres Dorfes, Salomé, in der Nähe von Lille, ›gehängter Wolf‹ bedeute, weil man dort einst einen Wolf aufgehängt habe. Er behauptet auch, die Juden würden die Kinder fangen und aufhängen. Und dann kämen die *Bougnoules*, die Araber, und würden ihre Gehirne essen. Was für eine Horrorvorstellung!

Unsere Straße, die Rue Sant-Michel-sur-Loire, an der sich gleichförmige Backsteinhäuser aneinandereihen, liegt zwischen einer Schnellstraße, einer Zechenzufahrt und einigen Rübenfeldern. Und dann sind da noch der Kanal und die Eisenbahngleise. Salomé ist eine Bergarbeitersiedlung, die aber so klein ist, daß ich das Gefühl habe, auf dem Lande groß zu werden. Ich spiele gern mit meiner Schwester Kiki auf den Feldern. Wir angeln im Kanal. Der Himmel ist oft so schwarz wie Kohle, aber uns ist das egal, wir scheren uns nicht drum, ob schönes Wetter ist. Sonne oder Regen, gleich gut. Sobald Papa nicht zu Hause ist und wir im Freien spielen dürfen, sind wir mit allem zufrieden. Wir brauchen keinen Regenmantel, um im Regen herumzulaufen. Haben wir übrigens auch gar nicht.

Papa, der läuft im kurzärmeligen T-Shirt herum, selbst wenn es schneit, er schläft bei offenem Fenster, sogar bei Frost. Er hat ein dickes Fell. Wir müssen das auch haben und müssen lernen, allein zu überleben. Seine Töchter sind nicht zimperlich, sondern tapfere kleine Soldaten wie er.

Papa ist der Chef von Salomé und der Chef des Hauses. Er hat einen großen gelben Sessel, wie ein Königsthron. Niemand hat das Recht, darauf Platz zu nehmen, nur er. Draußen hat er seine persönliche Hollywoodschaukel aufgebaut, unsere hat er abgebaut. Wenn er dort sitzt, macht er ein Gesicht, als wolle er sagen: Bitte einen großen Bogen machen und meine Ruhe nicht stören. Mama, die darf sich nur auf einen Stuhl setzen. Sie sieht immer aus, als würde sie bestraft.

Auf ihre Weise leistet sie sogar ein wenig Widerstand. Da mein Vater die Manie hat, alles khakifarben anzustreichen, sogar die Hundehütte, hat sie es sich herausgenommen, wenigstens die Wände im Haus mit fröhlichen Farben zu tapezieren. Ich hasse dieses Gelbbraun. Eine Farbe, die angst macht. Meine Schwestern zwingt er, khakifarbene Kleidung zu tragen.

Das Zimmer, das ich mit meiner Schwester Mathilde

teile, ist mit roten und weißen Blumen tapeziert, aber meine Schwester hängt sie mit Nazi-Symbolen und Plakaten voll, die angst machen. Ich weigere mich. Ich will nichts auf meiner Wand haben.

Mir sind meine selbstgebastelten ›Kunstwerke‹ lieber. Aber die kann man nicht leicht saubermachen, weil sie aus Wolle sind. Eines davon stellt eine Pferdefamilie in Freiheit dar.

In dem Flur mit den blauen Blumen hängt das Porträt eines kleinen Jungen, der weint. Mein Vater liebt dieses Bild. Er betont immer wieder, welches Unglück es sei, nur Töchter zu haben.

Seine Sammlung hängt an den Wänden und steht auf den Möbeln: Insignien, Abzeichen, Plakate, Flugblätter, Aufkleber. Und Standbilder, Pistolen, Dolche, Beile.

Er hat vielleicht ein Zeug, mein Vater! Er spielt damit. Er sortiert es, macht Haufen daraus. Er verteilt eifrig. Männer und Jungen, die ich nicht kenne, besuchen ihn und holen sich Geschenke ab. Ein Kommen und Gehen! Sie singen. Sie schreien. Ein fürchterliches Durcheinander!

Kiki und ich, wir falzen Vögel aus den Flugblättern. Als mein Vater uns dabei erwischt, setzt es Ohrfeigen. Wir vergessen die Bestrafung. Fangen wieder von vorn an. Bisher sind es ja nur einfache Ohrfeigen, und Papa hat hin und wieder Momente, in denen er nett ist. Nur weiß man nie, wann das sein wird. Und wann es wieder aufhört. Beunruhigend.

Mama ist verängstigt. Und dabei arbeitet sie ununterbrochen. Ihr Kummer schwindet ein bißchen, wenn sie gärtnert. Ich helfe ihr beim Wäscheaufhängen. Im Winter, wenn es friert, sterben einem dabei die Finger ab.

Mir ist immer kalt, wegen meiner Krankheit. Und außerdem sind die Schlafzimmer nicht geheizt.

Zu Weihnachten macht mein Vater uns das Leben schwer. Er haßt den Weihnachtsbaum, der eine Erfindung von Gott ist. Gott ist Jude, also ist das was für die Juden, die sich Geschenke leisten können, nicht für die Familie Beaussart, die zur weißen Rasse gehört.

Aber eines Tages schenkt mir mein Vetter Pié-Pierre eine kleine Holzeisenbahn. Ich nehme sie mit ins Bett. Ich lasse sie losfahren und anhalten. Die Reisenden steigen aus. Immer Kinder mit einem netten Papa und einer Mama, die nicht weint. Pié-Pierre, ein sanfter und ruhiger Junge, ist der Sohn von Pierrot, dem Legionärs-Bruder meines Vaters.

Eines Abends kommt Papa ganz außer sich nach Hause. Er reißt mir mein Spielzeug weg und zerbricht es in tausend Stücke. Ich weiß, daß ich nicht weinen darf, aber ich kann die Tränen nicht zurückhalten. Mama weint auch: »Du darfst es deinem Vater nicht übelnehmen. Er ist nicht in normaler Verfassung. Er hat wieder eine ganz große Dummheit gemacht.«

Man könnte meinen, Papa habe das Recht, laufend Dummheiten zu begehen, während wir uns nicht eine einzige erlauben dürfen. Vor allem ich nicht.

Ich bin in dem Bewußtsein aufgewachsen, daß ich eigentlich gar nicht zur Welt hätte kommen dürfen. Ich bin ›menschlicher Abfall‹, ein ›Irrtum der Natur‹. Ich hätte ein Junge sein müssen. Vor mir gab es schon zwei Mädchen, Christine, genannt ›Kiki‹, und Mathilde. Das reichte. Nach mir sollte noch Edwige das Licht der Welt erblicken. Vor ihrer Geburt war mein Vater sich ganz sicher, diesmal den langersehnten Sohn zu bekommen. Tagelang rief er uns grinsend zu: »Ihr werdet einen kleinen Bruder haben! Ich werde Champagner aufmachen.« Später, ein Jahr vor der Katastrophe, im Jahr 1988, wurde als fünfte Tochter Erika geboren.

Ich war erst fünf Jahre alt, als Mama mir ihre größte Angst anvertaute: Immer, wenn sie schwanger ist, fürchtet sie sich davor, wieder ein Mädchen zur Welt zu bringen und die Enttäuschung ihres Mannes spüren zu müssen.

Um meine Gesundheit ist es leider nicht zum besten bestellt. Schon als kleines Baby wurde ich am Herzen operiert. Für meinen Vater ist das eine unerträgliche Schande. Er ist zutiefst verärgert. Ich mache ihm nichts als Kummer.

Aber ich wollte leben. Ich wollte nicht sterben, bevor ich geboren wurde. Offenbar entwickelte ich schon im Mutterleib einen starken Überlebenswillen. Ich war von Anfang an ungehorsam. Ich werde dafür zahlen müssen.

Früher hatte Papa noch seine guten Momente. Kurze Phasen, in denen er seine Enttäuschung vergaß und uns Kinder ganz einfach gern hatte. Dann wünschte er sich, von uns ›Teddybär‹ oder ›hübscher Kerl‹ genannt zu werden.

Eines Tages schenkt er mir ein rotes Fahrrad. Ein Geschenk von meinem Papa! Für mich ganz allein! Er bringt mir das Radfahren bei, hinter dem Haus in der Nähe von den Garagen. Wenn meine Schulfreundinnen mich sehen könnten, dann wüßten sie, daß ich auch so bin wie sie: daß ich doch einen netten Papa habe. Mein Herz springt vor Stolz.

Aber diese Euphorie ist schnell verflogen. Ich enttäusche ihn, weil es mir nicht gelingt, mich aufrecht auf dem

Fahrrad zu halten. Ich verliere rasch das Gleichgewicht, gleich werde ich stürzen. Das Fahrrad rollt in Schieflage dahin. Mein Vater brüllt wie von Sinnen. Je lauter er schreit, desto nervöser werde ich. Ich habe Angst. Meine Beine zittern. Ich fühle die Pedale nicht mehr. Und falle auch schon zu Boden. Mein Vater schäumt vor Wut.

»Du Niete! Zu nichts bis du zu gebrauchen. Abschaum! Dumme Ziege! Kratz doch endlich ab! Komm mir bloß nie mehr unter die Augen!«

Noch heute fällt es mir schwer, diese Enttäuschung in Worte zu fassen. Ich renne ganz schnell in mein Zimmer, lasse das Fahrrad auf dem Hof liegen. Ich habe schreckliche Angst, er könnte heraufkommen.

Auf meine Art habe ich den Befehl meines Vaters befolgt: Ich habe mich unsichtbar gemacht.

Mama ist es, die seine Wut auffangen muß und eine schallende Ohrfeige abkriegt.

Wenn mein Vater mich ausschimpft, dann ist es so, als ob ich unter einem großen Haufen zusammenbrechender Steine begraben würde. Ich kann mich dann nicht mehr vom Fleck rühren. Ich zittere am ganzen Körper. Wenn er sagt, ich sei eine Niete, dann muß das stimmen. Schließlich ist er ja mein Vater. Offenbar tauge ich nichts und bin allen nur eine Last.

Und wieder erlebte ich ein freudloses Weihnachtsfest. Man kündigt mir an, daß ich diesmal gar keine Geschenke bekommen werde. Ich vermisse das blaue Kaninchen, das mir die Lehrerin im Kindergarten geschenkt hat, nur damit ich wenigstens *ein* Geschenk habe. Ich mußte es dort lassen, denn mein Vater hätte es schnappen und in Stücke schneiden können.

Zu meinem Glück ist da noch Pié-Pierre, mein Vetter! Er schenkt mir eine Puppe mit einem Spitzenhut und einem

Schönheitsfleck auf der Wange. Vor Glück bleibt mir die Luft weg!

Meine Puppe verläßt mich nicht mehr.

Das ist zuviel für meinen Vater, es macht ihn eifersüchtig. Eines Tages entreißt er mir meine kleine Prinzessin. Er setzt sie auf ein Wägelchen und schießt mit dem Gewehr darauf.

Für mich ist es ein Gefühl, als würde er auf mich schießen. Ich heule immer heftiger. Ich will hingehen, aber mein Vater schießt immer weiter. Ich flüchte ins Haus und kauere mich, von Weinkrämpfen durchschüttelt, in die Kaminecke.

Am liebsten würde ich mich für immer hier verstecken. Es ist die Ecke, in die ich mich verkrieche, wenn mein Vater brüllt.

Ich warte, bis er sich beruhigt hat, dann renne ich los, um meine Puppe zu holen. Sie ist am ganzen Körper verletzt, der linke Arm ist vom Rumpf abgetrennt. Ich verstecke sie unter meiner Jacke und gehe in mein Zimmer hinauf, wo ich anfange, sie zu reparieren. Ich pflege sie. Ich versuche sie zu trösten. Ich nähe den Arm wieder dran und setze ihren Hut gerade.

Aber mein Vater, der schon geglaubt hatte, die Puppe ein für allemal erledigt zu haben, findet sie eines Abends wieder. Diesmal wirft er sie ins Feuer. Ich weiß, daß ich nicht heulen darf, aber ich kann es nicht verhindern, als ich sehe, wie ihr Kleid und ihre Haare verbrennen.

»Das hast du nun davon!« brüllt mein Vater.

Wovon? frage ich mich verzweifelt. Was habe ich denn verbrochen?

Ist es denn ungezogen, mit seiner Puppe zu spielen?

In dieser Zeit nörgelt er auch beständig an Mama herum: Sie fällt ihm auf die Nerven. Vielleicht wird er sie eines Tages auch ins Feuer werfen, wie meine Puppe.

»Warum ist er bloß immer so böse?«

Diese Frage stelle ich meiner Mutter immer und immer wieder. Sie hat keine Erklärung, nur einen schwachen Trost: »So ist er nun mal. Da kann man nichts machen. Vielleicht bessert er sich ja noch.«

In Wahrheit glaubt sie daran nicht; sie hat längst resigniert. Aber nach wie vor stellt sie sich schützend vor uns Kinder, verteidigt uns, steckt die Schläge ein.

Auch ihre Gesundheit ist stark angeschlagen. Als kleines Mädchen litt sie an Kinderlähmung; ein Fuß ist für immer schief geblieben. Papa wirft ihr dieses Gebrechen ständig vor. Er weigert sich, mit ihr auszugehen. Er schämt sich ihretwegen zu sehr. Er haßt die Behinderten und die Schwachen.

Ich frage mich, was so schlimm daran sein soll, daß Mamas Fuß sich ein bißchen verdreht? Sie ist ansonsten graziös und hübsch. Wenn Papa ihr erlauben würde, hübsche Kleider anzuziehen, wie die anderen Mütter, die zur Schule kommen, dann wäre sie noch viel hübscher.

Aber er zwingt sie, weite Hosen anzuziehen und darüber einen Mantel, sogar im Sommer. Die Männer dürfen die Formen ihrer Brüste nicht einmal erahnen. Ich verstehe das nicht, denn mein Vater mag Frauen mit schönen Busen. Er redet oft darüber.

Wenn Mama einkaufen geht, müssen wir sie überwachen und alles berichten. Sie muß sich beeilen, und sie darf vor allem keine Freundinnen haben. Die anderen Frauen könnten ihr Flausen in den Kopf setzen und sie dazu bringen, ungehorsam zu sein.

Mathilde, die Papa immer gehorcht, überwacht sie.

Wir Mädchen müssen unsere Formen auch ganz schamvoll verstecken. Nach dem Bad ganz schnell das Nachthemd! Er will uns nicht im Höschen sehen. Und wenn seine Kumpel ins Haus kommen, sollen sie nicht sehen, daß wir Brüste haben. Das ist ein Wahn meines Vaters. Er ist auf üppige Brüste fixiert.

Eine Sozialarbeiterin hat mich gefragt, ob er sich uns gegenüber unanständige Gesten herausgenommen habe. Also ganz und gar nicht! Eher das Gegenteil!

Allerdings halte ich auch Ohrfeigen für unanständige Gesten.

Eine Ehefrau, die in ihrer Jugend an Kinderlähmung litt, eine herzkranke Tochter hat – mein Vater hat kein Glück mit den Frauen. Ausgerechnet ihm mußte das passieren.

Allerdings wußte er schon, als er sich mit Mama verlobt hat, daß sie ein bißchen hinkt. Warum heiratete er sie dann überhaupt.

Überdies beklagt er sich ihr gegenüber darüber, daß ich ein brünetter Typ sei und braune Augen habe. Er glaubt, sie hätte mit einem *Bougnoule* geschlafen – das ist der verächtliche Ausdruck für Araber.

Er glaubt immer, Mama betrüge ihn. Das ist eine Zwangsvorstellung.

Wenn Mama ein normales Leben führen dürfte, könnte sie glücklich sein. Sie spielt oft mit uns Kindern und versucht uns eine gute Mutter zu sein. Sie ist liebevoll.

Sie nimmt mich auf die Knie. Ich stelle ihr oft die gleiche Frage:

»Mama, gibt es das, eine glückliche Kindheit?«

»Ja, das gibt es, meine kleine Dada. Du mußt es mir glauben. Ich, ich war nämlich glücklich.«

Sie erzählt mir von ihrer Jugend im Pas-de-Calais. Liebevolle Eltern. Zwei nette Brüder, die heute traurig sind, sie in dieser Lage zu sehen. Sie rannte mit ihnen über die Dächer und kletterte auf die Bäume. Und ihrer Tante half sie gern mit der Kelle bei der Herstellung von Käse.

Meine kleine Mama war für ein glückliches Leben bestimmt.

Aber ihr Pech war, daß sie meinen Vater kennenlernte. Sie waren beide zwanzig Jahre alt. Damals arbeitete er als Bauschreiner. Später sollte er nie wieder eine feste Arbeit haben.

Vor seiner Heirat hatten viele Mädchen ihn gewollt, weil er ein ›hübscher Kerl‹ war, aber sie begriffen sehr schnell, daß er eigentlich nur mit ihnen ausging, um sich Kuchen schenken zu lassen. Er liebt Süßigkeiten über alles. Mama hat ihn damit immer vollgestopft.

Je mehr sie ihn verwöhnt, desto gröber weist er sie ab. Er wirft ihr sogar vor, Jüdin zu sein. Sie ist eine geborene Martin. Und Martin, so sagt er, sei ein jüdischer Name. In Salomé, wo die Ziegelsteinhäuser dicht an dicht stehen, weiß man, daß Mama Angst vor ihrem Mann hat. Man hört alles von einem Garten zum nächsten und durch die offenen Fenster. Außerdem fürchten auch die Nachbarn Papas hochfahrenden Zorn. Wegen jeder Kleinigkeit schießt er mit dem Gewehr auf die Leute. Nun ja, er zielt zwar mit Absicht daneben, dennoch ist es immer erschreckend, wenn ein Mann zum Gewehr greift.

Eine große Familie mit sechs Kindern bewohnt das Haus, das an unseres angebaut ist. Die Eltern sind auch nicht reich, aber die Kinder sind in unseren Augen wahre Glückspilze, werden sie doch niemals verprügelt.

Sie halten Abstand zu uns, aber mich behandeln sie freundlich. Sie lächeln mir zu, wenn ich ihnen einen Ball zurückwerfe, der in unseren Garten gefallen ist. Der Vater arbeitet in einer Schrottfabrik, und die Mutter bleibt zu

Hause, wie Mama. Aber sie darf allein rausgehen, einkaufen und zum Friseur gehen.

Bestimmt hat Mama sie um diese Freiheiten beneidet. Und dennoch beklagt sie sich nicht.

So viel Glück ganz in unserer Nähe, das macht mich träumen. Für mich bleibt es unerreichbar, aber ich finde es immer trostreich, wenigstens andere Menschen glücklich zu sehen.

Ich habe zwei Großmütter, die weiße Oma und die schwarze Oma. Die schwarze Oma, die Mutter von Mama, kleidet sich dunkel. Die weiße Oma, die Mutter von Papa, hat schlohweißes Haar. Ich besuche sie in Haubourdin, nicht weit von Salomé. Sie erwartet mich an der Tür ihres kleinen Hauses. Schon von weitem macht sie mir Zeichen und lächelt. Ihre beiden folgsamen Hunde und die Katze spielen im Hof.

Welche Ruhe hier doch herrscht! Kaum bin ich angekommen, keimt in mir der Wunsch, für immer hierzubleiben.

Oma nimmt mich auf die Knie und sagt: »Meine kleine Ida, zum Gesundwerden mußt du Joghurt essen, und zwar Joghurt mit Erdbeeren.«

Dann singt sie mir Kirchenlieder vor. Ich bin nicht christlich getauft worden, aber ich verstehe die Verse. Wenn Papa wüßte, was Oma mir beibringt, gäbe es Ärger! Er haßt die Religion, Gott, Jesus und seine ganze Judenbande. Oma bringt mir bei, »Gegrüßest seist du, Maria« aufzusagen. Es sind Worte, die mich in eine friedliche Stimmung versetzen. Als ob sie von Oma und mir sprechen würde.

Ich habe es gern, wenn Oma mir aus ihrem Leben

erzählt. Ihr Mann fischte Kabeljau und blieb lange auf See. Er ist gestorben, als mein Vater zehn Jahre alt war. Er und sein Bruder hatten eine sehr schwere Kindheit. Sie litten oft Hunger. Es war schlimmer als bei uns. Um die Familie zu ernähren, mußte mein Vater Abfall aus den Mülltonen hervorkramen. Ihre Nachbarin hatte das bemerkt. Ohne etwas zu sagen, legte sie heimlich in Zeitungspapier gewickelte Schalen hinein, damit mein Vater auch Essenssachen fand. Ich glaube, diese Nachbarin hatte selbst nicht genug, um einen ganzen Kohl oder anderes Gemüse hineinzulegen, sonst hätte sie auch das noch getan. In Haubourdin war niemand reich.

Man kann sagen, daß Papa in seiner Jugend nicht gerade vom Schicksal verwöhnt worden ist. Aber er brauchte wenigstens keine Angst vor seinem Vater auszustehen. Er wurde nicht verprügelt. Wenn er in der Schule fehlte, dann nur, um im Kanal zu angeln und Fisch für das Mittagessen heimzubringen. Allerdings erinnert er sich an eine Begebenheit, die ihm große Angst einflößte. Er hat uns oft davon erzählt: Sein Bruder hatte ihn bei den Füßen gepackt und in die Luft geschleudert, so daß er mit dem Kopf Blumentöpfe zerschmettert hatte. Diesen Zwischenfall konnte er nie vergessen!

Es wird Abend, und ich muß Oma verlassen. Es ist furchtbar traurig.

»Oma, laß mich bei dir bleiben.«

»Es ist schon spät, meine kleine Ida.«

»Ich könnte hier wohnen, und Kiki käme auch und vielleicht auch Mama.«

Oma schüttelt nur mit dem Kopf. Das sei unmöglich; ich müsse schleunigst heimgehen, sonst würde mich mein Vater nie wieder hierherkommen lassen. Sie begleitet mich zur Tür, und ich kann ganz deutlich spüren, wie gern sie mich bei sich behalten würde. Und angeln könnte ich in Haubourdin auch. Ich würde Fische fangen und alle ernähren.

Es ist so friedlich hier!

Und außerdem würde mich vielleicht mein Vater lieber mögen, wenn er mich nicht mehr jeden Tag zu sehen bräuchte. Er würde sich nicht mehr daran erinnern, daß ich herzkrank bin. Ich wäre endlich seine kleine Dada.

Ich wünschte, die Busfahrt würde ewig dauern, aber da ist schon das Haus. Ich mache die Tür auf. Sieht so aus, als wäre er noch nicht da. Was für ein Glück! Aber dann sehe ich zwei Füße, die unter dem Tisch hervorragen. Ich trete näher. Er ist es. Er hat sich neben dem Kamin auf den Boden gelegt. Seit wann hält er seine Siesta auf dem Fußboden?

Ich weiß nicht, ob ich schnell in mein Zimmer verschwinden oder im Erdgeschoß bleiben soll. Er sieht mich und zeigt mir ein seltsames Tier, das auf seinem Bauch herumspaziert.

»Für dich, Ida! Das ist ein Meerschweinchen.«

Wie niedlich es ist! Schwarz, cremefarben und braun, wie ein Plüschtier.

»Nimm ihn, Ida. Er heißt Piloué, wie mein bester Freund.«

»Ein Geschenk ganz für mich allein?«

»Aber ja, meine Dada!«

Ich bin so glücklich! Dann meldet sich in meinem Kopf ein schlimmer Verdacht, wenn es nur ein Streich wäre? Papa ist so durchtrieben, und ich, ich falle immer drauf rein.

Dennoch nehme ich jetzt Piloué auf den Arm und wiege ihn sanft. Ich setze das Tier in eine Kiste und gebe ihm Karotten und weiße Rüben zu essen. Ich nehme ihn mit mir ins Bett.

Jetzt habe ich einen Freund.

Aber die Freude darüber währt nicht lang.

Eines Abends gibt Papa mir ein anderes Meerschweinchen und will mir weismachen, es sei Piloué. Dabei hat es nicht einmal die gleiche Farbe. Er sagt, das käme von der Spritze, die der Tierarzt ihm gegeben hat, um ihn zu retten.

Aber dieses neue Meerschweinchen, das erkenne ich auf einen Blick, ist nicht mein Piloué. In Wirklichkeit ist mein Freund gestorben, und mein Vater hat ihn in einen Straßengraben geworfen.

Bald sollten wir über hundert Meerschweinchen in unserem Hof haben. Sie vermehren sich explosionsartig. Um Mama zu helfen oder um uns ein bißchen Geld zu verdienen, verkaufen wir sie für zwanzig Francs das Stück. Mir aber fällt es in jedem einzelnen Fall schwer, mich von den Meerschweinchen zu trennen.

Tiere sind meine große Leidenschaft. Ich könnte ganz allein mit ihnen leben. Daß ich nicht mit ihnen reden kann, macht mir nichts aus. Mir reicht es, wenn sie mit mir spielen. Und die kleinen Zärtlichkeiten trösten mich über manche traurigen Momente hinweg.

Die Tiere geraten nicht unvorhersehbar in Zorn wie Papa. Sie geben mir keine Ohrfeigen. Sie lassen ihre Wut nicht an Mama aus.

Eine Welt der Tiere wäre für mich das Paradies auf Erden.

Mit acht Jahren würde ich gerne so sorglos leben wie unsere Elster ›Jaques à Jacques‹. Sie heißt so, weil sie ständig etwas ruft, das wie ›Jaques à Jacques‹ klingt.

Selbst unsere beiden Schweine bedeuten mir eine Menge: Arthur und Grui-Grui. Vor allem Grui-Grui. Ich rolle mich mit ihm auf dem Boden herum. Ich lege mich auf seinen Bauch. Er mag das. Wenn ich weggehe, weint er. Heimlich hole ich ihn ins Wohnzimmer, wo er frohgemut hin und her geht. Wie fett er ist! Er wärmt sich am Ofen.

Arthur und Grui-Grui sollten einen grauenhaften Tod finden. Sie endeten als Schweinebraten auf unserem Tisch. Mein Vater hat sie im Hof angebunden und mit Hammerschlägen zwischen die Augen getötet. Er traf aber nicht die richtige Stelle, und so wurde es für die Schweine eine lange Marter.

Vor allem Grui-Grui wollte nicht sterben. Er hat sich heftig gewehrt und schrie wie am Spieß.

Ich habe mich geweigert, von seiner Leiche zu essen.

Mein Vater hat Übung im Töten von Tieren. Die Hühner zum Beispiel schlägt er, wenn es soweit ist, gegen die Mauer. Auch das ist eine grauenhafte Prozedur, die aber nicht so lange dauert wie das Erschlagen der Schweine.

Grui-Grui werde ich nie vergessen. Noch heute habe ich immer ein Foto von ihm bei mir, wie er auf seinem dicken Bauch liegt und friedlich schläft. Ich werde es immer aufbewahren.

Nach dem Todeskampf der beiden Schweine habe ich mich verzagt in meine Kaminecke verkrochen.

Wenn Papa mich doch vergessen würde!

Aber nein, er zerrt mich raus. Ich muß in Angst leben. Mama, meine Schwestern und ich sollen ständig unter Spannung stehen. Das ist unser Training, damit wir tapfere kleine Soldaten werden.

Mathilde tröstet sich, indem sie sich einredet, Papa wolle letztlich nur unser Bestes. Ihr zufolge hat er uns so schrecklich lieb, daß er uns schlagen muß, um uns abzuhärten.

Manchmal, wenn er spürt, daß ich furchtbare Angst erleide, fragt er mich: »Wovor fürchtest du dich denn, meine kleine Dada?«

Er hänselt mich so gern.

Schade, daß ich so schmächtig bin und jünger aussehe, als ich wirklich bin. Ein so starker Vater hätte gern eine ihm angemessene Tochter. Ich bin ihm nicht genehm. Immer und immer wieder bekomme ich das zu hören. Auch Mama kann seinen hohen Ansprüchen nicht genügen.

Papa kann nur Menschen akzeptieren, die schön sind, also von hohem Wuchs und kräftig gebaut. Er ist stolz auf sein blondes Haar, seine weiße Hautfarbe und seine unbändige Kraft, die er kaum zu zügeln weiß. Er behauptet, deutschen Ursprungs zu sein. Was überhaupt nicht stimmt. Schwarzes, krauses oder lockiges Haar ist ihm zuwider. In Lille und in Lens zeigt er mit dem Finger auf Farbige. Die muß man meiden!

Meine Haare sind rotblond und glatt. Damit kann er leben, aber die braunen Augen? Schöne blaue Augen, wie er sie hat, die hätten ihm besser gefallen. Was ihn aber am meisten verbittert, ist mein Herzleiden!

Ein Mensch mit angeschlagener Gesundheit kann in seinen Augen keine Klasse haben. Es heißt, mein Herz könnte versagen. Meine Mutter erzählt oft die Geschichte von dem Hubschrauber, der mich gerettet hat. Eine Geschichte wie aus dem Fernsehen. Damals war ich ein Jahr alt. Mein Herzschlag setzte aus. Der Arzt, der gerufen wurde, erkannte, daß es um jede Sekunde ging. Er ließ einen Hubschrauber kommen, der zur Feuerwehr gehörte und auf einem Feld in der Nähe unseres Hauses landete. Binnen Kürze war das ganze Dorf auf den Beinen. Der Hubschrauber hat mich in ein Krankenhaus in Paris gebracht, wo ich sofort am Herzen operiert wurde. Ich mußte noch lange im ›Hôspital Laennee‹ bleiben. Jahre später wurde ich nochmals in diesem Krankenhaus am Herzen behandelt.

Dieses Organ ist es also, das meinen Vater an den Rand des Wahnsinns treibt. Mein Herzfehler macht ihn so wütend, daß er sich nicht mehr unter Kontrolle hat. Er wäre so stolz gewesen, eine Tochter vorzeigen zu können, die so robust ist wie er und so stark wie Mathilde. Nicht so einen Schlappsack, der bei der geringsten Anstrengung aus der Puste gerät. Er schämt sich für mich.

Papa wäre viel netter, wenn ich mich prügeln und den Leuten Angst einjagen könnte, so wie er. Ach! Wenn ich ein Junge wäre, dann wäre ich nicht mehr die Mißratene in der Familie!

Ich darf noch Kleider tragen, während er meine Schwestern zwingt, die gleichen Hosen anzuziehen wie er, schwarz oder khakifarben, und die dazu passenden Hemden. An den Füßen schwere Schuhe, die man Rangers nennt. Auch Mama darf keine Röcke tragen.

Von der Sozialhilfe erhalten wir nur abgetragene Kleidung. Ich bekomme ein kariertes Kleid, das viel zu groß und altmodisch ist. Darin sehe ich aus wie ein Relikt aus alter Zeit, wie meine eigene Großmutter. Oft habe ich das Gefühl, in diesem Kleid unterzugehen. Wenn man von mir spricht, sagt man ›die arme Kleine‹. Überall löst meine Erscheinung Mitleid aus.

Im Krankenhaus ist es nicht anders. Bei den Nachbehandlungen heißt es: »Ida hat noch immer Narben am Herzen«, oder »Idas Herz fängt schon wieder an«. In der Abteilung kümmert man sich gut um mich. Ich werde verwöhnt. Niemand schimpft mit mir. Mich schlagen? Ich glaube, daß weder die Krankenschwestern noch die Ärzte auf die Idee kämen.

Aber ich muß diese Schonzone wieder verlassen und heimkehren. Zum Glück ist meine Schwester Kiki da. Sie hat schreckliche Angst, daß mein Herz mitten in der Nacht aufhören könnte zu schlagen, deshalb schlafen wir zusammen. Ich in ihren Armen.

Solange ich Kiki in der Nähe weiß, werde ich niemals sterben.

Aber am Morgen fängt Mathilde wieder an, mich zu erschrecken. Sie versteckt sich hinter der Tür, um mich zu überraschen. Und jedesmal falle ich wieder auf diesen Trick herein. Dann prügelt Kiki auf sie ein. Sie schlagen sich mit den Fäusten. Unten hört mein Vater das Geschrei, aber es stört ihn nicht. Im Gegenteil, ihm gefällt es, wenn wir uns schlagen. Er stachelt meine Schwestern dazu an, vor allem Mathilde, die stark ist und vor nichts Angst hat. Wenn ich mit ihr allein im Haus bin, fürchte ich mich vor ihr. Ich versuche, ihr aus dem Weg zu gehen, aber Mama will, daß ich mich an sie gewöhne, weil sie meine Schwester ist. Papa ist stolz auf Mathilde. »Mein echter kleiner Soldat«, sagt er oft.

Aber die Armee haßt er. Als sein Bruder in Indochina diente, mußte mein Vater die Familie unterhalten, so daß er keinen Militärdienst zu leisten brauchte. Er will seine eigene Armee haben, sein eigenes Gesetz durchsetzen. Er liebt die Rache. Wenn Kiki mir zum Beispiel hilft, auf die Weide zu klettern, um mir eine Ohrfeige zu ersparen, dann brauche ich nur abzuwarten. Denn für eine verhinderte Ohrfeige gibt es zwei oder drei kräftige Schläge mitten ins Gesicht.

Kiki klettert zu mir auf die Weide. Er vergißt uns. Was für ein Glück, wenn wir uns alle beide versteckt haben! Wir schlafen sofort ein.

Eines Tages schnappt Kiki sich im Haus eine große Schere und nimmt mich beiseite: »Komm mit, du wirst sehen, das wird große Klasse.« Wir rennen auf das Feld hinter dem Haus. Sie läßt mich im Getreide hinknien und fängt an, mir die Haare zu schneiden. Strähne auf Strähne fällt ins Korn. Als sie fertig ist, fange ich an, sie einzusammeln, aber in dem goldblonden Getreide fallen die Haare kaum auf. Wir amüsieren uns damit, die Farbschattierungen der Haarsträhnen zu vergleichen. Wir lachen die ganze Zeit. Mit meinem neuen Haarschnitt werde ich vielleicht so hübsch aussehen wie die Barbiepuppen meiner Mitschülerinnen. Ich selber habe leider keine solche Puppe. Aber vielleicht schenkt mir Pié-Pierre eines Tages eine.

Wir gehen wieder nach Hause, richtig fröhlich, Papa ist ja nicht da. Mama ist sprachlos, als sie mich mit schief geschnittenen Haaren sieht. Ich sehe wohl aus wie ein verstrubbeltes Meerschweinchen. Aber sie kann sich das Lachen nicht verkneifen. Sie nimmt die Schere und schneidet die schiefen Stellen nach. Danach sind Kiki und ich die Friseusen. Wir waschen Mamas Haare. Wir rollen sie auf Lockenwickler. Mama lacht übermütig und gibt uns einen Kuß. Sie freut sich, daß sie aussieht, als wäre sie beim Friseur gewesen, weil Papa es ihr verbietet.

Auch der Friseur ist, wie er uns belehrt, nur für die Juden da. Ich, ich weiß nicht einmal, was das ist, ein Jude. Wenn ich meinen Vater danach frage, antwortet er: »Juden – das ist eine Rasse, die vernichtet werden muß.«

Wie meint er das? Was soll das heißen?

In der Schule bringt man uns so etwas nicht bei.

Haare schneiden, das ist hübsch, sauber und ruhig. Man gibt sich Mühe. Man möchte, daß einem eine schöne Frisur gelingt. Das gefällt mir. Und man wird mit einem konkreten Ergebnis belohnt.

Im Frisiersalon sind die Leute freundlich, höflich und sanft. Nichts als gutes Benehmen. Niemand schreit. Es regnet keine Ohrfeigen für nichts und wieder nichts. Nur Höflichkeit und Respekt. Ich träume davon für später.

Auch wenn es lächerlich klingt: Ich habe mit dem Frisieren angefangen, indem ich meinem Meerschweinchen die Haare geschnitten habe. Ich glaube zu fühlen, daß ich für diesen Beruf geschaffen bin. Ich würde auch gerne den Hunden und den dicken, langhaarigen Katzen die Haare schneiden. Aber in unserer Gegend haben die Leute nicht das Geld, um ihre Tiere zum Friseur zu bringen. Das ist ein Luxus, den sich nur Leute in Paris leisten können.

Eines Tages werde ich einmal einen Friseurladen eröffnen. Was für ein Traum!

Seit meiner frühesten Kindheit flüchte ich mich in Traumbilder.

Ich träume von Sanftheit, Ruhe, Freundlichkeit. Ich träume von einer glücklichen Familie mit einem netten Papa. Einem Papa, der hin und wieder schimpft und sogar mal Ohrfeigen austeilt, aber nicht jeden Tag und nicht so hart. Ganz normale Ohrfeigen eben!

»Nimm es deinem Vater nicht übel«, sagt Mama, »er weiß nicht, wie stark er ist.«

Sie tut so, als würde sie ihm alles verzeihen. Aber ich kann gut sehen, daß sie das nur macht, um uns zu trösten.

Eine Bewegung mit dem Zauberstab, und das Leben würde ganz anders verlaufen. Dann bin ich eine Fee. Noch eine Geste mit dem Zauberstab, und die Welt um mich herum ist wundervoll.

Das ist das Spiel meiner Freundin Juliette, die mich gern mag und nicht auf diejenigen hört, die meinen, mit der Familie Beaussart dürfe man nicht reden. Juliette ist voller Ideen. Sie fuchtelt mit ihrem Zauberstab, an dessen Spitze sie einen magischen Stern befestigt hat, und meine Sorgen verfliegen.

Kiki klettert auf die Weide und ruft: »Es klappt, es klappt! Ihr seid Feen, und ich, ich bin ein Affe.«

Dieses Spiel spielen wir immer wieder. Es ist so schön, wenn man einmal für ein paar Momente alle Beschränkungen der Welt um sich herum vergessen kann.

Ich weiß nicht, ob meine Freundin Juliette an Seelenwanderung glaubt. Aber ich, ich glaube daran. Meine Großmutter braucht nur in ein Glas oder eine Tasse zu schauen, und die Seelen bewegen sich.

Und ich glaube noch fester daran, seit ich von einem kleinen Jungen gehört habe, der die Seele seines toten Vaters herbeirief.

Der Junge sang: »Komm, komm, dies ist ein Gebet, komm …« Und dann pochte es an die Wand, und der Vater war da. Also, seine Seele.

Zuerst glaubte man, das Haus sei vermint. Man hat es untersucht und anschließend sogar renoviert. Aber der kleine Junge, der wieder mit seinem Vater sprechen wollte, trat nah an die Wand.

Und sang sein Liedchen: »Komm, komm …«

»Bong, bong«, hat die Seele an die Mauer gepocht.

Die Seele des Vaters ist wiedergekommen.

Nicht jeder kann an diese Mysterien glauben, aber ich, ich glaube an die Seelenwanderung.

Und außerdem glaubt meine Oma an Leute, die es nicht gibt und die niemand je gesehen hat. Sie glaubt an den lieben Gott und an die heilige Jungfrau in einem langen Gewand, und an die Heiligen.

Wie gerne würde ich auch daran glauben, denn ich liebe alles, was sanft und freundlich ist. Aber im Augenblick glaube ich nur an Seelenwanderung.

## Warum Blumen?

An einem Montag morgen vertraue ich mich meiner Freundin Juliette an und erzähle ihr, daß mein Vater Mama den ganzen Sonntag über ausgeschimpft hat. Sogar in der Nacht haben sie noch miteinander gestritten. Ich habe ihre Stimmen durch die Wand gehört.

»Und wie ist es bei dir, Juliette, wird deine Mutter auch ausgeschimpft?«

»Nein, warum?«

»Kriegt sie denn keine Ohrfeigen wie meine?«

»Ohrfeigen? Wozu denn?«

»Und dein Vater ist nett zu deiner Mutter?«

»Sehr nett. Er macht ihr Geschenke und jeden Sonntagmorgen gibt er ihr einen großen Blumenstrauß.«

Ich überlege ein paar Sekunden. Die Sache mit dem Blumenstrauß beschäftigt mich.

»Warum Blumen? Warum schenkt dein Vater deiner Mutter Blumen?«

»Einfach so. Das ist einfach so.«

Ich kann es nicht fassen. Ich verstehe nicht, warum Blumen. Und da Juliette sich nicht über mich lustig macht, frage ich weiter.

»Und du, wirst du geschlagen?«

»Niemals.«

Mehr Fragen stelle ich nicht, aber während des ganzen Tages beschäftigt mich diese Geschichte mit dem Blumenstrauß. Unsere Familie pflegt so gut wie keinen gesellschaftlichen Umgang, also kann ich unser Leben nicht mit dem anderer Familien vergleichen. Aber je älter ich werde, desto mehr scheint es mir, daß Papa uns kein normales Leben führen läßt. Er hat seltsame, böse Vorstellungen, die viele Menschen gar nicht nachvollziehen können.

Als ich heimkomme, wage ich nicht so recht, Mama zu fragen. Sie tut alles, um uns zu verteidigen, also will ich ihr keine Unannehmlichkeiten bereiten. Aber am Abend sehe ich Papa vor dem Haus mit den Hunden spielen. Er wirkt ruhig und ausgeglichen. Das kommt so selten vor! Vorsichtig trete ich näher. Er macht mir ein kleines Zeichen. Also fasse ich all meinen Mut zusammen und frage ihn offen heraus.

»Sag mal, Papa, warum schenkst du Mama nie sonntags mal Blumen?«

Er spielt weiter mit den Hunden und brüllt mich an: »Deine Mutter verdient das nicht. Sie taugt nichts.«

Mir kommt es vor, als wären alle Leute außerhalb unseres Hauses ruhig und nett. Die Leute von Salomé sprechen nicht mit uns, aber ich würde gern mit ihnen reden. Sie meiden uns aus guten Gründen. Jeder in unserem Dorf kennt den Charakter meines Vaters und macht lieber einen großen Bogen um ihn herum. Und es gefällt ihnen auch nicht, daß mein Vater ihre Fensterscheiben mit Steinen zerdeppert und uns anstiftet, es ihm gleich zu tun.

Und was die Lehrerinnen in der Schule betrifft, so verlangt er von uns, daß wir ihnen das Leben schwermachen. Er kann sie nicht ausstehen, ohne daß er sie persönlich kennengelernt hätte. Aber ich, ich mag die Lehrerinnen. Sie tun mir nicht weh, und sie sind nett. Manchmal verstehen sie mich sogar ein bißchen. Es passiert mir öfter, daß ich an meinem Tisch in der Schule einschlafe, was mir furchtbar peinlich ist. Aber ich kann nichts gegen diese

Müdigkeit ausrichten. Das kommt von meiner schlechten Gesundheit. Dann geht die Lehrerin meine Schwester holen, die eine Klasse weiter ist, und sie schreibt für mich die Aufgaben ab.

Diese Lehrerin ist wirklich sehr wohlwollend und sanftmütig. Mit ihren kurzen braunen Haaren und der Brille sieht sie hübsch aus. Leider zieht sie bald nach Südfrankreich um. Sie schreibt noch einige Male. Ich glaube, sie hat keine Ahnung von der Situation in unserer Familie.

Da ist noch eine andere Lehrerin, etwas älter und sehr sympathisch. Ihr Mann, der Lehrer von Christine, ist an Krebs gestorben. Wir sind alle zu seiner Beerdigung gegangen. Das war traurig, aber der Zusammenhalt der Angehörigen war deutlich zu spüren. Solche Augenblicke bereiten mir Glück.

Freundschaft ist für mich ein ganz besonders kostbares Gut. Mein Vater gestattet mir nicht, Freundinnen zu haben. Also gehe ich heimlich Freundschaftsbünde ein. Aber die halten nicht lange. Die Mädchen spüren sofort, daß ich anders bin als sie. Und dennoch gibt es eine, Véronique, die mit mir reden mag. An einem Abend nach der Schule hat sie mir vollständig aufgelistet, was sie von ihren Eltern geschenkt bekam.

Voller Neid habe ich sie angeschrien: »Sei still, ich kriege von meinem Vater nur Prügel.«

An diesem Tag ist sie meine Freundin geworden, denn sie hat meine Not verstanden. Sie fängt an, mir kleine Geschenke zu machen, die ich unter meinem Bett verstecke, damit mein Vater sie nicht findet. Zu Ostern schenkt sie mir Schokoladeneier und zu Weihnachten Bonbons. Und sogar einen Pullover. Ihre Mutter ist damit einverstanden.

Eines Abends mache ich meinem Vater weis, daß ich

den Hund spazierenführen will, renne jedoch zu dem Haus, wo Véronique lebt. Ich binde den Hund an einen Pfosten und klopfe an die Tür.

Véronique freut sich riesig. Aber ich höre eine Männerstimme. Ich kriege Angst. Ihr Vater ist zu Hause. Was wird er dazu sagen? Der Instinkt rät mir, sofort zurückzuweichen. Aber die Männerstimme ist überhaupt nicht streng. Im Gegenteil. Der Vater begrüßt mich und ruft freundlich nach seiner Frau. Sie sind grundlos lustig, wie glückliche Leute.

»Meine Güte!« rufe ich aus. »Solche Eltern hätte ich auch gerne!«

Sie lächeln mich an.

Es riecht nach Glück in dieser Familie.

Ich vertraue mich ihnen ein bißchen an. Ich zeige ihnen die Spuren der Schläge auf meinen Armen und meinen Beinen. Sie bedauern mich. Sie sagen: »Wie traurig, daß du so unglücklich bist!« Aber sie sagen, daß sie nichts daran ändern können.

Sie haben sicherlich recht.

Sie können nichts machen.

Ich habe meine Großmutter sagen gehört, daß eine Hasenpfote Glück bringe. Toll! Bei dem nächsten Hasen, den mein Vater bei der Jagd tötet, bewahre ich die Pfote auf. Ich hänge sie über das Kopfende meines Bettes und warte.

Aber das Glück kommt nicht.

Im Gegenteil, ich werde immer häufiger bestraft. Ich kriege Tritte mit den schweren Stiefeln, den Rangers meines Vaters.

Ich glaube nicht mehr an die Hasenpfote.

Und außerdem zwingt uns mein Vater, das warme Blut, das aus dem Hasen fließt, zu trinken. Das ekelt mich an. Ein Hase verliert viel mehr Blut, als man denkt. Mein Vater behauptet, diese Kur würde uns helfen, bei den nächsten Sportwettkämpfen zu gewinnen. Mama, die Glückliche, ist davon befreit.

## Kleider machen Leute

Und wieder beginnt ein neues Schuljahr. Ich weiß nie, ob ich lachen oder weinen soll, wenn die großen Ferien vorüber sind und die Schule wieder beginnt.

Ich liebe die Schule, weil sie mir die Chance gibt, den ganzen Tag von zu Hause fortzubleiben. Ich hasse sie, weil sich meine Mitschüler am ersten Tag nach den Ferien immer über mich lustig zu machen pflegen.

Auf dem Schulhof zeigen die Schüler ihre neuen Kleider, ihre schönen Schuhe, die nach neuem Leder riechen, ihre T-Shirts und ihre modischen Jeans. Sie machen ihre Schulranzen auf, die voll sind mit hübschen Heften, illustrierten Ordnern, neuen Radiergummis und Bleistiftspitzern in Form von Tieren oder kleinen Fässern. Sie haben Schachteln mit Farbstiften und Deckfarben, die vor ihnen noch niemand benutzt hat, und Etuis mit langen Reißverschlüssen.

Es geht darum, wer die schönsten und teuersten Sachen hat.

Ich bin zu neugierig, um mich von diesem Schauspiel fernzuhalten.

»Du, du hast die gleichen Sachen wie letztes Jahr«, sagt mir eine Schülerin auf den Kopf zu, während ich näher trete.

Es stimmt.

Ich schreibe in zerknitterte Hefte, in denen nicht mehr viele Seiten frei sind. Mein Radiergummi ist ganz verbraucht. Ich bemühe mich, meinen alten Schulranzen hinter meinem Rücken zu verstecken, aber die Schüler laufen spottend um mich herum.

Ich hätte auch gerne schöne Sachen, aber wenn sich meine Mitschülerinnen nicht immer über mich lustig machen würden, wäre es mir nicht so peinlich, arm zu sein.

Bei uns kann man nicht einmal von Verschwendung reden, denn wir haben nichts.

Unsere Garderobe hängt von den Soziallieferungen ab. Manchmal trage ich im Sommer Winterkleider. Und wenn es kalt wird, kommen die leichten Sachen dran.

Während der Pause werde ich gefragt, wo ich die Ferien verbracht habe. Ich antworte nicht.

Eine ältere Schülerin aber läßt nicht locker. »Und du, wo bist du denn diesen Sommer gewesen?« fragt sie.

Ich fühle, wie man sich hinter meinem Rücken drängelt und feixt. Sie stellen mir diese Frage nur, weil sie genau wissen, daß ich nirgendwo hingefahren bin. Meine Ferien finden immer in Salomé, in der Rue Saint-Michel-sur-Loire, Hausnummer fünfzig statt. Wir langweilen uns auf dem Hof, spielen Seilchenspringen auf der Straße, angeln im Kanal. Das gleiche wie während der Schulzeit.

Meine Mitschüler hingegen sind ans Meer bei Dunkerque gefahren oder haben kleine Reisen mit ihren Eltern gemacht. Sie haben viele Erinnerungen auszutauschen: Baden, Eiscreme am Strand, Essen im Restaurant. Einige haben unglaubliche Sachen gemacht, sie sind nach Spanien gefahren und haben auf Campingplätzen geschlafen.

Sie stellen mir Fragen, um zu sehen, ob ich etwas zu antworten weiß, aber ich kenne nur Salomé und La Bassée, eine Stadt, die ein bißchen größer ist als Salomé, mit Geschäften und mit einem Kanal, der von Frachtkähnen befahren wird. Ein bißchen kenne ich auch Lille. Aber das Baskenland oder die Côte d'Azur habe ich nie mit eigenen Augen gesehen.

Natürlich stimmt mich der Spott traurig. Aber ich bin schon froh, wenn man überhaupt mit mir redet. Hauptsache, die Leute meiden mich nicht, nur weil ich eine Tochter Beaussart bin. Daher bleibe ich auch den Spöttern gegenüber lustig. Manche ärgert das; sie sagen, ich könne mich nicht einmal verteidigen.

Dagegen sitzt bei Kiki und ganz besonders bei Mathilde das Handgelenk locker.

Ich fühle mich in der Schule immer weniger wohl. Ich habe Mühe, im Unterrichtsstoff mitzukommen, weil ich oft fehle. Mein Herzfehler und andere Erkrankungen halten mich immer wieder für längere Zeit von der Schule fern. Und außerdem entscheidet Papa oft, uns nicht zur Schule gehen zu lassen. Er behauptet, die Lehrerinnen würden uns mit Lügen vollpumpen, vor allem im Unterrichtsfach Geschichte: »Die Lehrer sind an stinkreiche Juden verkauft worden, damit sie euch die Geschichte nach deren Vorstellungen beibringen.«

»Aber, Papa, wer sind denn die Juden? Gibt es welche in Salomé? Warum sagst du immer, daß sie böse sind?«

Er erläutert mir gar nichts. Statt dessen fängt er an zu schreien und belegt die Juden mit übelsten Schimpfnamen. Ihm zufolge verdienen sie nichts anderes. Ich halte den Mund aus purer Angst vor seinem Wahnsinn.

Mama scheint auch nicht zu wissen, wer die Juden sind, und warum Papa ihnen so übel will. Sie sagt:

»Laß, meine kleine Ida. Dein Vater hat da so seine Vorstellungen, aber er liebt seine Kinder.«

Immer findet sie Ausreden für seine Wutanfälle.

Mathilde wiederholt, was Papa sagt. Sie brüstet sich damit, einem Juden ins Gesicht zu spuken, wenn er es wagt, das Wort an sie zu richten. Sie sagt, sie hätte welche auf dem Bahnhof von Lille gesehen und sofort erkannt. Sie weiß nicht genau woran, aber sie ist sicher, daß es welche waren. Die Araber gehören nach Ansicht meines Vaters auch ausgewiesen oder bestraft. Für mich ist das alles rätselhaft, aber von klein auf habe ich gefühlt, geahnt, daß man nicht so denken darf wie Papa.

Jedenfalls glaube ich nicht mehr an die Hasenpfote. Das Glück ist nicht gekommen.

Ich habe Oma von diesem Ritual erzählt. Sie sagt, daß ein Hufeisen auch Glück bringe, vielleicht sogar mehr als die Hasenpfote.

Ich muß unbedingt eins haben.

Leider gibt es in unserer Gegend nicht viele Pferde. Aber eines Tages finde ich endlich ein Hufeisen am Kanal und nehme es mit nach Hause. Ich male es schwarz an und hänge es an die Wand.

Ich starre es oft an und warte auf die Vorboten einer Glückssträhne.

Doch da ist kein Silberstreif am Horizont zu entdecken.

Dabei wäre es so einfach, mein Glück: Mein Vater müßte nur aufhören, mich zu verprügeln.

Das Gegenteil ist der Fall: Papa wird immer strenger. Ständig erteilt er Befehle, ernste und weniger ernste. Ich weiß nie, was passieren wird, wenn ich nach Hause komme.

An jenem Tag geht es mir nicht gut. Ich habe große Mühe beim Atmen. Das ist meine Lungentuberkulose, die sich verschlimmert.

Mein Vater hat von meinen Krankheiten die Nase voll. Er befiehlt, augenblicklich mit der Behandlung aufzuhören. Mama gehorcht ihm. Ich atme immer schlechter. Ich ersticke.

Eines Abends sitzen wir bei Tisch und essen Suppe. Plötzlich klingelt es, und Mama geht zur Tür. Es sind zwei Gendarmen. Einer von ihnen tritt an meinen Stuhl und sagt:

»Du mußt deine Suppe essen, damit du so groß und stark wirst wie dein Vater.«

Sie legen ihm Handschellen an und nehmen ihn mit ins Gefängnis. Mama weint. Wir fragen sie, was Papa verbrochen hat.

»Eine große Dummheit.«

Er hat in den Auslagen und in den Geschäften gestohlen. Er muß mehrere Wochen im Gefängnis bleiben, wo Mama ihn häufig besucht.

Wir, die Töchter, machen es uns gemütlich. Ich kann es kaum fassen, wie sorglos ich plötzlich leben kann, ohne Geschrei, ohne Gewalt. Mathilde gibt sich große Mühe, Papa zu ersetzen, aber glücklicherweise hat sie nicht seine Autorität. Vor ihr habe ich weniger Angst. Mama hingegen fürchtet Mathilde. Es ist schlimm, wenn man vor der eigenen Tochter Angst haben muß.

Manchmal stimmt es mich sehr traurig, daß mein Vater im Gefängnis ist. Er ist immerhin mein Vater. Vielleicht wird er netter sein, wenn er wieder rauskommt, wenn er seine Frau und seine Töchter wiedersieht. Vielleicht.

Wenn mein Vater wüßte, was ich einmal angestellt habe, würde er mich umbringen.

Ich war acht Jahre alt, als ich ganz allein zu einer Sozialhelferin ging. Ich sagte ihr, ich wolle in einem Heim für unglückliche Kinder untergebracht werden. Mein Glauben an einen solchen Ausweg war unerschütterlich, aber ich sah, daß die Sozialhelferin eine komische Grimasse zog. Bis zu dieser Äußerung hatte sie mir aufmerksam zugehört, aber jetzt sah es so aus, als sei ich ihr lästig.

»Wir kennen deinen Vater«, erwiderte sie. »Wir wissen wie er ist. Aber wir können nichts machen. Du bist minderjährig. Du hast keine Wahl, du mußt bei ihm leben.«

In diesem Augenblick brach etwas in mir zusammen. Ich fühlte einen eisigen Klumpen in meinem Magen. Ein Gefühl völliger Hoffnungslosigkeit überfiel mich.

Man will mich für immer in meinem Unglück lassen.

Man will, daß ich mich von Papa umbringen lasse.

Er schreit mir die Drohung in die Ohren: »Dein Herz wird versagen! Dein Herz wird versagen!«

Aber mein Herz hält durch.

Manchmal spüre ich, wie es nachläßt. Aber es kommt wieder, ganz langsam.

Ich will leben, ich bin noch so jung. Ich gebe die Hoffnung nicht auf.

Und außerdem habe ich meine Schwester Christine, meine Kiki.

Ohne sie würde ich nicht sprechen, mich nicht rühren. Sie hat meine Blockierung gelöst.

Manchmal sagt sie mir: »Meine kleine Ida, du bist mein Sonnenschein!«

Zu Hause läßt man uns zu zweit baden, um Wasser zu sparen. Natürlich sorge ich dafür, es mit meiner Kiki zu teilen. Wir erzählen uns alles, bis in alle Einzelheiten. Es ist echt fantastisch, zwei Blutsschwestern, die eins sind. Wir vertrauen einander rückhaltslos. Mit Mathilde wagen wir nicht zu sprechen, vor allem nicht über Papa. Beide neigen leider zum Petzen. »Ida, du bist meine Geheimnistruhe«, sagt Kiki zu mir.

»Du auch meine, Kiki.«

»Was hast du heute für ein Geheimnis?«

»Ich habe Papas Uhr in der Kommode versteckt. In ein paar Tagen lege ich sie wieder in die Schmuckdose zurück. In der Zwischenzeit wird er sie suchen. Das wird ihn für alles Elend bestrafen, das er uns antut.«

Wir prusten vor Lachen und zappeln im Wasser. Wir sind fröhlich wie zwei Seeleute. Papas Uhr zu verstecken, das hört sich nach gar nichts an, aber wenn er wüßte, daß ich das war, dann würde es heiß zugehen!

Ich muß mich ein bißchen rächen. Ich darf mich nicht unterkriegen lassen. Er darf mich nicht restlos zerstören. Irgendeine Stimme in meinem Innersten rät mir zur Gegenwehr, rät mir zu kleinen Racheakten, die auf jeden Unbeteiligten wohl gemein und überflüssig wirken, die mir persönlich aber helfen, einen kleinen Rest von Selbstbewußtsein zu wahren. Diese kleinen Tricks zeigen mir, daß auch die Gewalt meines stämmigen wutschnaubenden Vaters nicht unumschränkt ist.

## Onkel Hitler

Die Tiraden meines Vaters zeugen von Größenwahn. Er sähe sich gern als Präsidenten der Republik. Oder wenigstens in der Regierung. Er glaubt fest daran, daß dies seine Berufung sei.

Unter ihm würden die Kinder schön, frisch und stark sein. Glaubt man seinen vollmundigen Monologen, so würde er, einmal an der Macht, die brünetten Frauen eliminieren, so daß alle Babys blond und blauäugig das Licht der Welt erblickten. Sie würden den Deutschen oder den bretonischen Kelten gleichen. Mein Vater verehrt das keltische Kreuz, weil es dem deutschen Hakenkreuz ähnelt. Nach seinem Tod, so hat er verfügt, soll ein Kreuz sein Grab zieren.

Wir hatten einmal einen Kelten bei uns zu Besuch. Er war nicht sehr hübsch. Auch nicht blond. Er hatte braune Augen und war ganz klein und ziemlich dick.

Der schönste Deutsche in den Augen meines Vaters, der, für den er liebend gerne sterben würde, ist Hitler. Im Eingang unseres Hauses befindet sich eine Büste des Diktators. Der Kopf ist aus Kupfer, ein Freund meines Vaters hat die Büste angefertigt. Jedesmal, wenn meine Schwestern und ich durch den Flur gehen, müssen wir den Hitlergruß machen. Wir gehorchen. Papa selbst nimmt sich die Freiheit heraus, nur gelegentlich den Gruß zu vollführen. Er zwingt uns oft, Sachen zu machen, für die er zu faul ist. Oder die er vergißt.

Er schleppt Videokassetten seines Idols ins Haus. Hitler wirkt auf mich wie ein Nervenbündel. Er redet abgehackt, seine Bewegungen sind unbeholfen ruckartig. Vielleicht weil er von kleiner Statur ist, zeigt er sich immer in Uniform und hebt den Arm. Aber nach Ansicht meines Vaters hat er der Menschheit große Dienste erwiesen.

»Welche denn, Papa?«

»Er hat uns die Juden vom Hals geschafft.«

»Aber du sagst doch, daß sie überall herumlungern, in Lille und in Tourcoing.«

Die Antwort meines Vaters besteht in Redeverbot. Sobald mein Vater Hitler im Fernsehen sieht, ruft er nach uns: »Kommt schnell! Euer Onkel ist im Fernsehen! Gebt ihm ein Küßchen.«

Und wieder müssen wir den Hitlergruß vollführen, den Arm schön gerade, nicht zu hoch, die Hand ausgestreckt.

Und dann sollen wir unserem Onkel ein Küßchen auf den Bildschirm geben, darüber müssen wir lachen. Wir drängeln uns, wir treffen daneben. Hitler bewegt sich zu ruckartig. Noch ein Küßchen! Mir kommt das komisch vor, einen berühmten Onkel zu haben.

Ich hatte nicht gewußt, daß Hitler unser Onkel ist. Es kommt mir seltsam vor, einen Onkel zu haben, der im Fernsehen auftritt! Ein großer Star! Aber dieser Mann gefällt mir nicht. Ich bin noch ein Kind, verstehe nichts von Politik, aber ich habe Instinkte, Ahnungen, die in diesem Fall sagen: »Das ist kein guter Mensch.«

Trotzdem bin ich neugierig:

»Papa, wann kommt uns Onkel besuchen?«

»Nie. Er ist im Krieg umgekommen. Er hat sich für das Wohl der Menschheit geopfert.«

Ich überlege. Hitler muß Papas Bruder sein. Nicht der von Mama, sonst würde er sie nicht immer so schlecht behandeln.

»Ist Hitler dein Bruder?«

Er antwortete nicht.

Er benutzt immer häufiger neue Wörter wie »Nationalist«, »Partei«, »Kampf«. Wenn er von seinen Freunden redet, nennt er sie »die Kämpfer« oder »die von der Partei«. Immer häufiger besuchen uns Männer, welche die Kleidung von Soldaten oder Fliegern tragen. Papa hat jede Menge Freunde! Wenn ich bedenke, daß Mama und wir keine Freundinnen haben dürfen!

Ich möchte alles verstehen, also stelle ich Fragen. Sogar Papa.

»Papa, was ist ein Nationalist?«

»Ein Nationalist ist jemand, der für Hitler und gegen die Juden und die Araber ist.«

»Und Hitler, ist der Nationalist?«

»Zwangsläufig, du Idiot.«

»Aber, Papa, Hitler ist doch nicht blond und hat auch keine blauen Augen. Oder?«

»Schwachkopf! Blöde Kuh! Du weißt nicht, was du redest.«

Ich kriege eine Ohrfeige. Warum? Was hab' ich denn Schlimmes angestellt?

Selbst Papas Freunden, den Kämpfern, ist es peinlich, wenn er mich oder Kiki schlägt. Sie sagen zu ihm: »Jean-Claude, beruhige dich! Deine Frau und deine Töchter haben das nicht verdient.« Aber er antwortet ihnen, sie sollen sich gefälligst nicht in Dinge einmischen, die sie nichts angehen. Er gibt die Befehle. Seine Freunde hängen den gleichen Ideen an wie er, aber sie mißachten ihre Familien nicht. Einige von den Kindern wirken sogar sehr, sehr verwöhnt. Ich beneide sie. Sie gehen ganz normal in die Schule. Sie sind gute Schüler. Ihre Väter lieben sie.

Sie liegt lange zurück, die Zeit, da unser Vater noch nette Momente hatte, uns auf den Rücken nahm und Pferdchen spielte. Wir waren die Reiter und riefen: »Noch einmal! Dicker Teddy, nimm uns noch mal auf den Rücken!« Er gehorchte. Wir lachten, bis wir nicht mehr konnten. Inzwischen kommen diese heiteren Zwischenspiele nicht mehr vor.

Er ist bösartig geworden, Schritt für Schritt. Ich glaube, großen Anteil an dieser Entwicklung hat die Tatsache, daß er in der Fabrik, wo er gern gearbeitet hatte, entlassen wurde. Dabei hat das Schreinerhandwerk ihm sehr gelegen – er weiß mit seinen Händen und dem Werkzeug umzugehen.

Um der Arbeitslosigkeit zu entgehen, wollte er Müllmann werden. Aber im Rathaus hat man ihm erklärt, für diese Arbeit stelle man nur Schwarze ein. Jedenfalls erzählt mein Vater das. Aber ich, ich habe in Salomé und in La Bassée Müllmänner gesehen, die so weiß waren wie Schnee.

Im übrigen redet mein Vater über die Schwarzen nicht schlecht. Er scheint nicht oft an sie zu denken. Aber die schwarzen Müllmänner, die kann er nicht ausstehen.

Mein Vater ist stolz darauf, ein Koloß zu sein. Immer wieder muß er hervorkehren, daß er einen Meter neunzig groß ist und über hundertdreißig Kilogramm wiegt. Bin ich nicht ein schöner Kerl? sagt er. Er ist stolz auf seine Tätowierungen: Eine Waage. »Justiz, wie viele Verbrechen werden in deinem Namen begangen«, sagt er. Ich finde ihn schön, meinen Papa, auch wenn er böse ist. Ein Papa bleibt ein Papa.

Neben ihm wirke ich wie ein Spatz! Mit zehn Jahren

sehe ich aus wie eine Siebenjährige. Ich entwickele mich nicht. Ich nehme kein Gewicht zu. Wenn ich zu Papa aufschaue, zittere ich, sogar, wenn er friedlich ist! Er sieht aus wie eine riesige Statue, die unversehens anfängt zu schreien.

Ich habe mich daran gewöhnt, körperlich und seelisch zu leiden. Manchmal tut mir der Bauch so weh, daß ich schreien könnte. Vor allem nachts. Eine Art von Krämpfen. Dann rolle ich mich zu einer Kugel zusammen.

Ich habe Angst. Entsetzliche Angst. Aber ich sage zu mir ganz leise: »Durchhalten, Ida! Durchhalten! Für später!«

Schon wieder hat mein Vater verlangt, daß ich die Behandlung abbreche. »Die Ärzte sind Idioten!« Er hat mich zum Angeln am Kanal mitgenommen und mich gelbe Blumen essen lassen, die im Unkraut wachsen. Das Mittel stammt von seiner Mutter. Das hat mich beruhigt.

Mein Vater ist nie krank. Keine Hoffnung, daß er mal eine Weile ins Krankenhaus müßte! Ein bißchen Zeit, daß wir mit Mama aufatmen könnten! Das wäre zu schön!

Er leidet höchstens mal an Bronchitis. Er hüstelt wie viele Leute hier, wegen des Nebels und des Regens. Nur einmal hat er sich das Bein gebrochen. Er hatte mit dem Motorrad angeben wollen und ist einen zu steilen Hang hinuntergefahren. Er ist gestürzt. Er hat ungeheures Aufsehen darum gemacht! Ich frage mich, ob er nicht wehleidig ist!

Ein andermal ist er völlig betrunken unter das Sofa gefallen und hatte lauter blaue Flecken. Anschließend hat er lange gejammert. Ja, er muß wehleidig sein.

Betrunken habe ich ihn nur zwei oder dreimal erlebt. Er

würde gern trinken wie manche seiner Kumpel, die an einem Abend Dutzende von Bierflaschen trinken. Aber er verträgt keinen Alkohol.

Abgesehen davon hat er Pilze auf der Zunge gehabt. Er hat uns gesagt, das komme vom Kaffee. Er mußte Antibiotika einnehmen.

Und dabei trinkt er gar nicht so viel Kaffee! Ich, ich habe mir gesagt, daß das eine Strafe war, weil er mit seiner Zunge so viele häßliche Sachen erzählt!

Manchmal ist das so unglaublich, daß er mir leid tut, weil er verrückt ist! In solchem Augenblick sage ich mir: »Papa hat den Verstand verloren. Ausgerechnet uns muß das passieren!« Oder auch: »Wenn ich verschwinden würde, wäre er dann weniger böse?« Ich habe morbide Gedanken.

Ich weiß nicht, ob der Gott von meiner weißen Oma existiert, aber ich glaube, daß die Bösen und die Feiglinge eines Tages bestraft werden. Wenn nicht, dann wäre das Leben einfach zu ungerecht.

Mama, die so lieb ist und uns immer immer beschützen will, wird belohnt werden. Eines Tages wird sie ein glückliches Leben führen und verwöhnt werden.

Ich, ich werde so spät wie möglich heiraten, vielleicht überhaupt nicht! Bei meinem Pech wäre ich fähig, auf einen Mann von Papas Art zu stoßen. Nein danke!

Ich bin der Meinung, es ist feige von Papa, die Schwächeren anzugreifen, die sich nicht wehren können. Zum Glück kann er meine Gedanken nicht lesen. Selbst wenn er mir gegenübersitzt und mich finster anstarrt, kann er mir meine Gedanken nicht vorschreiben. Das ist meine Art, ihm zu widerstehen. Manchmal betrachte ich ihn heimlich und denke: »Du redest, du redest, aber ich, ich werde die Leute nicht verprügeln.« Und dann denke ich an gar nichts mehr. Nur daran, keine Ohrfeigen zu kriegen.

## Fette Beute

Kiki und ich treiben uns auf dem Feld in der Nähe der Zechenzufahrtsstraße herum und sammeln Getreidereste, welche die Mähmaschine übriggelassen hat. Das Geld ist knapp geworden. Mama muß uns häufig das allerbilligste zubereiten: ein rohes Ei auf Pommes frites. Die Eier stiehlt Mathilda in den Hühnerställen der Nachbarn. Not macht erfinderisch, und so sammeln wir Getreidereste auf.

Zum Mittagessen kochen wir Maiskolben im Hof. Kiki will beweisen, wie mutig sie ist. »Wetten, daß ich Asche esse?«

»Nein, bitte nicht.«

Sie probiert davon.

»Du willst nicht, daß ich noch mehr davon esse? Na gut, dann werde ich mich mit Regenwürmern zufriedengeben.«

Und sie tut es wirklich!

Sie wählt sich den dicksten aus.

»Hm. Miam! Miam!«

Sie holt eine Injektionsspritze und saugt den Wurm damit leer, spießt ihn auf einen Draht, und legt ihn zum Garen in die Asche. Nach einer Weile holt sie den Wurm heraus, und ißt ihn.

Er schmeckt prima, behauptet sie. Wie ein erstklassiges Beefsteak.

Aber ich weigere mich, davon zu kosten. Igitt!

Sie hat wirklich eine Schraube locker, meine Kiki! Aber ich liebe sie innig!

Gibt es auf der Welt zwei Schwestern, die sich so lieben, wie wir beide? Die würde ich gerne kennenlernen.

Mich stört es nicht, jeden zweiten Tag rohe Eier auf Pommes frites zu essen. Wenn Mama einmal mehr Haushaltsgeld hat, essen wir auch Würstchen, Würstchen in Plastikhülle.

Ich habe keinen Appetit, trotz der Pillen mit Erdbeergeschmack, die Hunger machen sollen. Sie liegen in einer rosafarbenen Schachtel, die »Diamant« heißt. Rosa ist meine Lieblingsfarbe.

Als ich noch zu Doktor Loy ging, hat er mir eine kleine Tube Zahnpasta mit Erdbeergeschmack geschenkt. Edwige, meine jüngere Schwester bekam eine mit Aprikosengeschmack.

Da er immer sehr freundlich zu mir ist, habe ich Doktor Loy einige dunkle Punkte unseres Familienlebens anvertraut, aber er fürchtet sich vor meinem Vater. Er sagt, mein Vater würde es fertigbringen, in seiner Praxis einen Skandal zu machen.

Auch Mama liebt übrigens die Farbe Rosa. Sie hat die Gitterstäbe von einem kleinen Bett, daß die weiße Oma gebracht hat, in Bonbonrosa angestrichen.

Papa dagegen, der liebt nur Schwarz und Braun und Khakifarben.

Inzwischen bin ich elf Jahre alt.

Mein Vater meint, daß ich nun alt genug sei, an einer Diebestour teilzunehmen. Es werde langsam Zeit, damit anzufangen. Bevor wir das Haus verlassen, ermahnt er mich zu gesteigerter Aufmerksamkeit. »Nimm dich in acht! Sei vorsichtig, sonst setzt es was, wenn wir zurückkommen!«

Als erstes soll ich ein Bonbon stehlen. Dieser Auftrag stellt eine Art Test dar; Mal sehen, ob sie fähig ist. Ich betrachte es eher als ein Spiel. Und ich spiele gern. Vielleicht gefalle ich Papa ja mehr als bisher, wenn es mir gelingt.

Dennoch zittere ich vor Aufregung, als wir die Straße entlanggehen.

Schauen die Leute mich an?

Ich blicke in alle Richtungen. Nein, anscheinend ahnt niemand, was ich vorhabe.

Wir betreten den Haushaltswarenladen, wo mein Vater eine Gasflasche kauft. Auf dem Tresen steht ein Glasbehälter voller Bonbons. Mein Vater zieht sein Portemonnaie aus der Tasche und bezahlt die Gasflasche.

Beim Hinausgehen betrachtet er mich streng. Er glaubt, ich hätte versagt. Gleich wird er mich anschreien.

Aber im Auto rufe ich:

»Hier! Dein Bonbon!«

Ich habe es mit Absicht so gestohlen, daß er es nicht merkt, um ihn noch mehr zu überraschen. Ich habe gewonnen. Jetzt hält er mich für fähig. Ich bin seine Tochter, und er ist stolz auf mich.

Er erlaubt mir, das Bonbon zu essen.

Ich werde dieses Bonbon nie vergessen. Es ist für mich der Beweis, daß es einmal einen Moment gab, da er mich liebte. Ich soll mich an gefährlichere Aufträge gewöhnen und größere Sachen im Supermarkt und in verschiedenen Warenhäusern stehlen.

Natürlich stellt sich nun Angst bei mir ein. Diese riesigen, kalt ausgeleuchteten Warenpaläste haben nichts mehr mit dem kleinen Laden in Salomé gemein, dessen Inhaber so freundlich ist.

Mir wird klar, daß das echter Diebstahl ist.

Ich spüre richtig, wie mir die Farbe aus dem Gesicht weicht. Meine Beine zittern, während ich den Einkaufswagen vor mir herschiebe, aber jetzt gibt es kein Zurück mehr. Mein Vater wartet im Auto auf dem Parkplatz, und ich darf nicht ohne die Dinge, die er bei mir bestellt hat, wiederkommen. An jenem Tag wünscht er abgepackte Koteletts für seine Gesinnungsgenossen und Parteifreunde, die er mal wieder einladen will.

Ich sehe mich nach allen Seiten um.

Ich habe das Gefühl, ein Herr beobachtet mich. Jetzt ist er schon zweimal an der Fleischabteilung vorbeigegangen. Aber nein, Fehlalarm, er steuert zur Gefrierkost.

Eine Dame schaut mich streng an. Ich nehme ein Paket Nudeln und ein Stück Butter, lege sie in den Einkaufswagen und entferne mich.

Noch einmal zurück in die Fleischabteilung.

Hopp! Ohne zu zögern, schnappe ich mir die Koteletts und stecke sie in meine große Manteltasche.

Dann schlendere ich zur Kasse. Ich bezahle die Nudeln und die Butter, wie Papa mir aufgetragen hat. Man gibt mir das Wechselgeld zurück. Der nächste bitte!

Schon stehe ich in der Drehtür am Ausgang. Mir ist nichts geschehen. Sollte das Stehlen tatsächlich so leicht sein?

Freudig springe ich ins Auto.

»Nun?« fragte Papa.

»Ich habe sie, die Koteletts.«

»Gut, Nächstes Mal wird es ein Braten sein.«

Ein Braten? Aber wie könnte ich den in meiner Tasche verstecken? Ich werde die Angelkiste nehmen und sie zusammen mit Kiki mit tiefgefrorenem Fleisch füllen müssen.

Während meiner Rückfahrt schlägt meine Stimmung um. Der Stolz, den Auftrag meines Vater erfolgreich ausgeführt zu haben, ist verflogen. Der Gedanke, es wieder tun zu müssen, beunruhigt mich. Papa sagt, wir seien minderjährig und riskierten nichts. Er dagegen würde, wenn er erwischt würde, ins Gefängnis wandern. Ob wir denn wollen, daß er wieder ins Gefängnis kommt? Nein, natürlich nicht. Selbst wenn er böse ist, ein Papa bleibt ein Papa.

Bei einer anderen Gelegenheit verlangt er von Kiki und mir, uns Schuhe zu besorgen. Das heißt, bei Auchan Schuhe zu stehlen. Wir ziehen uns ganz alte Schuhe an. Im Laden probieren wir neue in unserer Größe. Wir schieben die alten unter das Gestell.

Dann bezahlen wir beim Hinausgehen ein Paket Reis, als ob nichts wäre.

Unglaublich! Es klappt!

Diese leichten Erfolge machen uns immer kühner. Wir stehlen neue Kleider für den Schulbeginn und frisches Rindfleisch fürs Mittagessen. Zu sechs Personen prassen und schlemmen wir wie schon lange nicht mehr.

Eines Tages erhält Mama den Befehl, sich ebenfalls als Diebin zu versuchen. Wir haben nichts mehr im Haus. Weder Gelder aus der Sozialhilfe noch Lebensmittelmarken sind in Aussicht. Wovon sollen wir morgen leben?

Dennoch bin ich zutiefst beunruhigt. Mama hat keinerlei Übung. Ich bin davon überzeugt, daß sie fürs Stehlen unbegabt ist. Und wenn sie sich erwischen läßt? Schließlich ist sie auch nicht minderjährig. Warum muß sie also das Risiko einer Bestrafung auf sich nehmen und nicht Papa?

Manchmal kommt es mir vor, als seien die Rollen vertauscht. Mama ist meine Tochter, ich bin ihre Mutter. Ich will und muß sie beschützen und trösten.

Und wenn sie die Beherrschung verliert und die Würstchen aus der Tasche fallen läßt? Ich würde mich für sie schämen, wenn sie erwischt und vor aller Welt bloßgestellt würde.

Gemeinsam gehen wir in den Supermarkt.

Mama steckt lauter Fleischpakete unter ihren Mantel, sie sieht aus, als wäre sie schwanger. Ängstlich bahnt sie sich ihren Weg zur Kasse. Plötzlich löst sich aus einer Menschentraube ein streng aussehender Mann, der auf Mama zustürzt.

»Bitte folgen Sie mir ins Büro.«

»Wozu?«

»Folgen Sie mir.«

Kiki und ich begleiten unsere Mutter.

Das Büro ist voller Leute, die uns schief angucken.

»Legen Sie ab.«

»Wie bitte? Was meinen Sie damit? Sie sehen doch, daß ich schwanger bin.«

Mama gibt sich hochnäsig, ist in Wahrheit aber nervös. Es hilft nichts, sie muß den Mantel ausziehen, und das Diebesgut kommt zum Vorschein.

Als der Chef ihr sagt, daß sie eine Gefängnisstrafe riskiert, dreht sie durch. Sie fängt an zu schreien. Sie schnappt den Finger des Aufsehers und beißt mit aller Kraft hinein, bis ein Blutschwall hervorschießt.

Dieses Abenteuer nimmt einen üblen Ausgang. Mama ist wirklich unbegabt.

Später wird sie sogar vor Gericht zitiert. Glücklicherweise bleibt ihr eine Haftstrafe erspart, aber sie muß eine Geldbuße zahlen.

Einmal bin ich auch geschnappt worden. Kiki hatte Schmuck gestohlen und die Tat mir aufgehalst. Ich habe die Polizei in dem Glauben gelassen, daß ich den Diebstahl zu verantworten hätte. Schließlich bin ich jünger als meine Kiki, also darf ich auch mehr Schonung und Gnade erwarten.

Ein Kinderrichter hat den Fall entschieden, und eine Sozialhelferin hat ihm den Fall der Familie Beaussart erläutert. Sie waren recht nachsichtig mit uns.

Mein Vater hat keine Angst vor der Justiz. Und da wir nicht aus der Übung kommen dürfen, zwingt er uns weiterzumachen. Er selber geht auch auf Diebeszug, aber nicht in Supermärkten. Er will nicht auf frischer Tat ertappt werden.

Seine Erfolge sind beachtlich. In einer Nacht erbeutet er so viele Pakete Omo-Waschpulver, daß wir uns für die nächsten Monate keine Gedanken mehr um unsere Wäsche machen müssen. Ein anderes Mal bringt er zahlreiche Kisten voller Lebensmittel mit. Er verkauft die Spirituosen und kiloweise Zucker an die Nachbarn. Zu Dumping-Preisen versteht sich, wie zwei Francs pro Kilo. Jetzt können wir uns sogar Kuchen leisten.

Die Quelle, an der mein Vater schöpft, ist eine große Lagerhalle. Dort sind sie zu mehreren eingebrochen.

Unsere Nachbarn sind nicht sehr wohlhabend, sie wissen Billigangebote zu schätzen und fragen nicht, wo die Sachen herkommen. Mein Vater macht ihnen weis, er habe zu viel eingekauft.

Es finden sich immer neue Anlässe für Diebeszüge durch Salomé.

Einmal geht es darum, einen Nachbarn zu bestrafen, der sich über die Beleidigungen meines Vaters oder über das Gebell seiner Hunde beklagt hat. Kiki und ich klauen ihnen zur Strafe die Wäsche, die im Hof trocknet, und dazu ein bißchen Gemüse. Manchmal rächt sich mein Vater auch für angeblich erlittenes Unrecht, indem er die Fensterscheiben des Betreffenden mit Gewehrkugeln durchlöchert.

Nicht zu vergessen die kleinen Besuche in den Hühnerställen. Wir schnappen ein lebendiges Huhn, und mein Vater tötet es, sobald wir es zu Hause abgeliefert haben.

Mein Vater suggeriert uns Töchtern gegenüber, diese Diebstähle dienten einem höheren Zweck, sie seien eine Art Training für den Überlebensfall. Wir sollen lernen, unabhängig zu leben. Papa hegt großen Groll gegen die Gesellschaft. Sie schuldet ihm ihren Überfluß, weil er Mangel leidet. Außerdem hat er die Leute ja immer schon gewarnt: Er ist der Boß. Und er schmiedet sich seine eigenen Gesetze.

Die Gesetze hingegen, deren Einhaltung die Gendarmen überwachen, die Gesetze, an die sich Lehrer und Ärzte halten, gelten nicht für ihn. Denn alle diese Leute stecken mit den Juden unter einer Decke. Sogar die Zahnärzte. Wir dürfen nicht zum Zahnarzt gehen. Mein Vater zieht mittelalterliche Behandlungsmethoden vor und reißt uns die Zähne mit einer Mehrzweckzange aus. Klaffende Wunden und Zahnfleischbluten sind die Erfolge. Noch heute träume ich manchmal nachts von dem knirschenden Geräusch und den brennenden Schmerzen dieser Eingriffe.

»Ida, du darfst es mir später nicht verübeln, daß du eine solche Kindheit hattest«, sagt Mama zu mir.

Ich nehme sie in die Arme und drücke sie fest an mich. »Meine kleine Mama, nicht dir werde ich es übelnehmen, sondern ihm. Er wird zu hart. Sobald ich achtzehn bin, gehe ich fort und komme dich heimlich besuchen.«

Sie fängt an zu weinen.

Schon bereue ich meine Worte. Sie, sie sitzt hier fest, für immer. Sie wird niemals mehr achtzehn sein und Freiheit genießen.

Und dennoch versucht sie mir Mut zu machen.

»Meine Dada, dein Leben wird schön und glücklich sein.«

Ich will daran glauben. Aber Papa nimmt mich immer mehr aufs Korn, weil er mich nicht normal findet. Er sagt, ich sei eine Schande für seine Rasse.

Wenn er mich schlägt, sagte ich mir: »Halte dich tapfer. Für später.«

Eine Frage beschäftigt mich, die ich schließlich auch meiner Mutter stelle.

»Mama, warum hast du mich nicht früher zur Welt gebracht?«

»Warum, meine Dada?«

»Weil ich dann schon älter wäre und Papa los wäre.«

Sie mag nicht, wenn ich so rede.

Und ich, ich ertrage es nicht, wenn man ihr Böses antut. So habe ich eine Frau, die sich über Mamas Fußleiden lustig gemacht hat, mit den Fäusten attackiert.

Ich bin die dritte Tochter. Wäre ich ein Junge geworden, hätte mein Vater mich lieber gemocht, vielleicht selbst dann, wenn ich als Junge ebenfalls herzkrank gewesen wäre. Vielleicht hätte ich Henrick geähnelt, diesem freundlichen Vierzehnjährigen, der öfter in unser Haus kommt. Er ist oft angezogen wie »Onkel Hitler«, in brauner Uniform mit einer Armbinde. Aber er trägt noch kurze Hosen. Er ist noch ein Lehrling der Nazi-Ideen.

Ich habe meinen Vater gefragt, was Nazi heißt. Er hat geantwortet: »Nazi gleich Hitler. Das ist gut.«

Mein Vater hat jetzt einen Spitznamen im Dorf. Man nennt ihn jetzt allgemein den »Nazi von Salomé«.

## Mit aller Gewalt

Es ist schon Abend, aber Vater ist immer noch nicht heimgekommen.

Mama schaltet den Fernseher ein, um sich das Horoskop anzuschauen. Sie will »das Glück von den Sternen ablesen«. Vielleicht steht uns ja etwas Gutes bevor. Wir sind beide im Zeichen des Krebs geboren. Das Sternzeichen der Träumer. In der Tat ist Mama mit den Gedanken woanders. Ich selbst bin ebenfalls ein verträumter und verspielter Typ und zeichne gern.

Ein Stück Papier, ein paar Stifte, und für Stunden bin ich ganz aus der Welt!

Auch Niki malt gern und lacht viel. Mathilde ist eher von kämpferischer Natur. Edwige hingegen fällt durch Bienenfleiß auf.

Aber natürlich liefert das Horoskop kein vollständiges Lebensbild.

Mama wurde am 17. Juli 1950 in Billy-Berclau, im Pas-de-Calais geboren. Ich selbst erblickte am 30. Juni 1972 in Salomé das Licht der Welt. Genauer gesagt, das Licht der Neonröhre der Entbindungsklinik von La Bassée in der Nähe von Salomé.

Schon morgen, so versichert uns die Fernseh-Astrologin, wird es den Krebsgeborenen bessergehen. Venus wird unseren glühenden Eifer ermuntern und unsere Leidenschaften begünstigen.

Papa ist Skorpion. »Als Skorpion sind Sie voller Energie. Sie müssen Ihre Kraft zügeln«, rät die Dame.

Gesundheit: Essen Sie Artischocken und Erdbeeren!

Ob er wohl netter wäre, wenn er sich nur von Artischocken ernähren würde?

Dieser Gedanke läßt Mama und mich lachen. Wie zwei Freundinnen. Ich bin guter Dinge, weil ich vorzeigbare Zensuren aus der Schule mitgebracht habe. Diesmal muß ich mein Heft mit den Klassenarbeiten nicht verstecken. Das Horoskop hat recht. Es wird ein friedlicher Abend.

Wir lauschen anstrengend auf das Knattern der Automotoren draußen. Nein, das ist nicht Papas Wagen. Ich helfe Mama beim Tischdecken. Sie macht sich in der Küche zu schaffen und bereitet einen riesigen Berg Pfannkuchen zu. Unser Familienoberhaupt muß zufriedengestellt werden. Süßigkeiten machen ihn manchmal freundlicher. Dann spürt er, daß seine Frau und seine Töchter wollen, daß es ihm gutgeht.

Wieder das Knattern eines Motors draußen. Das Geräusch wird leiser, der Wagen scheint ums Haus zu fahren und dahinter anzuhalten.

Mein Herz klopft wie wild.

Die Tür geht auf: Er ist es. Ich stürme ihm entgegen.

»Papa, ich habe gute Noten!«

»Na und? Laß mich in Ruhe.«

Er runzelt die Stirn und besinnt sich. »Zeig her.«

Ich renne zum Schreibtisch und hole mein Heft. Voller Stolz drücke ich es ihm in die Hand. Und er betrachtet es. Und dann schleudert es es völlig unvermittelt in die Ecke.

Im ersten Augenblick glaube ich, schlecht zu träumen, dann dämmert mir langsam die Erkenntnis: Er will, daß ich gut arbeite, aber er kann es nicht ertragen, wenn ich auf der Schule Fortschritte mache. Mir fällt ein, daß ich auch schon im ersten Schuljahr einmal gute Noten hatte und er die Hefte zerfetzt hatte.

Heute abend hat er ganz besonders schlechte Laune.

Das Horoskop hat uns alle belogen. Nie wieder werde ich den Astrologen ein Wort glauben.

In der Küche flüstert Mama mir ins Ohr, daß er wohl wieder irgendwo eine große Dummheit angestellt haben muß.

»Mama, was hätte er dann davon, wenn ich schlechte Noten nach Hause brächte? Will er lieber eine dumme Tochter haben?«

In jener Nacht kann ich einfach nicht einschlafen. Ich frage mich, ob mein Vater jemals mit mir zufrieden sein wird. Die Antwort lautet: wohl niemals. Wozu lebe ich dann überhaupt? Vielleicht ist es doch meine Schuld, daß er so hart zu Mama ist.

Ich starre in die Finsternis und stelle mir so viele Fragen, daß mir der Schädel brummt.

Ich höre merkwürdige Geräusche. Sie dringen aus dem Schlafzimmer meiner Eltern herüber. Man kann von einem Zimmer zum nächsten alles hören. Meine Eltern streiten sich schon wieder. Das heißt, es ist vor allem mein Vater, der schimpft und meckert.

»Miststück, du Sauaas«, herrscht er meine Mutter an, »du hast eine Mongoloide zur Welt gebracht. Und du hast es mit Absicht getan, um mir zu schaden.«

»Jean-Claude, sprich nicht so laut. Ida ist nicht mongoloid.«

»Sie hat keine Macke?«

»Nein, sie ist so wie deine anderen Töchter.«

Die Ohrfeigen knallen. Dann ein Geräusch, das noch lauter ist: Er muß den Nachttisch umgestoßen haben. Mama fleht ihn an, sich zu beruhigen.

Ich halte mir mit beiden Händen die Ohren zu, aber dennoch höre ich, was nebenan geschieht, während Mathilde immer noch schnarcht. Ich muß aufpassen, ob Mama sich behaupten kann.

Er zieht weiter vom Leder: »In deiner Familie, da sind viele bekloppt. Bescheuert. Du bist schuld. In meiner, da ist man gesund.«

»Ida ist nur am Herzen operiert worden. Es geht ihr besser. Wir haben Glück, daß sie während der Operation nicht gestorben ist.«

Er steigert sich immer mehr in seine Wut hinein: »Ich will von dem Mädchen da nichts wissen! Du hattest mir einen Jungen versprochen.«

»Jean-Claude ... Das habe ich doch nicht mit Absicht gemacht.«

»Halt die Klappe! Das liegt alles ganz allein an dir. Du wirst mir dafür büßen und deine Mongoloide auch.«

Man hört einen fürchterlichen Krach und Geschrei, und dann nichts mehr. Ich weiß nicht, wie meine Schwestern dieses Getöse überschlafen können.

Endlich ist nebenan Ruhe eingekehrt, aber nach einer Weile erklingen die Geräusche aufs neue. Aber weniger laut. Sie werden leiser. Merkwürdiger Geräusche. Wie das Stöhnen von Verletzten. Jetzt weiß ich's, endlich habe ich begriffen, was sie da tun. Mein Vater will einen Jungen zeugen.

Ich verkrieche mich unter der Decke und halte mir mit den Fäusten die Ohren zu, daß ich endlich nichts mehr höre. Schließlich schlafe ich ein.

Am nächsten Morgen, sobald Papa zum Angeln aus dem Haus gegangen ist, schleiche ich mich in die Küche, wo Mama spült. Sie dreht sich zu mir um, als sie meine Schritte hört. Ihre Augen sind gerötet. Ich merke sofort, daß sie sich zusammenreißt, die Tränen unterdrücken will. Aber die Trauer ist übermächtig. Sie kann gar nicht anders, sie muß sich mir anvertrauen, denn meine arme Mama hat keine Freundinnen, mit denen sie reden könnte. Mit tränenerstickter Stimme gesteht sie mir, daß Papa sie zum Geschlechtsverkehr gezwungen hat.

Ich weiß nicht einmal, wie genau so etwas abläuft, ein Geschlechtsverkehr.

Mama zeigt mir die großen blauen Flecken auf ihrem linken Bein. Sie muß Fußtritte abbekommen haben! Zum Glück geht er nicht mit seinen Rangers-Stiefeln ins Bett!

Ich nehme meine Mutter in beide Arme.

»Sag mir ehrlich, bereust du es, mich auf die Welt gebracht zu haben?«

»Aber nein, meine Dada. Dein Vater spinnt. Er ist es, der nicht ganz normal ist.« Sie setzt sich auf einem Stuhl. Sie ist erschöpft, schon am Morgen. Was tun? Er weigert sich, einmal einen Psychologen aufzusuchen.

Hin und wieder nimmt er Gelegenheitsjobs an. Eine Zeitlang arbeitet er als Rausschmeißer in einem Nachtlokal und geht erst morgens schlafen. Dann findet er eine Anstellung bei einer Firma, die Hotels und Gebäude überwacht. Dort meint er, wie zu Hause den Boß spielen zu können. Aber die Arbeitskollegen lassen sich diese Anmaßung nicht gefallen. Er wird fristlos entlassen. Der Mißerfolg läßt sich nicht länger verbergen, jedes seiner kurzen Ausflüge ins Berufsleben endet mit einer Demütigung. Die Verbitterung mach ihn noch böser.

Ich heiße kaum noch Ida. Ich bin die Mongoloide.

So richtig kann ich mir unter diesem Begriff nichts vorstellen. Während einer Unterrichtspause frage ich ein Mädchen: »Was ist mongoloid?«

»Jemand, der nicht normal ist, der einen ganz dicken Kopf hat.«

Am Abend schaue ich immer wieder in den Spiegel.

Aber was immer mein Vater an mir auszusetzen hat, ich habe keinen dicken Kopf.

Was mir aus dem Spiegelbild entgegenstarrt, ist eher das Köpfchen eines kleinen, verängstigten Äffchens. Aber wenn die Mongoloiden mich akzeptieren würden, so wäre ich dort sicher glücklicher als zu Hause.

## Zwischen Le Pen und Cornilleau

Pié-Pierre ist Gast in unserem Haus. Ich wäre gern so fröhlich wie er! Ich lache zwar oft, aber richtig ausgelassen bin ich nie.

Ich lache nur ganz unvermittelt und oft bei sehr albernen Anlässen. So zum Beispiel, wenn ich mit Kiki spazierengehe und ein dickes Mädchen entdecke. Ich will mich dann nicht über das Mädchen lustig machen. Aber im Kontrast zu meiner ungesunden Magerkeit kommt mir die Dickleibigkeit dann richtig komisch vor. Wenn ich nur daran denke, muß ich schon lachen.

Píe-Pierre braucht keinen Anlaß, um guter Laune zu sein. Und er weiß immer, welche Geschenke mir gefallen werden.

Einmal ist es ein ausgestopfter Pinguin mit einem weichen Polystyrol-Bauch. Er sieht aus, als würde er watscheln. Ich schließe das Stofftier augenblicklich in mein Herz. Aber solche Freundschaften wecken in meinem Elternhaus Mißtrauen. Diesmal macht der Pinguin Mama verrückt, und sie ist es, die ihn mir wegnimmt.

Beim nächsten Weihnachtsfest bereitet mir Pié-Pierre wieder mit seinem Geschenk eine große Freude: Es handelt sich um bunte Perlen, die man an Ketten auffädeln kann. So elegant wie die Barbie-Puppe von meiner Mitschülerin, und ich träume von Kleidern, die dazu passen würden: Kostüme mit Gürtel, Kleider mit Rüschen, ein weißer Mantel mit Pelzkragen. Eine Limousine. Eine Handtasche.

Plötzlich, ich weiß nicht warum, gerät mein Vater in

Wut. Es hagelt Ohrfeigen für mich. Die Perlen kullern auf den Boden. Um ein Haar wäre mein Vater auf den Kügelchen ausgerutscht; er kann sich gerade noch rechtzeitig am Tisch festhalten. Es ist zu komisch. Ich lache und lache. Der Anblick meines Vaters erinnert mich an alte Trickfilme. Er gerät immer mehr ins Rutschen. Schließlich kippt er nach hinten um, fängt den Sturz aber in letzter Sekunde ab.

Meine Schadenfreude wirkt wie ein rotes Tuch auf ihn. Er steht auf und verprügelt mich.

Eines Morgens betritt Pié-Pierre unser Haus mit einem traurigen Gesicht. Man sieht, daß er nicht in der Stimmung ist, Witze zu reißen oder Geschenke zu machen. Schon bald verrät er uns, was ihn bedrückt. Seinem Vater geht es nicht gut, er liegt im Krankenhaus. Es tut mir so weh, meinen Pié-Pierre so traurig und hilflos zu sehen.

Mein Vater macht sich auf den Weg ins Krankenhaus von Lille. Er kommt mit der Nachricht zurück, daß Pierrot mich sehen wolle. Mama verspricht mir, daß ich hinfahren darf. Ich habe Pierrot sehr lieb.

Mein Onkel ist alkoholkrank und leidet an einer Leberzirrhose. In unserer Gegend wird viel getrunken. Der Alkohol tröstet vor allem die Männer über das Elend ihrer Arbeitslosigkeit hinweg. Manche fangen schon auf der Schule mit dem exzessiven Trinken an.

Ein Kindheitsfreund meines Vaters, ein Maurer, hat sich in einem Café umgebracht. Seine Frau hatte ihn verlassen. Nach der Jagd ist er mit seinem Gewehr ins Café gegangen und hat sich vor den Augen der sprachlos-entsetzten übrigen Gäste eine Kugel in den Kopf geschossen. Sein Gehirn, so erzählen die Leute, sei über die ganze Wand verspritzt.

Mein Vater hat darüber geweint. Er sagt, mit diesem Freund sei auch ein Teil von ihm gestorben.

Jetzt bleibt ihm nur noch ein Bruder, Pierrot. Der andere ist in Indochina gefallen.

Es bleibt ihm auch noch seine Mutter. Er hält sie für eine tapfere Frau und eine gute Mutter. Er schlägt sie nie. Nur über Glaubensfragen geraten sie in Streit. Oma glaubt an Gott, sie spricht mit ihm, sie betet voller Inbrunst.

Für meinen Vater hingegen ist der Tod seines Bruders in Indochina der Beweis, daß es keinen Gott geben kann, zumindest keinen gerechten. Oma erwidert, Gott sei nicht für jedes Unglück verantwortlich. Und dennoch ist seine Mutter für meinen Vater eine Art Heilige.

Auch für mich ist meine Mutter heilig. Sie ist unschuldig an meinem Unglück, daher werde ich sie immer in Schutz nehmen.

Der Zustand meines Onkels verschlechtert sich rapide. Wir fahren alle zusammen nach Lille. Im Wagen schimpft mein Vater nicht. Es ist seltsam für ihn, daß sein Bruder abbaut. In denke an Pierrot. Er hat mich mal in den Zoo von Lille mitgenommen und mir den Bär Totor gezeigt.

Das Krankenhaus beunruhigt mich nicht sonderlich. Ich bin wegen meiner Krankheit oft dort gewesen. Alle Leute sind freundlich. Man wird nicht angeschnauzt. Es ist ruhig. Sauber. Die Leute flüstern.

Wir gehen in die Intensivstation. Ich erkenne den ganz abgemagerten Pierrot. Neben ihm sitzt traurig Pié-Pierre. Ich gehe hin.

Pierrot macht mir Zeichen, ich solle näher kommen. Ich reiße mich zusammen, um nicht zu weinen, damit er nicht denkt, es sei mit ihm zu Ende. Ich setze mich auf die Bettkante.

Er macht eine große Anstrengung, um mir etwas zu sagen.

»Meine kleine Ida, ich werde fortgehen.«

Es ist einfach ungerecht! Er, der so nett ist!

»Geh nicht fort, Patenonkel.«

»Doch, ich weiß, daß ich in den Himmel komme. Ich werde aber immer in deiner Nähe sein, meine Ida, selbst wenn du mich nicht siehst. Du wirst mich immer an deiner Seite haben.«

Das waren seine letzten Worte.

Kurz darauf starb er, und man schickte uns aus dem Zimmer.

Sobald wir auf dem Flur waren, fing ich an zu weinen. Pierrots Worte gingen mir nicht mehr aus dem Sinn: »Ich werde immer in deiner Nähe sein.«

Ich wußte, was das bedeutete: Er wird mich immer beschützen. Er wird an meiner Seite sein, wenn Papa mich ausschimpft, beleidigt oder schlägt.

Sicher hatte Pierrot diese Worte mit voller Absicht in Gegenwart meines Vaters gesprochen, damit dieser nicht mehr so böse zu mir wäre. Sie klangen wie eine ernste Warnung.

Manchmal würde ich auch gerne fortgehen. In den Himmel kommen. Ich habe keine Angst vor dem Tod. Für mich ist der Tod gleichbedeutend mit Ruhe und Frieden.

Die ersten Tage nach dem Tod seines Bruders ist Papa ruhiger als sonst. Kein Zweifel: Dieses Ereignis hat ihn tief getroffen. Aber kaum ist die Beerdigung vorüber, nimmt er wieder seine alten Gewohnheiten an. Die geringfügigsten Störungen können ihn zu Wutausbrüchen verleiten.

Abends im Bett halte ich mir die Ohren zu, damit ich

sein unmenschliches Gebrüll nicht hören muß. Ich denke an das Lied von Claude François, das ich so liebe. *Le téléfone pleure* – Das Telefon weint. Es erzählt die Geschichte eines kleinen Mädchens, dessen Vater traurig ist, weil sie nicht bei ihm weinen kann.

Das Lied macht mich weinen, aber es sind Tränen der Wonne. Für mich wäre Claude François ein idealer Vater. Er ist nett, intelligent, sehr schön. Blond wie eine Barbie-Puppe. Er tanzt wie ein Gott. Hinter ihm wiegen sich die Mädchen im Rhythmus der Musik. Sie sehen auch wie Barbie-Puppen aus, weiße und schwarze, mit hübschen Stiefelchen.

Man sieht Claude François an, daß er kinderlieb ist. Er hat zwei Söhne, die vor Glück strahlen und Klavier spielen. Kinder sind darauf angewiesen, daß man sich mit ihnen beschäftigt und daß man sie verwöhnt. Sie haben ja nicht verlangt, geboren zu werden.

Der Höhepunkt des Liedes *Le téléfone pleure* ist für mich die Stelle, da sich die Stimme des kleinen Mädchens verändert und es sagt: »Aber … du weinst ja?«

Ich hätte gern das große Poster von Claude François, das ich in einem Schaufenster in La Bassée gesehen habe. Ich stehe minutenlang davor und bewundere den schönen, weißen Anzug, der glitzert.

Aber meine Wand bleibt leer.

Lieber gar nichts an der Wand als die Plakate, die mein Vater bevorzugt. In unserem Schlafzimmer hängt über dem Bett meiner Schwester das abscheuliche Bild eines riesigen Adlers, der vor Nazi-Fahnen hochfliegt.

Auf einem anderen Plakat ist ein kleines Mädchen in Nazi-Uniform zu sehen, das mit einer Sammelbüchse mit Hakenkreuz Geld sammelt.

Und dann ist da noch das Porträt eines italienischen

Präsidenten, eines Freunds von Hitler, der sich stolz in seinem schwarzen Hemd förmlich aufbläht. Von all diesen Bildern geht eine strenge Unnahbarkeit aus, die mich erschreckt.

Daneben gibt es jede Menge Hakenkreuze, keltische Kreuze, Abzeichen, Armbinden und Aufkleber mit »Holocaust ist Humbug«. Und überall der Kopf von Hitler, in Bronze – oder als Bild. Was für ein Plunder! Und außerdem teuer. Man könnte Nachtisch mit Erdbeeren dafür kaufen!

Die Bücher kosten Mama auch viel Geld. Sie selber kann sich nicht einmal eine Zeitschrift leisten und liest ein Anzeigenblatt, *Inter 59*, das gratis verteilt wird. Papa dagegen hat eine Bibliothek mit Büchern, die er von Freunden oder über den Versandhandel gekauft hat. Und Nazi-Kassetten, die verboten sind.

Da ist zunächst ein dickes, orangefarbenes Buch: *Mein Kampf*, das Hitler 1925 im Gefängnis geschrieben hat. Darin werden alle Juden in ungeheurer Weise diffamiert. Mein Vater ist genauso besessen wie Hitler. Immer wieder bleut er uns ein, daß dieses Werk in Deutschland vor dem Krieg einen riesigen Erfolg gehabt hätte. 1933 war es ein Bestseller. Es wurde sogar gratis verteilt. Es stand auf der Liste der Werke, die man den Studenten empfahl.

Aber Hitler hatte verboten, es ins Französische zu übersetzen.

Ich hasse dieses Buch. Mein Vater wählt die Texte für die Diktate darin aus, zum Beispiel: ›Ich werde Antisemit‹, ›Folgen der Rassenmischung‹, ›Der Nationalsozialismus und der Rassengedanke‹.

Bei jedem Wort unterlaufen mir Fehler. Ich kann mir einfach nicht merken, wie man ›Skalpell‹, ›Abszeß‹, ›Moderleiche‹ und andere solche Wörter schreibt.

Hitler hatte in *Mein Kampf* geschrieben, daß sein rassistischer Staat, sein ›Reich‹, allmächtig werden würde. Und törichte Wahlen wie in Frankreich nicht bräuchte. Übrigens haßte er Frankreich.

Die Shoah wird schon in *Mein Kampf* erwähnt. Mein Vater findet es genial, daß Hitler alles vorausgesehen hat.

Ich habe die Titel der anderen Bücher in dem Bücherschrank angeschaut. Da gibt es *Das phantastische Leben des Adolf Hitler, Sterben in Berlin, Hitler und die Hexerei, Die Schule der Kadaver, Geburt der Waffen-SS, Die SS – Techniker des Todes, Die Überlebenden des hitlerischen Abenteuers, Der Nazi-Schatz.*

Mein Vater sieht bloß Haß, Zerstörung, Vernichtung.

Warum nur?

Mama sagt, die Arbeitslosigkeit sei der Grund, aber ich kenne viele Arbeitslose, die nicht so denken. Papa glaubt, die Juden und die Araber hätten ihm alles genommen. Er läßt uns auf die Mauern und die Brücke der Zechenzufahrt schreiben: ›Araber raus! Tod den Juden! Es lebe Le Pen!‹.

Aber an Le Pen und seine Anhänger glaubt er nicht mehr so recht. Er nennt ihn einen Waschlappen und einen Spießer. Er sagt, Le Pen werde die Sache verraten, um gut dazustehen und gewählt zu werden.

Papa versammelt Leute von der »guten Rasse«, der wahren weißen Rasse, die »Frankreich aufwecken« werden. Seiner Ansicht nach muß man den Leuten Angst einjagen. Das ist die einzige Sprache, an die er glaubt. Ebenso wie Claude Cornilleau von der PNF, der französischen nationalistischen Partei, deren Devise *»France d'abord, blanc toujours«* lautet: Frankreich zuerst, immer weiß!« Ihr Zeichen ist ein Kreuz in einem Kreis, das über den Rand ragt. In den Augen meines Vaters ist Cornilleau ein Genie. Er wird an die Macht kommen und neuer Präsident werden.

Wir reichen Cornilleau nicht einmal bis an den Knöchel. Aber nicht nur wir, wir armen Idioten, sondern auch die französischen Politiker, die Minister, können mit seiner Intelligenz nicht konkurrieren.

In der Zwischenzeit würde Papa gern dem Mann mit der roten Rose den Hals umdrehen, dem aus Lille, Pierre Mauroy. Er verachtet ihn über alle Maßen. Aber dieser Mann versetzt ihn weniger in Wut als Le Pen. Mein Vater wird die ›Front National‹ verlassen. Er wird sich Cornilleau anschließen.

Mein Vater kennt Le Pen gut, denn er war sein Leibwächter, als dieser auf Versammlungen in dem Nord-Pas-de-Calais oder sonstwo in der Nähe auftrat. Manchmal nahmen diese Veranstaltungen einen gewaltsamen Verlauf, und der Agitator mußte untertauchen.

Einmal ist Le Pen vor einer Versammlung zu uns nach Hause gekommen. Wir Mädchen hatten seine Aufkleber auf die Wände der Schule und auf die Autos der Lehrer geklebt! Er kann uns dankbar sein!

Seine Stimme ist scharf. Er beeindruckt mich. Ich hatte ihn im Fernsehen gesehen, aber aus der Nähe sieht er älter aus. In Wahrheit schüchtert er mich ein.

Trotzdem wage ich es, ihn anzusprechen.

Ich frage ihn: »Welches ist dein kaputtes Auge?«

Er zeigt auf das linke. Er sagt, daß er damit nicht sieht.

»Warum bewegt sich dein Glasauge wie das andere?«

Er lächelt. Er sagt, damit es natürlicher wirke. Er gibt mir ein Autogramm.

Ich hätte lieber eines von Claude François gehabt, aber die Leute, die man im Fernsehen sieht, die bittet man um ein Autogramm. Zur Erinnerung.

Meine Güte, ist der pingelig, der Le Pen! Nachdem er sich auf dem Sofa im Salon hingelegt hat, um sich ein bißchen auszuruhen, hört er nicht auf, sich die Hundehaare von der Hose zu bürsten. So ein Aufhebens um drei Hundehaare!

Aber er ist wenigstens nett zu seinen Töchtern. Sie sind hübsch und fürchterlich verwöhnt. Er gibt ihnen alles, was sie haben wollen. Sie haben die gleichen Vorstellungen wie er, die von der »Front National«. Die Töchter sind nett, aber ein bißchen zu stolz auf ihren Papa. Mein Vater hat mit Le Pen über die andere Partei geredet, der er sich anschließen will, der PNF. Le Pen ist gar nicht einverstanden!

»Herr Beaussart, tun Sie das nicht! Treten Sie nicht in diese Partei ein! Die gehen wirklich zu weit. Diese Leute werden niemals an die Macht kommen. Bleiben Sie bei uns!«

Papa hat nicht auf ihn gehört.

Der große Nationalist, das ist für ihn Cornilleau. Wie Hitler, aber er ist nicht Hitler. Er ist Claude Cornilleau. Er wird den Führer ersetzen, und es wird überall Krieg geben.

Und deswegen muß man sich im Schießen mit dem Gewehr üben, sogar die Kinder. Und im Überleben durch Diebstahl. Auch reicht es Papa nicht mehr, uns mit klatschenden Ohrfeigen zu bestrafen, nein, jetzt versetzt er uns, immer wenn es uns am meisten überrascht, Schläge, um zu sehen, wie wir reagieren. Das ist keine Strafe, sondern gehört zum Training.

Es gibt bei uns eine kleine Statuette, die drei sitzende Äffchen darstellt. Drei Affen, das heißt, man sieht nichts, man hört nichts, und man verpetzt niemanden bei den Bullen. Mein Vater verhöhnt die Polizei.

Eines Tages amüsiere ich mich mit Kiki am Telefon. Ich benutze den Apparat im ersten Stock und sie den im Erdgeschoß. Plötzlich hören wir eine kräftige Männerstimme: »Hört ihr endlich mit dem Blödsinn auf, ihr Gören?«

Papa hat begriffen. Das Telefon wird abgehört. Die RG, die *»Renseignements généraux«*, der Geheimdienst also, überwacht ihn.

Irgendwann geht es wieder los. Papa nimmt das Telefon und erzählt lauter Blödsinn. »Hallo, hallo, da ist was Braunes in der Leitung.« Er amüsiert sich. Er biegt sich vor Lachen. »Haben Sie verstanden? Da steckt Scheiße in der Leitung.«

Dann beschimpft er sie: »Hurensöhne, Negerpimmel.« Jetzt ist es ihm völlig gleichgültig, ob er abgehört wird. Sobald seine Partei an der Regierung ist, wird er sich an den Bullen rächen.

Das Spiel mit dem Telefon macht meinen Schwestern und mir großen Spaß. Es ist wie ein Spielzeug. Wir hoffen, daß der Polizist mit der lauten Stimme nochmal irgend etwas sagt, aber er läßt sich nicht wieder erwischen. Er muß wahrscheinlich eins auf die Finger gekriegt haben. Ich muß noch immer darüber lachen.

## Die Tränen meines Vaters

Mein Vater, der in ständiger Angst lebt, daß sein Vaterland von Fremden überrollt wird, kann es nicht fassen, daß seine Töchter unter seinem Dach von Läusen überfallen wurden. Er bricht in Tobsuchtsanfälle aus, und seine Bestrafungen folgen einer einfachen Formel: Pro Laus bekommen wir eine Ohrfeige! Der Kampf gegen die flügellosen Insekten mit den Klammerbeinen und den stechendsaugenden Mundwerkzeugen wird ohne Erbarmen geführt. Sie müssen alle eliminiert werden. Mathilde erhält den Befehl, die Nissen auf meinem Kopf zu zählen. Sie übertreibt, damit ich noch mehr Schläge kassiere.

Glücklicherweise übernimmt Mama bald ihren Platz. Sie zählt so wenig wie möglich, und als mein Vater das spitzkriegt, läßt er sie für diese Milde mit Fausthieben büßen.

Das Anti-Läuse-Shampoo, das mein Vater kauft, muß ich aus meiner Spardose bezahlen. Mein Vater verbietet mir, mit anderen Verlausten zu sprechen. Aber wie soll man das wissen? Die Läuse kann man nicht so ohne weiteres auf dem Schädel erkennen.

Ein paar Tage später bei Tisch bemerkt mein Vater, daß ich mich wieder am Kopf kratze.

»Komm her.«

»Was habe ich denn getan, Papa?«

»Komm her.«

Voller Angst erhebe ich mich.

»Mathilde, schau auf ihrem Kopf nach.«

Mathilde hat es eilig zu gehorchen.

»Ja, sie hat Nissen.«

Er schlägt mit der Faust auf den Tisch, steht auf, verschwindet im Bad.

Als er wieder im Eßzimmer steht, hält er einen kleinen schwarzen Apparat in der Hand: Es ist sein Rasierapparat.

»O nein, Papa! Bitte nicht!«

Mama fleht ihn an, meine hübschen langen Haare nicht anzufassen.

Er schlägt mich. Ohrfeigen mitten ins Gesicht.

»Dumme Ziege! Du hast also wieder mit Verlausten geredet? Mit wem?«

»Ich habe sie nicht gesehen, Papa. Ich schwöre es.«

Er ist der Meinung, daß man in meinem Alter die Verlausten auf Anhieb erkennen können müsse. Ich darf mit niemandem mehr sprechen. Ich muß ganz allein und isoliert bleiben, die gleichaltrigen Mädchen meiden, aber auch die Lehrer, da es unter denen, so die Auffassung meines Vaters, verlauste Juden gibt. Sie fühlen sich immer stärker, poltert mein Vater, aber sie werden es noch teuer bezahlen. »Aber darauf können wir jetzt nicht warten«, sagt er. »Daher werde ich dir jetzt die Haare scheren.«

Das Protestieren, Flehen und Weinen nützt am Ende doch noch – er rasiert mich nicht. Er gießt mir eine Flasche Essig übers Haar und schickt mich mit einem Tuch um den Kopf ins Bett.

Ich bin nicht nur ein Ohrfeigengesicht, ich bin auch noch ein Läusekopf.

Ich werde bald zwölf, aber alle sagen, ich sähe aus wie sieben oder acht. Ich bin klein, mager, blaß. Ich wirke kränklich. Ich spiele mit einer Barbie-Puppe, die mir eine Nachbarin zusammen mit altmodischen Veilchen-Bonbons geschenkt hat. Ich habe einen Namen für sie gefunden, den allerschönsten, den es gibt: Kiki, den Vornamen meiner Schwester. Auf diese Weise verläßt Kiki mich nie. Ich spreche mit meiner Puppe.

Meine Puppe Kiki hat eine schmale Taille, üppiges Haar und Stöckelschuhe. Wenn ich Geld hätte, könnte ich ihre Garderobe erneuern. Sie ist wie ein Kinostar, wie Brigitte Bardot oder Marylin, Stars mit schönen Busen, die mein Vater sensationell findet. Er bewundert auch Sheila.

Mein Vater ist hingerissen von diesen schönen Frauen, aber Mama muß überall platt sein, ohne Formen. Er hat Angst, sie könnte andere Männer anziehen. Seine fixe Idee.

Natürlich sieht die echte Kiki, meine Schwester, eher wie ein Junge aus. Sie ist gezwungen, sich wie ein Soldat anzuziehen, mit khakifarbenen Hosen und derben Schuhen.

Mama hat einen bläulichen Adler auf den Arm tätowiert.

Mathilde in ihrem schwarzen Hemd mit Schulterpolstern, ihren Kampfhosen, ihren Rangers und ihrer Armbinde flößt mir Angst ein. Für nichts und wieder nichts der Hitlergruß. In Habachtstellung vor der Kupferbüste von Onkel Hitler macht sie ihre Show.

Da sie eine echte Nationalistin ist, wird sie so gut wie nie geschlagen. Sie bespitzelt uns. Eines Tages hat Papa ihr befohlen, Mama zu schlagen. Die eigene Mutter zu schlagen, das ist hart, aber Mathilde will auch diesen Auftrag erfüllen. Kiki hat sich auf sie gestürzt: »Faß Mama nicht an!« Sie hat sie mit Fäusten bearbeitet.

Papa hat sich auf dem Stuhl zurückgelehnt und laut losgelacht. Diese Prügelei gefiel ihm. Er feuerte die beiden Mädchen an. Ich habe geweint, und aus diesem Grunde beschimpfte mich Papa als entartetes, kampfunfähiges Mädchen.

Er versucht dauernd, seine Töchter gegeneinander und gegen Mama aufzuhetzen. Um uns den Dschungel des Lebens zu lehren. Ich bin der Meinung, daß uns das zu sehr an die Gewalt gewöhnt hat.

»Abschaum der Menschheit! Mongoloide!« brüllt er mir ins Ohr. Manchmal glaube ich ihm. Manchmal nicht. Ich habe Zweifel. Ich weiß nicht mehr, was ich glauben soll. Aber ich habe Angst, daß ich, wenn ich ihn immer wieder dasselbe wiederholen höre, am Ende wirklich nichts mehr tauge.

Wenn ich nicht diesen Makel der Herzkrankheit hätte, würde mein Vater mich dann liebhaben? Diese Frage stelle ich mir oft.

Wenn meine Gesundheit nicht so anfällig wäre, würde ich dann Papas nationalistische Ideen teilen? Ich glaube nicht. Es steckt einfach in mir: Ich mag den Haß nicht.

Mathilde ist davon überzeugt, daß Papa uns liebt. Sie meint, er liebe uns so sehr, daß seine gewaltige Liebe sich in Haß verwandelt, wenn wir eine Dummheit machen.

Aber das glaube ich nicht.

Auch Mama hat Zweifel. Sie weiß, daß er sie nur behält, damit sie sich um den Haushalt kümmert und ihm vielleicht einen Sohn schenkt. Sie weiß, daß ihr Mann sie nicht liebt. Und wenn ich später unfähig bin, ein Kind zu lieben?

Einmal, als ich acht Jahre alt war, war ich meinem Vater hilflos ausgeliefert. Da hat er versucht, mich umzubringen. Er hatte die Nase von mir voll, stieß mich die Treppe hinunter und brüllte: »Verrecke!«

Ich bin nur auf den Hintern gefallen und nicht gestorben. Was für eine Enttäuschung für ihn!

Er hat gebrüllt: »Warte nur, irgendwann kriege ich dich noch, so oder so!«

In dem Augenblick kam Kiki aus dem Keller herauf. Ich habe mich in ihre Arme geflüchtet. Er schien überrascht zu sein, weil er sie offenbar außer Haus gewähnt hatte. Kiki hat sofort begriffen, daß mein Vater mich hinuntergestoßen hatte. Sie hat sich zwischen uns gestellt und mich beschützt.

Mama ist gekommen. Sie hat Papa gefragt, was er getan habe. Er hat sie weggestoßen und geschrien: »Die ist ein Abschaum, ich will, daß sie verreckt! Ich will so was nicht in der Familie.«

Mama hat versucht, mich zu verteidigen.

»Wenn Ida schwächer ist als die anderen, dann ist das nicht ihre Schuld. Sie kann nichts dafür.«

Daraufhin verdoppelte sich noch seine Wut, und er hat sie an Mama ausgelassen, indem er sie ohrfeigte. Er hat eine Gabel geholt und sie ihr in den Arm gerammt, bis ihr das Blut aus der Haut troff.

Kann ein Leben ist trauriger verlaufen als unseres?

Ich hab' es satt! Wirklich satt. Mit Sicherheit haben die Nachbarn Mamas Hilferufe gehört. Aber sie sind nicht gekommen. Sie wissen, daß, wenn sie die Polizei benachrichtigen, Papa ihre Fensterscheiben mit Gewehrsalven durchlöchern und sie noch auf andere Weise schikanieren würde.

Er weiß, daß man ihn den ›Nazi von Salomé‹ nennt. Das

stört ihn nicht, ganz im Gegenteil. Das ist es, was er sein will, ein Nazi-Boß.

Einmal hat ein Nachbar den Arzt gerufen, damit er nachschauen kommt, was bei uns los ist. Nun, wenige Tage später hat der Nachbar ein blaues Auge gehabt. Und da er klein und schüchtern ist, hat er sich nie wieder eingemischt. Jeder ist sich selbst der nächste.

Wenn ich nicht einschlafen kann, denke ich noch heute oft an meine Angst an jenem Tag zurück, da er mich die Treppe hinuntergestoßen hat. An jenem Tag habe ich den Tod gesehen. Es ist seltsam, daß man in solchen Augenblicken keine Zeit mehr hat, die Angst zu spüren. Man begreift nicht ganz, was geschieht. Erst nachher habe ich es erkannt. Ich habe gezittert und konnte nicht mehr aufhören.

Damals ist es mißglückt, ich bin nicht gestorben. Aber ich habe die rasende Wut in den Augen meines Vaters gesehen.

Und wenn meine Herzkrankheit schuld an seinem Wahnsinn wäre?

Dabei bin ich durchaus zäh. Als ich zum Beispiel eine Blinddarmentzündung hatte, wollte er nicht, daß der Arzt kommt. Er sagte, ich würde mich nur anstellen. Ich bin im letzten Moment operiert worden, und ich habe überlebt.

Ich habe Gelbsucht und verschiedene andere schwere Krankheiten gehabt, aber ich habe widerstanden. Man kann also schwach sein und dennoch leben und sich behaupten. Meine Großmutter kennt sehr alte Leute, die in ihrer Jugend krank waren. Nun, sie haben durchgehalten.

Und ich, ich werde auch durchhalten.

Als ich klein war, habe ich meinen Vater nett gefunden.

Als ich ungefähr acht war, hat er mir eine große falsche Münze aus Messing geschenkt. Da war ein Mann drauf abgebildet. Nicht Hitler.

Und da war das kleine rote Fahrrad. Er führte mich am Kanal entlang spazieren. Ich fragte ihn, ob ich noch sein Liebling sei.

»Ja, meine Dada«, gab er mir zur Antwort.

Er hatte mich in eine Fabrik mitgenommen, wo er arbeitete, und hat mich allen Leuten vorgestellt: »Das ist Ida. Sie ist meine Lieblingstochter.« Ich war seine kleine Prinzessin. Der Boß hatte mir eine Spinne aus Zucker geschenkt, die an einem Draht befestigt war. Das war hübsch. Ich habe sie auf dem Büffet aufgestellt. Aber inzwischen ist der Zucker geschmolzen, und es ist nur der Draht übriggeblieben.

Papa vermißt die Zeit, als er noch richtige Lohnstreifen bekam, die Mama in Plastikhüllen ordnete, die wir alle dann bestaunten.

Mama bedauert ihn manchmal. Sie sagt, die Arbeitslosigkeit habe ihn verrückt gemacht.

Es stimmt, daß er handwerkliches Talent hat. Er hat ihr einen kleinen Tisch gemacht, einen Vogelkäfig, einen ziselierten, mit einer Blume dekorierten Brotkasten. Er hat ihn mit großer Hingabe angemalt.

Inzwischen beruhigen ihn die Bastelarbeiten nicht mehr. Wenn er zum Beispiel gerade hobelt, reicht es aus, daß er mich erblickt. Mein Gesicht paßt ihm nicht, und er wirft den Hobel haarscharf an meinem Kopf vorbei. Dann räumt er seinen khakifarbenen Werkzeugkasten weg.

»Euer Vater ist depressiv«, erklärt Mama uns, »und dazu die Arbeitslosigkeit …«

Sie sagt ihm immer wieder: »Es ist nicht schlimm, daß du deine Arbeit verloren hast, Jean-Claude, du wirst wieder eine finden. Mach dir nichts draus.«

Er sucht nach Arbeit und geht regelmäßig zum ANPE, zum Arbeitsamt. Aber er findet keinen Job, oder wenn doch, dann nicht für lange.

In solchen Zeiten heult er wegen nichts und wieder nichts. Aber Trauer und Verzweiflung stimmen ihn nicht freundlicher.

Wenn er eine tiefe Depression hat, sieht er aus wie ein abgeschlaffter Teddybär. Ich mag ihn so nicht sehen. Er tut mir leid. Er steht unter Tranxène. Erst fünfundzwanzig, dann fünfzig am Tag – schluckt Pille um Pille, aber das genügt nicht. Man muß ihn ins Krankenhaus in Lille einweisen. Er ist so deprimiert, daß er bereit ist, hinzugehen.

Während seiner Abwesenheit können Mama und wir ein bißchen aufatmen, uns ein bißchen ausruhen. Unsere Stimmung bessert sich. Wir sagen uns, im Krankenhaus wird man ihn pflegen und ihn uns netter zurückschicken.

Aber werden wir, wie üblich, jede kleine Freude doppelt und dreifach bezahlen müssen?

Mama nimmt uns mit ins Krankenhaus, um ihn zu besuchen.

Ich erkenne ihn schon von weitem. Er trägt einen bordeauxroten Schlafanzug. Ich laufe schnell den Gang des Gemeinschaftssaals entlang. Wie traurig er aussieht!

Er sitzt auf der Bettkante und läßt die Beine baumeln. Man hat ihn mit ein paar alten Leuten zusammengesteckt, die sich aufs Sterben vorbereiten. Wahrscheinlich war woanders kein Platz mehr für ihn.

Es ist entsetzlich. Mein Vater weint. Dicke Tränen rollen über seine schlaffen Wangen. Das tut mir weh.

Warum soviel Kummer?

Kein Kind auf der Welt möchte seinen Vater in diesem Zustand sehen.

## Salz in die Wunden

Inzwischen bin ich zwölf Jahre alt.

Da ich nun einmal noch am Leben bin, soll es jetzt ernst werden. Ich soll genauso schwer trainieren wie meine Schwestern Mathilde und Kiki. Mathilde, die stärkste, wird als Vorbild dienen.

Ich selber wäre lieber ein Funkenmariechen. Ich beneide diese Mädchen, die in ihren Röckchen, Stiefeletten und Fransenjacken aussehen wie Barbie-Puppen. Sie werfen zur Musik anmutig die Beine hoch. Ich bin immer ganz gerührt, wenn ich einen Trupp dieser Funkenmariechen sehe, etwa wenn sie im Bus durch unser Dorf fahren. Sie machen Stimmung auf den Festen in der Gegend.

Sie sind auf der Kirmes, wo es Karussells und Feuerwerk gibt.

Aber ich darf an solchen Belustigungen nicht teilnehmen und muß mich als Soldat verkleiden. Dabei haßt mein Vater die Armee. Ich verstehe das nicht. Und ich verstehe auch nicht, warum er uns immer noch mit seinen Drohungen gegen die Ausländer oder gegen die Juden in den Ohren liegt. Manchmal sage ich mir, daß er unmöglich denken kann, was er sagt, so ungeheuerlich und furchterregend klingt es. Als ob er etwas Auswendiggelerntes nachbetet.

Ob er seine Gesinnung wohl ändern würde, wenn er eine Anstellung als Schreiner fände. Oder es die Depression ist, die ihn verrückt macht? Aber warum läßt er sich dann nicht behandeln?

Ich stelle mir viele, viele Fragen, auf die ich keine Antwort weiß.

Ich verstehe die Vorstellungen meines Vaters nicht. Er nennt das Politik. Ist das Politik? Ähneln andere Parteien wie die sozialistische oder die kommunistische der nationalistischen Partei? Die ›Kokos‹, die Kommunisten von Salomé, können meinen Vater jedenfalls nicht ausstehen. Ich frage mich, ob Politik die Menschen immer so starrsinnig macht.

Ich hasse die Politik. Sobald die Fernsehnachrichten eingeschaltet werden, wende ich den Blick ab, weil ich nicht an Politik denken will. Lieber ziehe ich mich in eine Traumwelt zurück, in die Wunschidylle friedlichen Lebens unter Tieren. Mein Vater haßt die Fernsehnachrichten ebenfalls, aber aus ganz anderen Gründen. Für ihn sind die Sendungen nichts als eine Aneinanderreihung von Lügen. Denn nur er kennt die Wahrheit.

Erst kommt das Fressen, dann die Moral. Fleisch für die Gefriertruhe wird gebraucht. Also fordert Papa uns auf, wieder auf Beutezug zu gehen.

Kiki fängt an. Ich lasse sie in den Supermarkt gehen und warte auf dem Parkplatz auf sie. Kein Polizist in der Nähe. Ich hole die Bonbons aus der Tasche, die mir Pié-Pierre geschenkt hat. Ich kaue auf ihnen herum, um meine Nerven zu beruhigen.

Kiki kommt schon recht bald zurück. Ich zittere vor Aufregung. Ich schaue nach, ob sie verfolgt wird, ob irgendwo ein Aufpasser aufgetaucht ist. Aber nein. Lächelnd tritt sie auf mich zu. »Es hat geklappt!«

Allerdings fehlt noch das Fleisch. Papa wird vor Wut platzen. Kiki will nicht noch einmal hingehen, also bin ich dran. Auch ich habe Glück und werde nicht erwischt.

Rasch kehren wir nach Hause zurück. Mama packt

das Fleisch in die Gefriertruhe. Sie erzählt, daß ihr während unserer Abwesenheit heiß und kalt geworden ist: Der Mann vom Elektrizitätswerk ist vorbeigekommen. Zum Glück hat sie ihn vom Fenster aus kommen sehen und noch Zeit gehabt, den Zähler wieder freizumachen. Andernfalls hätte er bemerkt, daß wir ihn blockieren.

Wenn wir genug Geld hätten, würden wir das nicht tun. Aber womit sollen wir alle diese Rechnungen bezahlen? Auch vor dem Briefträger haben wir Angst. Er bringt nur schlechte Nachrichten, ausstehende Geldsummen. In aller Eile verstecken wir die Rechnungen, damit Papa sie nicht findet. Er gibt uns kein Geld, aber wenn er eine Rechnung sieht, gerät er in Wut.

Inzwischen weiß auch ich, wie man den Zähler blockiert. Man schraubt ihn auf und setzt ihn verkehrtherum wieder ein, das hat Papa uns beigebracht.

Der Trick mit dem Zähler ist unter armen Leuten sehr verbreitet. Und seit der Schließung der Zeche von Wavrin hat sich die Armut in dieser Region stark ausgebreitet.

Wenn Papa an diesem Abend heimkehrt, werden wir ihm von dem gelungenen Diebstahl und der Sache mit dem Zähler erzählen, vielleicht versetzt ihn das in gute Laute.

Irrtum. Unsere kleinen Erfolge sind ihm schnuppe. In seinen Augen haben wir lediglich unsere Pflicht erfüllt.

Als er am Ofen vorbeikommt, tritt er heftig mit dem Fuß dagegen. Für nichts und wieder nichts. Und weil er sich weh getan hat, wird er wütend.

Ich gehe auf den Hof hinaus.

»Komm her, du Mongoloide!«, schreit er mir nach.

Ich fühle, daß sich da ein Gewitter zusammenbraut, und zögere. Ich rühre mich nicht.

»Komm her! Ich zähle bis drei. Wenn du bei drei nicht hier bist, kriegst du eine gescheuert.«

Er fängt an zu zählen.

»Eins ... zwei ... drei ... Na, wird's bald?«

Er zählt weiter.

»Drei ... vier ... fünf ...«

Zitternd trete ich ein Stückchen näher.

Er zählt noch immer.

»Fünf ... sechs..«

Und dann versetzt er mir auch schon die erste Ohrfeige. Beinahe wäre ich umgefallen. Er hat bis sechs gezählt, also gibt es sechs Ohrfeigen, keine weniger. Ich bin ganz benommen.

»Nächstes Mal weißt du, daß du gefälligst sofort zu gehorchen hast.«

Ich gehe ohne zu essen ins Bett. Meine Kehle ist so zugeschnürt, daß ich nicht einmal weinen kann.

Zehn Minuten später ruft er nach mir.

»Mongoloide, komm wieder runter. Ich zähle bis drei.«

Da ich nicht schnell genug aufstehe, kommt er mich aus dem Bett holen und zerrt mich an den Haaren die Treppe hinunter.

»Marschier in deine Ecke und iß!«

Ich setzte mich ganz allein an den Couchtisch. Meine Suppe ist kalt, und ich habe keinen Hunger. Ich muß mich zwingen, sie runterzuschlucken.

Am nächsten Tag müssen wir erneut die Geschäfte der Umgebung bestehlen. »Für euer Überleben«, wiederholt

Papa. »Später werdet ihr mir dankbar sein, weil ihr euch überall durchschlagen könnt.«

Als wir das erledigt haben, zwingt er mich auch noch, ihn auf der Jagd zu begleiten, ob ich will oder nicht, ich muß mit dem Gewehr schießen. Schießen macht mir durchaus Spaß, aber das Gewehr tötet. Ich will keine Hasen abschießen, dazu liebe ich Tiere zu sehr. Also ziele ich mit Absicht daneben. Allerdings ist mein Vater auf der Jagd ebenso wie beim Angeln viel umgänglicher als sonst. Er schweigt und hofft auf gute Beute. Die Jagd und das Fischen sind Bestandteile unseres Überlebenstrainings.

Was ich an unserer Ausbildung am meisten hasse, sind die unvorhergesehenen, grundlosen Fausthiebe meines Vaters. Und das überraschende Aufwecken mitten in der Nacht.

Wir müssen jederzeit zu allem bereit sein. Wenn der Feind uns angreift, so Papas Motto, werden wir ihm antworten können.

Heute steht die Übung am Kanal auf dem Programm. Ich und meine beiden Schwestern müssen uns am Ufer aufbauen. Ich kann aber nicht schwimmen. Mein Vater sagt, wenn man will, kann man alles. Mir ist es lieber, dort entlangzugehen, wo ich Grund unter den Füßen habe, und ich klammere mich an Kiki. Ich verschlucke dreckiges Wasser. Ich weiß nicht, wie es mir gelingt, das andere Ufer zu erreichen, aber ich schaffe es.

Die nächste Übung: Eine Lösung finden, um ans andere Ufer zu gelangen, ohne zu schwimmen, und auf einem Bauernhof Hühner stehlen.

Wir breiten schwimmende Stöcke ordentlich nebeneinander auf das Wasser. Man muß ganz vorsichtig gehen. Wir fallen um. Fangen von vorne an. Es ist schwer, aber wir schaffen es.

Am anderen Ufer gibt es auch Hähne, einen hübschen kleinen Esel und Schafe. Kiki beschließt, ein Schaf zu stehlen. Papa wird es an Ort und Stelle schlachten, und wir werden eine ganze Woche zu essen haben.

Aber Kiki hat die Schwierigkeit dieser Aufgabe unterschätzt. Ein großes Schaf läßt sich nicht so leicht einfangen. Kiki fällt mit dem Tier zusammen um. Es wird ein Spiel, und wir Schwestern fangen an zu lachen. Vater schimpft. Für ihn ist das Ganze eine todernste Angelegenheit.

Schließlich begnügen wir uns damit, jede ein Huhn zu nehmen. Allerdings ist dem Bauern unser Treiben nicht verborgen geblieben. Schreiend rennt er hinter uns her. Er versetzt mir einen Hieb mit dem Stock. Aber ein kleiner Stockhieb bringt mich noch lange nicht dazu, das Huhn loszulassen! Wir überreichen Papa unsere Beute. Als er den Hühnern den Hals umdreht, wende ich den Blick ab.

Es gibt noch Schlimmeres als die Übung am Kanal: Das Kampftraining auf der Hindernisbahn.

Mein Vater liebt seine Stoppuhr. Er mißt nicht nur die Zeiten unserer Hindernisläufe, sondern hält uns bei jeder Gelegenheit die Uhr unter die Nase. Wenn wir fünf Minuten zu spät von der Schule heimkommen, bekommt er schon Tobsuchtsanfälle.

Mein Vater fürchtet, meine Schwester könnte einen Verehrer haben, oder wir könnten unterwegs Freundschaften schließen.

Das eigentliche Kampftraining findet im Sportstadion statt, wo wir bis zur Erschöpfung laufen müssen. Mathilde ist Kiki und mir immer weit voraus. Wegen meines Herzfehlers geht mir immer sehr schnell die Luft aus. Aus reiner Solidarität bleibt Kiki, die mich auch leicht abhängen könnte, in meiner Nähe. Wenn ich nachlasse, wird sie auch ein bißchen langsamer. Aber selbst im Schneckentempo halte ich längere Laufstrecken kaum durch.

Es hilft nichts, ich bin die schlechteste. Selbst Edwige überholt mich, obwohl sie jünger ist als ich. Auch sie versucht, mir zu helfen. Sie sagte zu Papa: »Ida ist krank, sie kann nichts dafür, wenn sie aus der Puste kommt.«

Wütend zwingt mein Vater mich, einen Schritt zuzulegen. Er selbst übt sich in vornehmer Zurückhaltung und fährt mit dem Fahrrad nebenher.

Ich flehe ihn an: »Papa, halt an. Ich kriege keine Luft mehr.«

»Lauf, du Mongoloide! So einfach kommst du mir nicht davon! Schneller! Los, noch schneller!«

Mathilde rennt weit voraus. Kiki bleibt neben mir.

»Halt durch, Dada. Du wirst es schaffen.«

Wir müssen elf Runden laufen. Für mich eine endlos lange Strecke. Aber ich presse die letzte Energie aus meinem Körper. Diesmal will ich es schaffen. Mein Herz schlägt wie wild. Das Atmen fällt mir schwer. Meine Schläfen pochen, und ich fühle meine Beine nicht mehr.

Mein Vater scheucht mich von seinem Fahrrad herab weiter.

»Schneller! Schneller! Schwächling!«

Ich schaffe es immerhin bis zur achten Runde.

»Siehst du, Papa«, sagt Kiki. »Ida ist acht Runden gelaufen. Sie wird immer besser.«

Es schert ihn nicht. Er, auf seinem Fahrrad, macht sich nicht müde.

»Papa, ich schaffe es nicht.«

Er hört nicht auf mich. Und dabei weiß er, daß mir die Ärzte Lauftraining verboten haben. Er will, daß ich zusammenbreche. Aber ich darf nicht hinfallen, er würde sich auf mich stürzen.

Mit Kikis Unterstützung schaffe ich auch die letzte Runde.

Doch damit ist es noch nicht geschafft. Ich muß auch über Hindernisse springen und Slalom laufen, während er mit dem Gewehr in meine Richtung schießt. Einmal verstehe ich sein Kommando nicht richtig und laufe geradeaus.

Er brüllt: »Hier, du dumme Kuh! Du hast nichts begriffen!«

Ich fühle mich so elend, verlassen und erschöpft.

Er fährt fort: »Lauf! Lauf schneller! Dein Herz wird versagen! Lauf!«

Ich will nicht, daß mein Herz versagt. Aber wenn es doch versagte, dann wäre ich erlöst.

Im Winter, wenn es im Stadion bitterkalt und außerdem oft schon dunkel ist, habe ich noch mehr zu kämpfen. Vom Regen durchweicht, kommen wir nach Hause. Mein Vater scheint nie zu frieren. Selbst bei Temperaturen um den Gefrierpunkt läuft er im offenen Hemd herum.

In den Augen meines Vaters bin ich eine Behinderte. Er sagt, er hätte meinetwegen Ärger mit seiner Familie. Dabei mögen mich seine Mutter und sein Neffe gern.

In den Augen meines Vaters bin ich so häßlich, daß die Leute bei meinem Anblick Angst bekommen. Aber Kiki sagt, ich sei schön. Schon öfter habe ich Leute sagen hören, daß ich hübsch sei. Und wenn ich mich im Spiegel anschaue, finde ich mein Aussehen auch ganz normal.

In den Augen meines Vaters habe ich noch jede Menge andere Fehler. die mich daran hindern, eine gute Nationalistin zu werden:

– Ich kann nicht schnell rennen,

– ich schwimme zu schlecht,
– ich kann keine Tiere töten,
– ich bin am Herzen operiert worden,
– meine Mutter hat Kinderlähmung gehabt,
– ich kann Araber und Juden nicht erkennen,
– ich mag kein Nazi-Abzeichen, Hakenkreuze und Keltenkreuze aufnähen, und ich mache keine guten Säume an den Nazi-Fahnen,
– ich bin zu nichts nutze,
– ich kann mir die deutschen Lieder nicht merken,
– ich weiß *Mein Kampf* nicht zu lesen,
– ich verdiene es nicht, daß Hitler mein Onkel ist.

Eines Tages hat mein Vater die Nase endgültig voll von meinen Gebrechen, und er befiehlt mir: »Mongoloide, geh in den Garten. Ich komme gleich nach.«

Mir wird schlecht. Edwige und Kiki flehen ihn an, mir nicht weh zu tun. Er stößt sie wie lästige Pappfiguren beiseite.

Ich gehe nach draußen. Ich warte ab, was passieren wird. Die Hunde bellen mich an. Es ist kalt. Ich höre die Schreie meiner Mutter. Sie hat sicher versucht, mich zu verteidigen.

Schließlich geht die Tür auf. Er ist es. Er nimmt einen Spaten und stürzt auf mich los. Ängstlich weiche ich zurück.

Er hält mir den Spaten hin.

»Grab!«

Darum geht es also? Ich soll den Garten umgraben! Seltsam, es ist schon fast Nacht.

»Du Mongoloide, du wirst dir dein Loch schaufeln.«

»Ein Loch? Ein großes Loch?«

Er versetzt mir einen heftigen Stoß.

»Du wirst dir dein eigenes Loch schaufeln: dein Grab. Wenn es tief genug ist, wirst du reinsteigen und wirst eingegraben werden.«

Ich gehorche widerspruchslos und mach mich daran, mein Grab zu schaufeln. Wenn ich erst einmal unter der Erde bin, werde ich endlich Ruhe haben. Also schaufele ich mir mein eigenes Grab.

In der Zwischenzeit amüsiert er sich damit, die Hunde aufzuhetzen, die aus vollem Hals bellen. Er überwacht mich von weitem. Ich unterbreche die Arbeit keine Sekunde, denn ich will keine Prügel beziehen.

Während ich schaufele, sage ich mir, daß mein Vater mich, bevor er mich begraben kann, töten muß. Wie wird er das machen? Welche Todesart hat er für mich ausgewählt. Zweimal sind ihm seine halbherzigen Anschläge auf mein Leben schon mißglückt. Aber vielleicht macht er diesmal ernst.

Ich wage nicht, es Kiki anzuvertrauen, aber manchmal denke ich daran, mich selber zu töten. Aber ich möchte auf keinen Fall, daß es mißlingt und ich nur verletzt bin. Wenn ich mich in den Kanal stürzte, hätte ich Angst, wieder an die Oberfläche zu kommen und zu schwimmen. Angler könnten mich retten.

Und wenn mein Vater erführe, daß ich einen Selbstmordversuch gemacht hätte, das wäre entsetzlich. Er will, daß die Initiative von ihm kommt. Er ist der Boß.

Während ich mein Grab schaufele, kommt mir die Idee, es mit Schlaftabletten zu versuchen. Aber ich weiß nicht, wie viele man nehmen muß. Würde ein Röhrchen ausreichen?

»Na, kommst du voran?« brüllt mein Vater.

Er geht ins Haus.

Ich weiß nicht, wie lange ich grabe. Lange Zeit. Es ist völlig dunkel geworden. Jetzt kreist mein ganzes Denken und Fühlen nur noch um den Tod. Und dann steigt vor meinem geistigen Auge die Erinnerung an eine schlimme Szene auf. Es war vor ein paar Monaten, da stürzte er mit dem Gewehr im Arm aus dem Haus und scheuchte mich übers Feld. Als ich hörte, wie er das Gewehr lud, wußte ich, daß er Lust hatte, mich zu töten. Bisher hat er immer daneben geschossen. Aus Angst vor dem Gefängnis. Ich glaube, das war der einzige Grund.

Er hatte mich oft gefragt.

»Glaubst du, daß ich imstande bin, dich zu töten, dumme Ziege?«

»Ja, Papa, dazu bist du imstande.«

Er lachte hämisch. Er sagte nicht nein.

Und wenn ich nein sagen würde, würde er mich wieder verprügeln. Es machte ihm Spaß mir weh zu tun – moralisch und körperlich. Die Schläge fühlte man nach einer Weile nicht mehr. Die Trauer, das Gefühl der totalen Demütigung bleiben.

Eines dieser niederschmetternden Erlebnisse werde ich nie vergessen. Es passierte beim Ballspielen mit einigen Jungen aus meiner Schule. Einer der Jungs schoß den Ball über den Zaun, der das Schulgebäude von einem Privatgebäude trennte. Da sie es nicht wagten, ihn wiederzuholen, erklärte ich mich bereit, das zu übernehmen. Ich kletterte also auf die Mauer und holte den Ball zurück. Aber auf dem Rückweg spießte ich mir einen Finger an dem spitzen Draht auf. Es tat scheußlich weh, und ich schrie vor Schmerzen laut auf. Die Schüler haben um Hilfe gerufen, denn ich konnte meinen Finger nicht von dem Draht befreien. Die Schulleiterin rannte herbei und holte mich von dem Maschendrahtzaun herunter. Es fehlte nicht viel, und ich wäre in Ohnmacht gefallen. Man brachte mich daraufhin ins Krankenhaus, ohne meinen Vater zu benachrichtigen, der grundsätzlich jede medizinische Versorgung für mich ablehnte.

Aber alle Vorsichtsmaßnahmen nutzten nichts. Als ich wieder zu Hause war, erwischte er meine Mutter dabei, wie sie mir einen Verband anlegte. In wilder Wut hat er uns beide verprügelt. Dann hat er meine Hand gepackt und grobes Salz auf die Wunde gestreut, damit ich leide. Es war grauenhaft. Und je mehr ich schrie, desto wilder schlug er auf mich ein, desto hämischer klang sein Lachen.

Ich bin noch immer im Garten und schaufele mein Grab. Ich sage mir, daß mein Vater mich irgendwann wirklich töten wird, darüber besteht kein Zweifel.

Die Tür geht auf. Ist er das?

Nein, es ist meine Kiki. Sie läuft zu mir, küßt und tröstet mich.

»Komm rein, Papa ist schlafen gegangen. Er hat dich vergessen. Er schnarcht schon laut.«

Ich breche in ihren Armen zusammen und heule. Ich zögere, ins Haus zu gehen. Er wird wieder aufstehen und mich schlagen.

Kiki schwört mir, daß er es nicht tun wird. Immer ist es Kiki, die mich rettet.

»Weißt du, Kiki, Papa wird mich irgendwann umbringen.«

»Aber nein, meine Dada, das ist ausgeschlossen.«

Sie meint, er würde es nicht wagen. Aber ich weiß, daß er es tun wird, wenn er ein sicheres Mittel findet. Einen Mord, der nicht wie ein Verbrechen, sondern wie ein Unfall aussieht.

An diesem Abend bin ich ganz verzweifelt. Ich habe keine Kraft mehr zu kämpfen.

Mama will mir Pommes frites aufwärmen. Ich habe keinen Hunger. Mein Hals ist wie zugeschnürt.

Ich kann nicht schlafen. Ich sehe mich noch immer mein Grab schaufeln.

Ich würde gerne sterben und als Fisch wiedergeboren werden.

Ich würde ein neues Leben anfangen.

Ich wäre frei und glücklich.

Ich würde im Glück schwimmen.

In unserem Garten gibt es ein sehr tiefes Betonbecken für die Fische. Ich selbst habe mit meinem Vater den Zement gemischt. Ich arbeite gerne mit den Händen.

In der Schule hatte ich Maurerarbeit gewählt, aber man hat mich in die Schneiderei gesteckt. Schade, das Mauern hätte mir eher gelegen. Schneidern, das ist nichts für mich.

Ich habe meinem Vater auch beim Bau der Hundezwinger geholfen. Auch das Schweißen hat er mir beigebracht. Dennoch arbeite ich gern mit ihm. Bei solchen Gelegenheiten habe ich wenigstens ansatzweise das Gefühl, die ganz normale Tochter eines ganz normalen Vaters zu sein.

Wir setzen die im Kanal gefangenen Aale in das tiefe Becken. Sie bluten noch ein bißchen vom Angelhaken, aber sie leben. Neben dem alten Goldfisch, der inzwischen ganz fett geworden ist, gibt es noch einen Wels und einen ›Scheibenputzer‹, das heißt einen Fisch, der sich an den Wänden festsaugt und sie reinigt. Er absorbiert die kleinen Parasiten. Er putzt die Kieselsteine. Unaufhörlich. Man sollte ihn auf das Geschirr setzen, an Mamas Stelle, dann hätte sie ein bißchen Ruhe.

Wenn man das Becken mit Fischen überfüllt, dann entschlüpfen sie in den Abfluß. Vor allem die Aale, die sich dann durch die Wasserrohre von ganz Salomé schlängeln.

Wenn mein Vater das Becken leert, verstecken wir uns darin und spielen Krieg. Die Fische und die Aale warten in einem Eimer.

Im Winter friert das Wasser im Fischteich zu. Mathilde holt ihre Schlittschuhe heraus und zieht ihre Kreise auf der schmalen Eisfläche. Dann passiert es – ein Riß, und das Eis ist gebrochen. Mathilde fällt ins Wasser. Sofort ist mein Vater zur Stelle und hilft ihr heraus. Kurz darauf bringt er ein Gitter über dem Fischbassin an. Seine Lieblingstochter soll schließlich nicht ertrinken.

Wenn mein Vater im Haus herumbrüllt, setze ich mich an den Beckenrand. Ich stelle mir vor, es wären Ferien und ich läge an einem See. Die Luft ist klar. Ich fühle mich wohl. Ich hebe den Kopf und sehe die Wolken vorbeiziehen. Aber schon ist Mathilde da und stört die Idylle.

»Ida, geh nicht zu nah ran!« hänselt sie. »Sonst fressen dich die Fische.«

Ich schaue sie von unten an und antworte eiskalt:

»Nein, das werden sie nicht. Die Fische, die lieben mich.«

Glücklicherweise verschwindet Mathilde wieder.

Ich fühle mich wohler, wenn sie nicht in meiner Nähe ist. Ich beuge mich über das Wasser. Der Goldfisch kommt an die Oberfläche. Ich streichle ihm den Schädel.

Die Fische haben viel weniger Probleme als die Menschen und die Hunde. Sie werden niemals geschlagen.

Nicht mehr geschlagen zu werden, das wäre mein Glück.

Manchmal träume ich auch vom Fliegen. Dann sehe ich mich als Drachen, der von einem Kind oder von einem netten Papa gehalten und in die Lüfte gezogen wird.
Ich würde so gern am Himmel entlangschweben.

Meine Schwester Kiki sagt, mit Drogen könne man schweben, ohne fliegen zu müssen. Aber ich habe Angst vor Drogen. Auf dem Bahnhof von La Basseé habe ich junge Drogensüchtige gesehen, ausgemergelte, nachlässig gekleidete Gestalten, die verstört und völlig außer sich waren. Sie leben immer auf der Kippe zwischen Traum und Wirklichkeit. Das ist gefährlich.

Einmal bin ich in den Himmel geflogen: im Hubschrauber, und die Reise führte ins Krankenhaus von Paris. Aber damals war ich noch ein Baby.

Wenn mein Vater uns aufs Feld mitnimmt, um den Drachen steigen zu lassen, fühle ich mich wohl. Allerdings gefällt mir die Farbe des Drachens nicht. Er ist khakifarben, mit einem Hakenkreuz mittendrin, das wie ein Kampfflugzeug wirkt. Ich hätte lieber einen chinesischen Drachen, durchsichtig oder ganz bunt und fröhlich.

Ich würde so gern fliegen.

Ohne solche Träume könnte ich nicht leben.

Ich träume vom Sterben, aber ich will leben.

Wenn ich abheben kann, geht es besser.

Ich sage mir: »Durchhalten!« Und dann fliege ich wieder.

## Ein Mord und seine Folgen

Papa duldet nicht, daß wir Dummheiten anstellen, aber er, er leistet sich immer mehr.

Die Gendarmen laden ihn dauernd vor, wegen Bedrohung von Nachbarn, wegen Körperverletzung, Befehlsverweigerung, Überfällen, Morddrohungen, Fahrraddiebstählen, rassistischem Hetzen …

Sein Traum vom Glück besteht wohl darin, alle Welt unter seine Gewalt zu bringen. Die Angst unserer Nachbarn vor ihm nimmt täglich zu, aber deswegen hängen sie noch lange nicht seinen Ideen an.

Ein Nachbar, mit dem er eine Auseinandersetzung hatte, benachrichtigt ihn vorsichtshalber, daß er zur Taufe seines Sohnes bei sich zu Hause ein Fest veranstalten werde. Mein Vater hat ihm geantwortet, daß er eine Taufe im Hitlerstil wählen solle. Der Nachbar ist auf die Unverschämtheit nicht eingegangen.

Mein Vater macht nicht mehr den geringsten Hehl aus seinen Überzeugungen und Taten. Einmal bildet er mit uns, den vier Töchtern, ein Kommando. Das Ziel: Die für die Dritte Welt bestimmte Kleiderkollekte in Brand zu stecken. Der Bürgermeister von Salomé hat dafür gesorgt, daß unsere Brandstiftungen eingestellt wurden.

Bei den Wahlen wird dem Bürgermeister das Leben sauer gemacht. Mein Vater gerät in wilde Fahrt. Unermüdlich klebt er Plakate, die Mauern sind mit Naziparolen beschmiert. Er organisiert Demonstrationen gegen Ausländer. Eine Versammlung nach der anderen findet statt. Die Kämpfer sind voller Haß.

Mein Vater erscheint in voller Nazimontur im Rathaus. Beim nächsten Mal verbietet ihm der Bürgermeister, in dieser Aufmachung zur Wahl zu erscheinen.

Ein andermal könnte man meinen, man sei im Kasperletheater. Mein Vater präsentiert sich mit einem Gladiatorenhelm auf dem Kopf. Er sagt, damit würde er möglichen Angreifern Angst einflößen. Er sieht albern aus, als habe er sich ein Nudelsieb auf den Kopf gesetzt.

In dem braunen Hemd, der schwarzen Krawatte, khakifarbenen Hose, der Armbinde mit Hakenkreuz sieht er aus wie eine der finsteren Gestalten aus seinen Hitler-Kassetten.

Er gröhlt: »Immer weiß, Frankreich zuerst!« und »Sieg Heil! Sieg Heil!«

Im Monat August 1984 hat mein Vater seine bisher größte Dummheit begangen. Und es ist Dummheit mit tödlichen Folgen.

Seit einiger Zeit kann er eine algerische Familie nicht ausstehen, die in Haubourdin in der Rue de la Fraternité wohnt, in dem Viertel ›Le petit Belgique‹. Dort wurde mein Vater geboren, und vielleicht meint er deswegen sich aufführen zu müssen, als gehöre ihm Haubourbin.

Die algerische Familie Ben Hamida ist allgemein sehr beliebt. Sie sind sympathisch, sie stören niemanden, und sie haben neun Kinder.

An jenem Tag im August richtet mein Vater mit zwei Kumpeln ein Holzkreuz vor dem Haus der Ben Hamida auf. ›Tod den Bougnoules, es lebe Le Pen‹ steht auf dem Holz, das zudem mit einem Hakenkreuz versehen ist.

Diese Demonstration jagt der algerischen Familie Angst ein – sie erstatten Anzeige. Einer der Söhne, der 22jährige

Karim, bringt das Kreuz zur Polizei. Er sagt, daß er von Monsieur Beaussart das Schlimmste befürchtet. Tief besorgt um das Wohlergehen seiner Familie, geht er wieder, um das Viertel zu überwachen.

In der Zwischenzeit stachelt mein Vater bei einem seiner Kumpel den Haß gegen die Araber und gegen die Familie Ben Hamida an. Zwei Stunden später, als Karim im Auto vor dem Haus des jungen Mannes vorbeifährt, nimmt dieser sein Gewehr, legt an und feuert einen Schuß ab. Karim sackt in sich zusammen, verliert die Kontrolle über das Fahrzeug. Die Kugel hat ihn mitten in die Brust getroffen und sofort getötet.

Mein Vater findet, das sei eine gute Tat.

Zeugen haben gesehen, wie mein Vater den Hitlergruß vollführt hat. Während der folgenden Tage verbringt er seine Zeit damit, die Zeugen seiner Schande zu bedrohen. Einer von ihnen findet sich übel zugerichtet im Krankenhaus von Lille wieder.

Natürlich bleibt Mama nicht verborgen, daß ihr Mann sich immer mehr verrennt.

»Jean-Claude, du hast eine Dummheit gemacht«, sagte sie ihm – und erntet für ihre Warnungen eine schallende Ohrfeige.

Der junge Mörder wird ins Gefängnis eingeliefert. Mein Vater wird der Anstiftung zum Rassenhaß beschuldigt, darf jedoch auf freiem Fuß bleiben. Ein Prozeß wird anberaumt.

In jenem Jahr 1984, in dem ich zwölf wurde, nimmt die Brutalität meines Vaters neue Ausmaße an. Seine Verrohung schreitet rapide voran.

Nach dieser Affäre zirkuliert ein Flugblatt der Partei für

eine Spendensammlung zu seinen Gunsten. Das Flugblatt attackiert den MRAP und die LICRA, zwei antirassistische Vereinigungen, die als Kläger im Prozeß auftreten.

Ein paar Monate darauf, zu Beginn des Schuljahres, ist es Christine, meine Schwester Kiki, die einen Skandal auslöst. Am Ausgang des ›Lycée d'Armentières‹ – eines angesehenen Gymnasiums – nimmt sie ein Messer und versetzt einer Schülerin namens Fatima einen schweren Stich. Christine verbringt die Nacht im Polizeirevier. Sie erklärt, man habe ihren Vater einen Rassisten und einen Faschisten genannt, und sie habe sich dafür gerächt. Obwohl Kiki die Parolen ihres Vaters haßt, erträgt sie es nicht, wenn schlecht über ihn geredet wird.

Jetzt spätestens weiß jeder in der Region von den Umtrieben unseres Vaters. Zeitungen wie *Nord-Matin* und *Libération* berichten ausführlich darüber. Diese Art von Reklame gefällt selbst den Parteigenossen meines Vaters nicht.

Die Schüler des Gymnasiums demonstrieren gegen den Rassismus und erklären ihre Solidarität mit der von meiner Schwester verletzten Fatima. Die Folge: Kiki wird von der Schule ausgeschlossen.

Sie kommt vor Gericht und wird zu zehn Tagen Gefängnis mit Bewährung verurteilt. Ein Bewährungshelfer übernimmt ihre Betreuung.

Das Flugblatt der Partei erklärt, es sei wirklich skandalös, eine tapfere nationalistisch gesonnene Familie wie die unsere so aufs Korn zu nehmen.

Nun ja, ich gehöre auch zur Familie Beaussart, aber ich bin keine Nationalistin und werde es auch nie sein.

Nur wenig später ist es Mathilde, die Aufsehen in der Öffentlichkeit erregt.

Während einer Demonstration entrollt sie ein Spruchband der PNF vor einer Fernsehkamera, damit man es auch gut sehen kann. Das bringt kostenlose Werbung. Aber Mathilde war so groß im Bild, daß jeder sie erkannte. Man bezeichnet sie als Faschistin.

Ein Flugblatt wird verteilt, in dem es heißt, Mathilde werde verfolgt. Wenn sich in Frankreich eine Gesellschaft vieler Rassen etabliere, so lautet die polemische Schlußfolgerung, würden Tausende von Familien wie die unsere bald die gleichen Schikanen erleiden. Wenn man dieser Kampfschrift glaubt, so ist unsere Familie ein einziger heroischer Verbund.

An meiner Haltung aber hat sich nichts geändert: Ich interessiere mich nicht für Politik, ich verstehe nichts davon, aber ich weiß, tief in meinem Herzen, daß es kein Zeichen des Muts ist, die Schwächeren anzugreifen oder andere zum Anschlag auf Wehrlose anzustacheln.

## Die Hunde meines Vaters

Papa ist Herr in unserem Haus – dann aber folgen in der Hierarchie auch schon die Hunde.

Es sind zwei sehr große Hunde: Wolf, ein deutscher Schäferhund. Eva Braun, eine Wolfshündin. Wolf trägt einen deutschen Namen als Huldigung an das Deutsche Reich. Und der Name Eva spielt auf Eva Braun an, Hitlers Geliebte.

Wolf kann mich nicht leiden.

Eva hingegen liebt mich sehr. Wir sind geradezu Komplizen. Dabei wurde sie von meinem Vater genausosehr abgerichtet und auf Bösartigkeit dressiert wie Wolf. Wenn mein Vater ›*Bougnoule*‹ schreit, bellen die beiden Hunde wütend und fallen die Leute an. Er setzt sie ein, um den Mut und die Schreckhaftigkeit jener jungen Leute zu testen, die kurz vor einem Eintritt in die PNF stehen. Diejenigen, die Angst haben und den Hundetest verweigern, werden nicht aufgenommen. Und das sind nicht wenige – denn Wolf und Eva springen Fremden einfach an den Hals.

Immer wieder zwingt mein Vater mich, Wolf an der Leine auszuführen. Mir bricht dann regelmäßig Angstschweiß aus. Vater zwingt mich, so schnell zu laufen, wie ich kann. Ich falle flach auf den Boden.

Andererseits gibt der Hundespaziergang mir einen Vorwand, mich von zu Hause zu entfernen.

Wenn mein Vater ›*Bougnoule*‹ schreit, stürzt Wolf sich auf mich. Er will mich beißen. Er hat begriffen, daß ich ihn auch nicht mag.

Mein Vater lockert die Leine gerade soweit, daß das Tier mich nicht erwischt.

Er ist sehr berechnend. Er genießt es, das Drama auf die Spitze zu treiben und genau im richtigen Moment aufzuhören. Das ist heimtückisch.

Er demütigt mich gern. Um die Hunde im Regen auszuführen, ziehe ich seinen großen Mantel an, der mir bis auf den Boden reicht. Dann nennt er mich Simpel, wie der Zwerg im Märchen von Schneewittchen. Er lacht über mein Aussehen. Laut und grell, mit einer Ausdauer, daß ich mich frage, ob ich auch lachen soll.

Mein Vater liebt es, mich in Verwirrung zu stürzen und zu verunsichern. Lachen oder weinen? Ihm glauben oder nicht? Was ist Spaß, was Ernst?

Immer wieder bringt er mich durcheinander. Ich weiß nicht mehr, wer ich bin.

Manchmal fühle ich mich wie ein Nichts.

Manchmal fühle ich mich wie Ida.

Oft bin ich verloren.

Unser Hund Eva hat mich zur Freundin gewählt. Sie möchte mir überallhin folgen. Manchmal reißt sie aus und erwartet mich vor der Schule. Oder sie kommt in der großen Pause vorbei und sagt mir guten Tag.

Ich liebe sie, meine ›Vavanette‹.

Abends tappt sie geräuschlos die Treppe herauf, öffnet die Tür zu meinem Zimmer und legt sich neben mich. Wir geben uns ein Küßchen. »Psst, Eva, ganz leise.« Sie hört auf mich. Ich ziehe die Decke über sie.

Nach der Schule laufe ich zum Metzger und bitte um Fleischabfälle.

Eva frißt sie mir aus der Hand. Nachher gibt sie mir

Küßchen. Ich gehe mit ihr am Kanal spazieren. Ich lasse sie Wasser aus meiner Hand trinken. Beim Spielen mit einem Stock meint Eva, sie hätte mich gebissen. Sie sieht ganz verlegen aus und schaut mich besorgt an. Ich umarme sie, um sie zu beruhigen. Aber sie begreift, daß wir nach Hause gehen. Sie zerrt an meinem Pullover, um noch länger hierzubleiben.

Eva ist hochintelligent – ein Hund, der an allem Anteil nimmt.

Wenn ich Seilchen springe, verfolgt sie die Drehung des Seils. Wenn ich allein Tennis gegen die Mauer spiele, verfolgt sie den Ball mit den Augen.

Einmal hat mein Vater mich vor Eva geschlagen. Sie hat geknurrt. Er hat ihr einen heftigen Fausthieb auf die Schnauze versetzt, sie ein dreckiges Mistvieh genannt. Sie hat immer wütender geknurrt.

Ich bin glücklich, daß diese Hündin mich verteidigt.

Die Hunde werden bei uns auch geschlagen, aber weniger als meine Mutter und ich. Ja, sie haben eine bessere Stellung als wir.

Eva und Wolf schlafen in dem khakifarben gestrichenen Zwinger.

Mein Vater färbt alles in khaki! Richtig zwanghaft!

Ich werde mich niemals khakifarben anziehen. Es ist die Farbe der Gewalt.

Wenn ich Wolf aus dem Zwinger trotten sehe, gehe ich schnell ins Haus. Wolf, Mathilde und mein Vater, sie sind alle brutal und gemein.

Sogar meine kleine Eva ändert manchmal ihre Einstellung mir gegenüber.

Ich nehme es ihr nicht übel: Mein Vater hetzt sie gegen mich auf. Er ist eifersüchtig, daß die Hündin mich liebt. Er brüllt ›*Bougnoule*‹, und da er sie von klein auf mit dieser

Parole dressiert hat, stürzt sie sich auf mich. Aber dann hält sie abrupt inne.

Ist mein Vater vielleicht ein böser Hund, der sich als Mensch inkarniert hat?

## Scheidung

»Diesmal ist er zu weit gegangen. Kinder, ich werde mich scheiden lassen«, erklärt Mama.

Kiki und ich wagen es nicht zu glauben. Es wäre zu schön, allein mit einer Mutter zu sein, die uns liebt!

Mathilde darf es nicht erfahren, sie würde es verpetzen. Edwige ist zu jung, um darüber informiert zu werden.

Mama vertraut uns ihr Wunder an: Sie hat achttausend Francs sparen können. Unglaublich! Ein richtiges Vermögen! Sie hat es auf einem Geheimkonto angelegt. Sie spart seit vielen, vielen Monaten.

Mama hat vielleicht Ideen! Und ich, ich hielt sie für zu unreif und zu schwach, um meinem Vater Widerstand entgegenzusetzen. Genau das Gegenteil ist der Fall!

Eine ganze Woche lang können Kiki und ich kaum stillsitzen. Wir sind furchtbar aufgeregt und müssen über jede Kleinigkeit lachen.

Unsere Fröhlichkeit verärgert Papa, und er verprügelt uns noch öfter als sonst.

Ich dachte, er würde nicht an mein Zeugnis denken, aber eines Abends verlangt er unerwarteter Weise danach.

»Ida, dein Zeugnis!«

»Papa, ich habe Angst, daß du mich schlägst. Ich traue mich nicht, es dir zu zeigen.«

Er tippt mir leicht an den Kopf.

»Keine Angst, Ida. Ich weiß, daß du dich anstrengst, so gut du kannst.«

Das klingt beruhigend.

»Wirklich, Papa, du wirst mich nicht schlagen?«

»Wenn ich es dir doch sage!«

Ich zögere noch immer. Er hat mich so oft betrogen. Aber an diesem Abend wirkt er ruhig.

Und tatsächlich amüsiert er sich mit dem Meerschweinchen und gibt ihm eine Karotte.

»Wie ist das, Ida, zeigst du mir jetzt dein Zeugnis?«

»Papa, versprochen, daß du mich nicht schlägst?«

»Versprochen.«

Ich stehe auf, hole mein Schulzeugnis und drücke es Vater in die Hand.

Er klappt es nicht einmal auf, sondern legt es auf den Tisch. Er stürzt sich auf mich und ohrfeigt mich von allen Seiten.

Ich flehe ihn an aufzuhören. Ich begreife es nicht: Er hatte es doch versprochen.

Selbst wenn ich gute Noten nach Hause bringe, werde ich verprügelt. Bei ihm weiß man nie, was gut und was schlecht ist. Er will mich verwirren, vielleicht in den Wahnsinn treiben.

Aber bald werden wir frei sein. FREI!

Kiki und ich bewahren Mamas Geheimnis. Wir stellen uns vor, wie glücklich wir sein werden. Mama wird arbeiten und sich wie eine Frau anziehen dürfen. Sie wird eine Freundin haben, oder sogar mehrere. Sie wird keine Sklavin mehr sein. Wir drei, wir werden fest zusammenhalten.

»Was für ein schönes Leben wir haben werden!«

»Meine Dada, das hast du wirklich verdient!«

»Meinst du, wir könnten in Lille wohnen? In einer hübschen kleinen Wohnung?«

»Ja, in Lille. Dort könnte ich vielleicht Arbeit finden.«

Wir träumen und träumen vom großen Wandel.

Und die Tiere? Wohin mit den Tieren? Wir werden

schon eine Lösung finden. Zuerst muß Mama eine Sozialhelferin aufsuchen. Sie wird heute nachmittag hingehen. Wir flehen sie an, es zu tun.

Diesmal wird alles in Ordnung kommen.

Mathilde wird nichts dagegen haben, bei Papa zu bleiben, weil sie ihn doch so bewundert. Edwige ist noch klein, er wird sie sicherlich uns überlassen.

Am liebsten würde ich schon meine Sachen packen, damit ich reisefertig bin, aber ich will nicht sein Mißtrauen wecken.

Nach der letzten Unterrichtsstunde renne ich so schnell ich kann nach Hause.

Papa ist noch nicht da, aber Mama sieht tief betrübt aus.

»Nun, Mama, deine Scheidung? Was hat die Sozialhelferin gesagt?«

»Meine arme Dada, sie kann nichts für uns tun. Dein Vater würde Terror machen. Wir müssen uns gedulden.«

Ich kann es nicht fassen. Ich platze vor Wut.

»Wieso kann denn niemand was für uns tun?«

»Beruhige dich, meine kleine Ida. Ich werde eine andere Lösung finden.«

»Wann?«

»Bald. Bald. Ich habe das Geld auf der Bank. Wir werden uns eine Wohnung in Lille mieten.«

Aber ein paar Tage später stürzen alle meine Hoffnungen wie ein Kartenhaus zusammen.

Mama gesteht uns, daß sie sich mit Papa gestritten hat. Sie hat ihm gesagt, daß sie sich von ihm scheiden lassen wolle. Und als er nicht glauben wollte, daß sie dazu imstande sei, hat sie alles ausgepackt. Sie hat von dem heimlichen Geld auf der Bank geredet. Außer sich vor Wut hat er sie verprügelt.

Am Abend fängt er wieder an. Er will sie umbringen. Er

nimmt ein Messer aus der Schublade und wirft es nach ihr, wobei er auf das Herz zielt. Daneben. Er schleudert ein zweites Messer und trifft sie an der Stirn. Mama ruft: »Hilfe, Hilfe!« Niemand kommt. Die Nachbarn sind an den Lärm in unserem Haus gewöhnt. Besser gesagt, sie haben Angst und bleiben zu Hause.

Ich schreie aus Leibeskräften.

»Papa, tu das nicht! Bring sie nicht um!«

»Ich werde mich hindern lassen!«

Kiki und ich, wir versuchen, sie zu beschützen.

Er wirft die Stühle um, versetzt dem Eisschrank Fußtritte. Es dauert Stunden. Er brüllt, er würde sich niemals scheiden lassen. Er hat uns in der Hand. Wir müssen ihm gehorchen. Es wird schlimmer und schlimmer werden, er wird uns immer genauer überwachen. Ah! Man hat sich gegen ihn verschworen? Nun, dafür werden wir bezahlen! Im wahrsten Sinne des Wortes.

Am nächsten Tag zwingt er Mama, das Geld von der Bank zu holen. Mit einem Teil der Summe kauft er uns Kleider, aber nach seinem Geschmack. Keine hübschen Mädchensachen, die wir gerne hätten: helle Farben, himmelblau und gelb. Sondern in den verhaßten brauen Farbtönen.

Er gibt das Geld für sich selber aus und für die Partei. Abzeichen, Kassetten und einen Stapel Plakate.

Abgesehen davon essen wir einige Tage lang etwas besser als gewöhnlich. Es gibt Nachtisch, Früchtejoghurt.

Wenn Mama sich hätte scheiden lassen können, hätten wir jeden Tag Nachtisch gehabt! Wir hätten jeden Tag gut und in Ruhe gegessen. Aber das Unternehmen Scheidung ist kläglich gescheitert. Gewiß hat sich meine Mutter ungeschickt angestellt, aber ich nehme es ihr nicht übel. Sie kann nicht lügen. Sie verliert leicht den Kopf und kommt mir dann manchmal fast wie ein Kind vor. Seit Jahr und Tag übt mein Vater gewaltigen Druck auf sie aus, isoliert sie bewußt von anderen Frauen, verhindert, daß sie Selbstbewußtsein entwickeln kann.

## Ein Angelausflug

Letztes Mal, als Papa angeln gehen wollte, hat er mir versprochen, daß er mich mitnehmen würde, wenn ich ihm viele Würmer besorgen könnte.

Also habe ich bei dem Misthaufen gegraben, wo er die Nahrungsreste hinwirft, um Schimmel anzusetzen, den er auf der Erde verteilt.

Das zieht die Würmer an. Man soll nicht die nehmen, die kleine Striche auf dem Leib haben, weil sie einen besonderen Geruch ausströmen und von den Fischen nicht gefressen werden.

Mein Vater glaubt das Gegenteil. Er will nicht, daß ich die roten Regenwürmer nehme.

Ich habe natürlich die genommen, die er haben wollte. Meine grüne Büchse war bis zum Rand voll. Trotz seines Versprechens hat Papa mich nicht mitgenommen.

Bei seiner Rückkehr habe ich ihn nach dem Grund gefragt.

»Weil Mathilde an der Reihe war«, lautete die Antwort.

»Bisher gab es aber doch gar keine bestimmte Reihenfolge.«

»Nein, aber so ist es nun mal.«

»Du hast dein Wort nicht gehalten.«

Das hätte ich nicht sagen dürfen, die Strafe folgt auf dem Fuß: ein Diktat. Ich muß das dicke, orangefarbene Buch, *Mein Kampf*, holen. Schnell nehme ich mein Heft und einen Schreiber, sonst hagelt es Ohrfeigen.

Er wählt Seite 230 und diktiert:

»Diese Wahrheit über die Möglichkeiten des Einsatzes

von Lüge und Verleumdung haben zu allen Zeiten die Juden am besten gekannt.«

Ich habe Mühe zu folgen. Mein Vater geht beim Diktieren auf und ab. Er spricht absichtlich schnell. Manche Wörter schreibe ich nur zur Hälfte.

Er fährt fort:

»Ist ihre Existenz nicht schon auf einer einzigen, großen Lüge aufgebaut, derzufolge sie eine Religionsgemeinschaft bilden, während es sich tatsächlich um eine Rasse handelt, und was für eine Rasse!«

Ich komme kaum mit. Ich höre die Wörter, aber ich verstehe den Sinn der Sätze nicht.

Er schreit mir das Wort ›Rasse‹ ins Ohr. Er sagt, auch ich sei von einer schlechten Rasse. Er wählt noch einen Abschnitt. »Die großen Meister der Lüge.«

Er brüllt:

»Wer sind die ›großen Meister der Lüge‹?«

»Ich weiß es nicht, Papa.«

»Du hast wieder mal nichts verstanden, du dumme Ziege! Wer sind die ›großen Meister der Lüge‹?«

Ich fange an zu weinen.

Seine Ohrfeige trifft mich mitten ins Gesicht. Meine Augen verschwimmen.

Er blättert weiter, sucht nach anderen Stellen, wo gegen die Juden gehetzt wird. Wenn er auf Wörter wie Tod, Pest, Verwesung, Rasse, Blut stößt … dann ist er zufrieden. Er blättert in aller Eile die Seite um und findet wieder was.

Seite 302: »Die beiden Königinnen der Kunst: Architektur und Musik, verdanken den Juden nichts Originales. Was der Jude im Bereich der Kunst produziert, ist nichts als Stümperei und intellektueller Diebstahl.«

Seite 303: »Die jüdische Presse kommt dem Stümper mit größter Nachsicht zur Hilfe und stimmt Lobgesänge über ihn an.« Und: »Nein, der Jude besitzt nicht die geringste Fähigkeit, eine Zivilisation zu erschaffen.« Und dann hagelt es noch Phrasen wie ›Parasit der Völker‹, ›schädlicher Bazillus‹.

Längst habe ich aufgehört, mitzuschreiben. Mein Vater liest zu schnell vor, und was ich verstehe, erscheint mir verrückt und brutal. Hin und wieder schreibe ich ein Wort hin.

Ich bin erleichtert, als mein Vater das dicke, orangefarbene Buch zuklappt. Nach der geistigen Züchtigung erfolgt nun die körperliche: es prasseln Schläge auf meinen Kopf.

Wenn Hitler all das getan hat, was mein Vater behauptet, warum hat man ihn nicht daran gehindert? Im Gegenteil, mein Vater sagt, er sei bewundert worden, nicht nur in Deutschland, sondern auch in Italien und in Frankreich.

Splittergruppen wie die PNF bewundern diesen Diktator noch heute. Mein Vater ist davon überzeugt, daß seine Ideen sich durchsetzten werden.

An einem Samstag ist mein Vater endlich bereit, mich zum Angeln im Kanal mitzunehmen.

Mit den Angelruten und den Büchsen voller Würmer unterm Arm ziehen wir los. Ich bin stolz, dabeizusein. Der Ausflug fängt schön an. Papa erlaubt mir, daß ich große Margeriten für Mama pflücke. Er sagt, ich solle auch ›Negerpimmel‹ nehmen, die wären richtig für sie. ›Negerpimmel‹ ist sein Ausdruck für große Schilfkolben.

Als wir den Kanal erreichen, schaue ich einem vorbeiziehenden Frachtkahn nach. Ich sehe die gestickten und karierten Vorhänge an den kleinen Fenstern der Kabine. Auf Deck gibt es einen Tisch und Stühle, ein Fahrrad, einen

Hund. Alles wirkt reinlich und gepflegt. Was für ein glückliches Leben muß das sein!

Ich würde gern auf einem Kahn leben, allerdings nicht mit Papa zusammen, denn es ist sehr eng. Um ihm zu entkommen, müßte ich dann ständig ins Wasser springen.

Schon tuckert der nächste Kahn heran. Ich staune über den Namen, der den Bug ziert: ›Ida‹. Ein komisches Gefühl, den eigenen Namen vorbeischwimmen zu sehen.

Mein Vater erklärt mir, daß ich nach einer alten, inzwischen verstorbenen Dame benannt wurde. Er mochte sie gern. Er hatte ihr versprochen, daß er seine Tochter Ida nennen würde.

Immerhin scheint er alte Leute gern zu mögen. Und seine Mutter. Ansonsten gilt seine Zuneigung Henrick, der einem Idealbild des Sohnes sehr nahekommt. Er himmelt ihn an. Einmal ist Henrick seiner Adoptivfamilie weggelaufen und hat sich in einen Bunker geflüchtet. Mein Vater nahm Nahrungsmittel aus der Küche und brachte ihm etwas zu essen.

Henrick ist ein Meister im Entschärfen von Sprengkörpern. Er ist nett zu uns, wie ein Bruder. Nur schade, daß er den gleichen Ideen anhängt wie Papa!

Wir wechseln und gehen an eine andere Stelle des Kanals. Hier beißen die Fische nicht an. Immer noch tummeln sich die Würmer in der Dose. Und jetzt verwickelt sich meine Angelschnur. Eine Katastrophe! Jetzt wird mich Papa gleich wieder ausschimpfen und mit Vorwürfen überhäufen.

»Idiot! Stümper! Niete! Taugenichts! Mongoloide!«

Ich lege die Angelrute hin. Ich renne, um den Ohrfeigen zu entgehen. Er stürmt los, um mich einzuholen. Ich laufe schneller als er. Die Angst gibt mir Kraft.

»Komm zurück!« brüllt er. »Ich tu dir nichts.«

Ich renne weiter. Ich traue ihm nicht mehr über den Weg. Wenn ich zu ihm zurückgehe, werde ich ja doch nur wieder mit Ohrfeigen belohnt. Ich bleibe am anderen Ende des Felds. Von weitem sehe ich, wie er sich mit meiner verhedderten Angel abmüht. Er macht sich wieder ans Fischen. Ich halte Abstand.

Dann bewege ich mich ganz langsam näher. Er starrt auf den Schwimmer. Er kümmert sich nicht mehr um mich. Er hat sich beruhigt. Ich nähere mich noch ein bißchen. Er spricht nicht mit mir.

Gegen Abend brechen wir wieder auf. Ich gehe ein paar Schritte hinter ihm. Als wir über die Brücke kommen, dreht er sich um und sagt:

»Weißt du, daß ich dich von der Brücke schmeißen könnte?«

»Wozu?«

»Um dich zu ersäufen natürlich, dumme Ziege!«

Er wiederholt wieder, daß er die Nase von mir voll hat. Ich werde niemals seinem Ideal eines kleines Soldaten entsprechen.

»Ich habe einen Sohn haben wollen.«

»Aber Mathilde ist ein Mädchen, Papa, und die magst du gern.«

Er wird wütend.

»Halt's Maul. Deine Schwester ist kein Irrtum der Natur.«

»Mama sagt, daß ich nichts dafür kann, daß ich herzkrank bin.«

Ich habe Angst vor ihm, aber ich weiß ihm zu antworten.

»Deine Mutter ist nichts als ein Arsch mit Ohren.«

Sie hatte einmal geschrien: »Jean Claude, ich werde mich eines Tages noch in den Kanal stürzen.« Er hatte geantwortet: »Tu das. Ich werde einen Stein mit einem Strick an deine Füße binden.«

Ich traue ihm dergleichen zu.

Ich würde gern heimgehen. Ich habe Angst auf der Brücke. Es wird schon dunkel.

»Bleib, wo du bist, du Mongoloide, ich habe dir nicht erlaubt, wegzugehen.«

Ich schaue mich um. Kein Angler mehr in Sicht. Wenn ich schreie, wer kann mich dann hören?

»Bleib stehen. Gleich kommt ein Lastkahn.«

Er will, daß ich noch einen Kahn sehe?

»Bleib stehen, habe ich gesagt. Wenn der nächste Kahn kommt, schmeiße ich dich drauf, genau im rechten Moment. Du wirst pulverisiert.«

Er meint, das sei sicherer, als mich zu ertränken.

Kein Kahn in Sicht. Vielleicht ist heute mein Glückstag.

Er schaut auf beide Seiten der Brücke.

»Irgendwann wird schon einer kommen!«

Er wäre bestimmt fähig, mich hinunterzustoßen. Schließlich hat er mich auch die Treppe hinuntergestürzt, damit ich sterbe. Denn die Schwachen, die muß man vernichten. Hitler hat es gesagt.

Ich flehe ihn an.

»Papa! Papa! Tu das nicht! Bring mich nicht um! Du kommst ins Gefängnis.«

Er glaubt es nicht. Wenn die Polizei kommt, wird er sagen, ich sei ganz allein spazieren gegangen und runtergefallen. Er hat offenbar an alles gedacht.

Hoffentlich kommt jetzt kein Kahn! Er sieht aus, als würde ihm die Zeit lang. Schließlich sagt er:

»Wir gehen. Heute ist nicht dein Tag.«

Wir brechen auf. Mir zittern die Beine. Ich bin ganz bleich, als wir nach Hause kommen. In einem unbeobachteten Moment nimmt mich Mama beiseite und fragt, was mit mir los sei.

»Papa hat mich umbringen wollen.«

Sie nimmt mich in die Arme und küßt mich auf die Stirn. Ich spüre, daß sie mir glaubt. Sie kennt Papa, und sie weiß, daß er zum Äußersten fähig ist.

Am Abend im Bett halte ich meine Ohren zu, um Mamas Weinen nicht mit anhören zu müssen. Mitten in der Nacht werde ich von einem Alptraum geweckt. Ich habe mich von der Brücke stürzen gesehen. Ich denke wieder an die Bosheit in den Augen meines Vaters.

Und ich erinnere mich an ein kleines Mädchen mit dem Namen Gwendoline.

Gwendoline war sechs Jahre alt. Sie spielte am Ufer des Kanals mit dem Ball. Ein anderes Mädchen hat den Ball ins Wasser geworfen. Gwendoline hat ihn herausholen wollen und ist dabei ins Wasser gefallen. Die Kinder konnten nicht schwimmen. Sie haben geschrien »Zu Hilfe!«. Niemand ist gekommen. Gwendoline ist ertrunken.

Man hat in Salomé viel von dieser Geschichte geredet. Vielleicht hat das meinen Vater auf schlechte Gedanken gebracht.

## Schullektionen

Ich werde zunehmend schlechter in der Schule. Ich bin ständig müde und schlafe oft mitten im Unterricht ein. Und es gelingt mir nicht, mich zu konzentrieren. Die Diktate erinnern mich an die meines Vaters, ich versage völlig, verstehe die Wörter nicht mehr, mache Fehler. Wenn ein Lehrer mir Vorwürfe macht, breche ich in Tränen aus.

Das passiert auch meinen Schwestern, sogar Mathilde. Wir heulen wie Kleinkinder. Und dabei sind die Lehrer viel freundlicher als mein Vater. Gar kein Vergleich.

Außerdem habe ich die siebte Klasse übersprungen. Man hat mich dorthin gesteckt, wo Platz war: direkt in die achte. Aber ich kann dem Unterricht nicht folgen.

Eines Tages schimpft eine Lehrerin mich aus, weil ich mein Schulheft nicht mitgebracht habe. Ich wage nicht, vor aller Welt zuzugeben, daß mein Vater es zerrissen hat.

Diese Lehrerin macht mir auch Vorwürfe wegen meiner Kleidung. Ich trage die khakifarbene Hose und ein braunes Hemd mit einer roten Armbinde. Auf meinem Schulranzen kleben Hakenkreuze. Letzte Woche hat Mathilde in der Klasse den Hitlergruß gemacht und Aufkleber der Partei auf die Windschutzscheiben der Lehrer geklebt. Wenn ich an diesem Tag als Nationalistin verkleidet bin, so kann ich nichts dafür. Ich versuche es zu erklären. Niemand hört zu. Die Schüler machen sich über mich lustig. Die Lehrerin wirft mir vor, den Unterricht zu stören, und schickt mich auf die letzte Bank. Das hämische Gelächter der Schüler wird lauter und lauter.

Das ist ungerecht. Ich will doch diese schrecklichen

Kleider gar nicht tragen, mein Vater zwingt mich dazu. Ich bin wütend und stehe auf. Ich schlage die Hacken zusammen. Und ganz aufrecht mit ausgestrecktem Arm mache ich den Hitlergruß. Ich rühre mich nicht mehr vom Fleck. Die Lehrerin ist in Verlegenheit. Sie ist sanfter geworden und fordert mich auf, mich hinzusetzen.

Dann hält sie der ganzen Klasse einen Vortrag. Sie spricht von Hitler, der Millionen von Menschen ungerechterweise umgebracht habe. Sie sagt, er sei ein Nazi und ein Rassist gewesen, und der Horror, den er entfesselt habe, dürfe nie wieder vorkommen.

Es ist genau das Gegenteil von dem, was mein Vater sagt. Er meint, man habe im Krieg nur die Toten verbrannt, weil auf den Friedhöfen kein Platz mehr war. Die Leichen hätten sonst die Pest verbreitet.

Die Lehrerin ist entsetzt, als ich das sage.

»Und du, Ida, was denkst du über Hitler?«

»Ich darf nur das sagen, was mein Vater sagt. Und außerdem ist Hitler mein Onkel.«

Die Lehrerin ist fassungslos und erklärt mir, Hitler sei tot, er habe am Ende des Krieges Selbstmord begangen.

Ich weiß, daß Hitler tot ist, aber er ist trotzdem mein Onkel.

Ich beharre darauf.

»Hitler ist mein Onkel. Wir haben ihn auf Video.«

Die Lehrerin erklärt mir, daß das unmöglich sei.

»Dein Vater ist zu jung. Das haut rein altersmäßig ganz und gar nicht hin. Hitler war ein Diktator. Sag deinem Vater, daß die Schüler im Unterricht nicht irgendwelches Zeug erzählen und sich auch nicht als Nazis verkleiden dürfen. Hitler ist niemals dein Onkel gewesen, meine kleine Ida.«

Sie ist freundlich geworden und scheint mich aufrichtig zu bemitleiden.

Und außerdem will sie, daß ich Beaussart nicht mehr mit zwei großen SS schreibe, wie SS. BeauSSart. Mein Vater hat uns das befohlen, und wir haben uns bisher nur darüber amüsiert.

Ich setze mich auf die letzte Bank. Der Unterricht geht normal weiter.

Zu Hause angekommen, beschäftigt mich diese Geschichte immer noch. Ich spreche meinen Vater darauf an.

»Die Lehrerin sagt, Hitler ist nicht unser Onkel. Du bist zu jung. Du bist nach dem Krieg geboren.«

Er wirkt ein bißchen erstaunt. Er sagt nichts. Und dann wird er plötzlich wütend.

»Dumme Ziege, ich sage dir, daß Hitler euer Onkel ist. Stell keine blöden Fragen!«

Ich biete ihm die Stirn.

»Die Lehrerin glaubt nicht, daß Hitler nett war.«

Er brüllt mich an:

»Abendessen! Diktat! Und dann ins Bett!«

Da er die Lehrer für unfähig und verlogen hält, läßt er uns nach dem Abendessen Diktate schreiben. Immer aus *Mein Kampf*.

An jenem Abend werde ich allerdings nicht verprügelt. Wir gehen einigermaßen friedlich schlafen.

Am nächsten Morgen verkündet mir mein Vater, daß er mich in die Schule begleitet. Er will den Direktor sprechen.

»Die Lehrer bringen dir Lügengeschichten bei, die sollen was von mir zu hören bekommen!«

Es ist nicht das erste Mal, daß mein Vater in die Schule kommt, um Krach zu schlagen. An den Elternversammlungen nimmt er nie teil, aber wenn es darum geht, gegen sie zu wettern und ihnen seinen Willen aufzuzwingen, ist er dabei.

Er strebt direkt auf den Schuldirektor zu, ohne ihn zu grüßen.

»Ihre Lehrer belügen meine Tochter. Hitler war ein Genie. Und die Gaskammern hat es nie gegeben. Das ist eine Lüge, die Hitlers Andenken besudeln soll.«

Der Direktor ist weiß vor Wut.

»Und die Überlebenden, was machen Sie mit den Augenzeugenberichten?«

»Es ist wissenschaftlich nachgewiesen worden, daß die Juden nicht in Gaskammern getötet worden sind. Haben Sie den Universitätsprofessor M. Faurisson gelesen? Es gibt sogar eine Videokassette, die das alles erläutert.«

»Herr Beaussart, Sie wollen die Geschichte nach Ihrem Gutdünken neu schreiben. Es ist gefährlich, Ihre jungen Kinder so zu beeinflussen.«

»Solange ich lebe, werden meine Töchter mir gehorchen und so denken wie ich.«

»Nicht in der Schule, Herr Beaussart. Hier respektieren wir die Wahrheit und die Geschichte.«

Ich höre zu. Ich weiß, daß der Direktor und die Lehrerin recht haben. Aber ich habe Angst, daß ich nach alledem doppelt verdroschen werde, wenn ich heimkomme.

Der Direktor zieht es vor, sich zu entfernen. Er weiß, daß mein Vater auf dem Pausenhof einen Skandal machen kann. Während er fortgeht, schlägt mein Vater hinter seinem Rücken die Hacken zusammen und macht den Hitlergruß.

Er schleppt mich mit nach Hause. Den ganzen Weg über wirft er mir vor, zuviel auf die Lehrer zu hören. Auf ihn solle ich hören.

»Aber Papa, ich höre doch auch auf dich.«

»Halt die Klappe, Mongoloide. Mach sie erst auf, wenn ich es dir sage.«

## Die Partei

Seit dem Gespräch mit dem Direktor haßt mein Vater die Lehrer noch mehr. Tief in meinem Innersten weiß ich, daß die Lehrerin recht hatte. Aber ich glaube noch immer, daß Hitler mein Onkel ist. Ich habe es immer geglaubt. Mein Vater hat uns so viel von ihm erzählt. Er liebt ihn so sehr. Ebensosehr wie seinen Bruder, der in Indochina gefallen ist.

Meine Schwestern glauben es ebenfalls. Meine Mutter sagt nichts. Sie gehorcht ihrem Mann. Jedenfalls ist sie gezwungen, seine Vorstellungen zu vertreten. Wenn sie es einmal gewagt hat, die Partei zu kritisieren, wurde sie immer geschlagen.

Manchmal bezweifle ich, daß Hitler mein Onkel ist. Wenn ich ihn im Fernsehen sehe, glaube ich, daß er es doch ist. Aber in meinen Augen ist er ein böser, gemeiner Onkel.

Inzwischen heiße ich nur noch ›die Mongolin‹ und ›die Mongoloide‹. Ida hieß ich, als mein Vater noch nette Augenblicke hatte.

Inzwischen bin ich dreizehn Jahre alt. Ich tauge immer noch nicht viel. Man könnte meinen, daß es meinen Vater wahnsinnig macht, daß ich noch am Leben bin. Bestimmt hatte er schon gehofft, ich würde an meinem Herzleiden sterben.

Ich bin unglücklich. Aber ich will leben, denn ich liebe das Leben.

Mama schwört uns, daß Papa seine Töchter liebe. Sie erzählt mir, daß er, als ich im Kinderkrankenhaus am Herzen operiert wurde, zu mir gekommen sei und geweint habe.

»Mama, erzähl mir noch mal aus dem Krankenhaus, wo man sich so gut um mich gekümmert hat.«

Sie geht ins Badezimmer, holt einen Handspiegel und zeigt mir die große Narbe auf meinem Rücken. Ich schäme mich für diese Narbe. Wenn ich eines Tages ans Meer dürfte, in Dunkerque, wie sollte ich dann einen Badeanzug tragen? Und wenn ich so alt bin wie Mama, dann bin ich keine normale Frau. Heimlich habe ich versucht, braun zu werden, damit die Narbe nicht mehr so auffällt, aber es hat nicht gewirkt.

Mama nimmt mich auf den Schoß wie früher, als ich noch klein war.

»Meine Dada, du warst sechs Monate alt. Ich habe dich aus dem Bettchen geholt, um dich zu füttern, und da habe ich gesehen, daß du ganz blau warst. Ich dachte, du würdest ersticken. Ich habe dir auf den Rücken geklopft. Du bist immer mehr blau angelaufen, und wir haben den Arzt gerufen. Er hat sofort gesehen, wie dringend es war. Er hat telefoniert. Ein Hubschrauber von der Feuerwehr ist auf dem Feld gelandet, hinter dem Haus. Ganz Salomé war auf den Beinen. Die Leute hatten Angst um dich.«

»Und Papa, hatte er auch Angst?«

»Er ist ins Krankenhaus gekommen. Als er all die Schläuche um dich herum gesehen hat, hat er geweint.«

»Damals mochte er mich also?«

Mama drückt mir einen Kuß auf die Wange und streichelt mich.

»Euer Vater liebt euch auf seine Weise.«

»Er hat mir gesagt, daß der Chirurg, der mich im *Hôpital Laennec* operiert hat, ein Araber gewesen sei, und daß er ihn mit Fäusten bearbeitet habe, für den Fall, daß er mich mit Absicht hätte sterben lassen wollen. Stimmt das?«

»Aber nein, meine kleine Ida, hör nicht auf die Dummheiten deines Vaters. Er glaubt selbst auch nicht an alles, was er sagt.«

»Erzähl mir auch von dem kleinen Jungen.«

»Es war um die gleiche Zeit, als du im Krankenhaus lagst. Der kleine Junge war fünf oder sechs Jahre alt. Er war sehr hübsch. Mitten in der Nacht hat er ›Hilfe!‹ gerufen und ist gestorben.«

Mama war dabei. Es hat ihr derartig zugesetzt, daß sie nicht mehr zu mir gekommen ist. Ich bekam keine Besuche mehr von ihr im Krankenhaus. Ich habe den ganzen Tag auf die Tür gestarrt. Vergeblich!

Meine Krankenhausgeschichte höre ich gern.

Damals, mit sechs Monaten, obwohl ganz blau angelaufen, war ich noch nicht die Mongolin. Mein Vater hat meinetwegen Tränen vergossen.

Ich glaube am Ende, die Mongolin, das heißt ›schlecht in der Schule‹. Ich habe Doktor Loy gefragt, ob ich normal sei, und er hat mir gesagt, ja, ich sei wie die anderen Mädchen meines Alters. Meine Mutter hat ihn angefleht, ihrem Mann nichts von dieser Unterhaltung zu sagen. Er hat tatsächlich nichts gesagt.

Nach einem Training habe ich es jetzt wieder mit dem Herz bekommen. Mein Vater war außer sich vor Wut. Jetzt, sagt er, verdiene ich wirklich den Namen Mongolin.

Aber ich muß ihn ›Papa‹ nennen. Manchmal bleibt es mir im Hals stecken, ich vermeide das Wort. Ich versuche, es nicht auszusprechen. Aber ich habe Angst. Ich sage ›dieser Vater da‹.

Mein Leben erstarrt in einer Routine der Angst.

Ich betrachte das Hufeisen über meinem Bett. Ich flehe, es möge mir Glück bringen.

Jetzt, da ich dreizehn Jahre zähle, sagt man mir, ich sähe aus wie acht oder neun. Ich sehe aus wie ein kleines Mädchen, aber ich selber fühle mich alt. Ich habe zuviel Böses erlebt. Es kommt mir vor, als hätte ich mehrere Leben gelebt. Aber nicht Leben, die meinem Alter entsprechen.

Als eine Mitschülerin in der Schule über ihren Vater klagt, erzähle ich ihr alles über meinen. Sie bekommt Mitleid mit mir und erkennt, daß im Vergleich dazu die Strenge ihres Vaters gar nichts ist. Wenn sie das gewußt hätte, hätte sie niemals schlecht von ihm geredet. Sie läuft zu ihren Eltern und umarmt sie.

Ich beneide die anderen Familien, aber ich sehe gern ihr Glück. Ich bin froh zu wissen, daß es das gibt. Eines Tages habe ich es vielleicht auch.

Morgens um sieben Uhr, wenn meine Mutter mich wecken kommt, glaube ich ein bißchen daran. Sie ist oft so sanftmütig. Sie spricht liebevoll mit mir. Ich steige aus dem Bett, und sie legt mir eine Decke über die Schultern, denn in den ungeheizten Schlafzimmern ist es kalt.

Unten hat sie den Ofen schon angestellt. Ich gehe nah dran, denn ich friere leicht. Mama hat alles vorbereitet. Ich trinke heiße Milch und esse Zwieback ›ohne nichts‹. ›Ohne nichts‹ heißt ohne Aufschnitt.

Ich liebe den Morgen mit Mama. Wir sind alle beide ruhig. Ich wähle ihre Jeans und ihren Pullover, den dunkelroten oder den braunen, und ihre schwarzen Stiefeletten. Jeans darf sie nur im Haus anziehen. Damit ihre Hände zart bleiben, massiere ich sie ihr mit Nivea-Creme bis den Arm hinauf. Sie sagt: »Meine kleine Ida, du bist so lieb.«

Aber dann kommt er herunter. Er fängt an herumzubrüllen. Er findet immer einen Grund, oder er schafft sich einen. Manchmal bringt Mama ihm den Kaffee ans Bett, das gibt uns ein bißchen Aufschub.

Eines Morgens gehen ich ihm auf die Nerven. Allein mein Anblick macht ihn wahnsinnig. Er versetzt mir einen Fußtritt gegen den Schenkel. Dadurch renke ich mir das Bein aus. Er zieht daran. Es renkt sich wieder ein.

Immerhin hat ihm das einen Schrecken eingejagt. Ähnliches war auch schon mit meiner Schwester Kiki geschehen. Ihr hat mein Vater mit seinen schweren Stiefeln so sehr zugesetzt, daß sie an der Hüfte operiert wurde. Sie mußte wieder laufen lernen wie ein Baby. Sie mußte sich vorstellen, über ein Seil zu gehen. Sie war eine Zirkusakrobatin in einem Tüllröckchen mit einem Sonnenschirm. Ich sagte zu ihr: »Flieg davon, meine Kiki!«

Mein Vater hat es mit der Angst gekriegt, weil die Ärzte, wenn meine Hüfte ebenfalls ausgekugelt gewesen wäre, sicher Verdacht geschöpft hätten. Er wäre verhört worden. Er fürchtet das Gefängnis.

Wenn er mich gleich am Morgen verprügelt, kann es nur willkürlich sein, denn ich habe dann ja noch nicht die Zeit gehabt, etwas falsch zu machen.

In dem Bus, der uns zur Schule bringt, fühle ich mich etwas sicherer. Aber wenn wir an unserem Haus vorbeikommen, habe ich Angst. Mein Vater hat mir angedroht, mit dem Gewehr auf mich zu schießen, wenn ihn die Lust dazu packt. Er wäre imstande, durch die Scheibe hindurch auf mich zu zielen. Ich verstecke mich unterm Sitz.

Im Klassenzimmer geht es hoch her. Wir machen Unfug, aber die Strafen sind nichts im Vergleich zu denen bei uns zu Hause. Die Lehrer würden mir gern helfen. Sie merken, daß ich eigentlich sehr lernwillig bin. Aber sobald man mir etwas diktiert, bekomme ich Angst. Dann habe ich regelrechte Blockaden.

Mittags essen wir in der Kantine. Dort schmeckt es besser als zu Hause. Es gibt eine Vorspeise, ein Hauptgericht und einen Nachtisch. Und ich gönne mir oft einen Nachschlag.

Nach der Schule kommt die Angst wieder. Ich renne, um den Bus nicht zu verpassen. Wenn ein Lehrer mich aufhält, um mit mir zu reden, muß ich zu Fuß heimgehen. Ich brauche eine halbe Stunde, wenn ich mich beeile. Nur eine kleine Verspätung, und es hagelt Schläge! Ohrfeigen, Fußtritte mit den Rangers-Stiefeln.

»Wo kommst du her, Mongolin?«

»Papa, ich habe den Bus verpaßt.«

»Hättest du das nicht gleich sagen können?«

»Nein, Papa, du hast mich sofort geschlagen. Ich hatte keine Zeit, es dir zu erklären.«

Ich mache mich schnell an die Hausaufgaben. Wenn ich keine Aufgaben habe, täusche ich welche vor. Ich bitte die Lehrer sogar um Hausaufgaben. Auf diese Weise vermeide ich die Diktate aus *Mein Kampf*.

Mein Vater sagt: »So, Herr Ziehmichampimmel hat euch wieder Hausaufgaben aufgebrummt?«

Er krümmt sich vor Lachen über seine kleinen häßlichen Witze. Aber das Gelächter geht gleich in Gebrüll über.

Manchmal gibt es am Abend eine angenehme Überraschung. Mama erwartet uns auf der Straße und sagt: »Er ist noch nicht zurück.«

»Stimmt das, Mama, ist das wahr?«

»Es stimmt, ihr könnt im Hof spielen.«

Aber um halb neun kommt er. Nach dem Essen sage ich, ich hätte noch zu lernen.

Hin und wieder klappt das.

Kaum im Bett, stehen Kiki und ich wieder auf. Wir drücken die Ohren auf den Boden, um auf diese Art ein wenig von den Spielfilmen im Fernsehen mitzubekommen. Papa hat uns nämlich verboten, fernzusehen. Kiki hat einen genialen Trick erfunden, wenigstens die Dialoge besser mitanhören zu können. Sie stellt ein Glas auf den Boden, die Öffnung nach unten. Man legt das Ohr auf das Glas und hört lauter. Es verstärkt den Ton.

Eines Abends tritt grausamerweise mein Lieblingsmusiker, Jean-Michel Jarre, im Fernsehen auf. Ich bete diesen Mann an. Seine Musik trägt mich davon, sie vermittelt mir das Gefühl zu schweben. Wenn ich doch hinuntergehen und ihn sehen könnte! Ich drücke mein Ohr auf das Glas. Ich kann ein bißchen hören. Aber die gigantischen Instrumente, die Lightshow bekomme ich nicht zu sehen. Seine Musik ist die der Zukunft, wenn die Menschen sich lieben werden. Sie ist voller Frieden. Jean-Michel Jarre muß ein sehr feinfühliger Mensch sein. Seine Sphärenklänge haben mich oft über mein Unglück hinweggetröstet.

Als die Musik verstummt, gehe ich traurig wieder ins Bett.

Mein Vater behauptet, Jarre sei ein jüdischer Name. Ich habe keine Ahnung, und es ist mir schnuppe!

Im Bett koloriere ich heimlich, unter dem Licht einer Taschenlampe, einen Donald-Duck-Comic. Oder ich lese in meinen Schulbüchern. Andere haben wir nicht. Mein Vater haßt die Bücher, denn in ihnen findet er selten seine sonderbaren Ansichten wieder.

Einmal habe ich allerdings eine Geschichte von Agatha Christie gelesen. Es war bloß der Name, der mich lockte, denn er erinnerte mich an Christine, meine Schwester. Die Geschichte war sehr spannend und hat mir gefallen.

Christine hat sich gegen Papas Ideen aufgelehnt. Sie hat Plakate von Hitler verbrannt. Das ist ihr schlecht bekommen. Sie hat es nie wieder gewagt.

Wenn ich ein ruhiges Leben führen könnte, wäre ich bestimmt eine Leseratte. Aber bei uns im Haus gibt es nun einmal nur die Nazi-Bücher meines Vaters. Zum Glück sind wir nicht gezwungen, alle zu lesen: *Les Jeunes Fauves du Führer* oder *l'Ordre SS*, nein danke! Nur *Mein Kampf* bleibt uns nicht erspart.

Auch Mama liest diese Schriften nicht. Sie zieht ihre Gratiszeitung vor, *Inter 59*. Das steigt einem nicht in den Kopf. Man hat es schnell gelesen. Dennoch läßt sie sich in ihrer Isolierung von den Vorstellungen ihres Mannes beeinflussen. Sie fängt an, so zu reden wie er. Ja, ich gewinne immer mehr den Eindruck, daß ihr die Kraft ausgeht, sich aufzulehnen.

Einmal hat sie es noch versucht. Da hat sie freimütig bekannt, daß der Nationalismus und der Neo-Nazismus sie nicht interessieren. Er hat ihren Kopf ins Waschbecken getaucht. Er hätte sie beinahe ertränkt. Ich bin in letzter Sekunde dazugekommen und habe ihn mit aller Kraft gegen die Wand gestoßen. Ich glaube, sonst wäre sie wirklich erstickt.

Später hat sie zu mir gesagt: »Danke, meine Dada. Ich verdanke dir mein Leben.«

Er hat sich auf mich gestürzt und geschworen, mich fertigzumachen. In diesem Augenblick war mir das völlig gleichgültig: Ich habe Mama gerettet! Für sie und für Kiki würde ich sogar mein Leben geben.

Ein andermal hat er einen schweren Tisch auf Mama geschleudert. Kurz darauf hat er einen Föhn ist das Badewasser geworfen, in dem sie gerade lag. Aber ich habe sofort reagiert und den Stecker rausgezogen. Die Ohrfeigen, die ich dafür eingestrichen haben, kann ich nicht zählen.

Mein Vater scheint sich wirklich mit Mordgedanken zu tragen.

Wenn ich Mama frage, warum sie jetzt dennoch seine Ideen übernimmt, zuckt sie mit den Schultern und antwortet: »Mir bleibt ja nichts anderes übrig.«

Im Grunde hat sie recht. Wir haben nur Umgang mit militanten Mitgliedern der Partei. Alle Menschen, die in unserem Haus verkehren, reden den gleichen Unsinn: weiße Rasse, Invasion, Nationalismus, den Rasseninstinkt wecken, Holocaust-Lüge usw. Sie säen unentwegt Haß. Manche sagen sogar, Hitler sei noch zu milde verfahren. Sie wollen die Juden vernichten, die er auf der Erde zurückgelassen hat. Mein Vater behauptet, die Neo-Nazis seien in Deutschland gar nicht so schlecht angesehen, und es bestünden Chancen, daß sie wieder die Macht erlangten. Er glaubt an die Zukunft des Nationalismus in Europa.

Seine Partei, die PNF, deren Vorsitzender Claude Cornilleau ist, soll die PNFE, die ›Nationalistische Partei Frankreichs und Europas‹ werden. Claude Cornilleau, 1983 zum Stadtverordneten in Chelles gewählt, ist in Frankreich eine bekannte Persönlichkeit.

In einer langen Rede erklärt Cornilleau, daß das Unterrichtswesen verlogen sei, da es die Kinder lehre, sich dafür zu schämen, weiß zu sein. Seiner Meinung nach werden wir von Fremden bedroht, die unser Land überschwemmen werden. Er will ›den Rasseninstinkt wecken, der in jedem von uns schlummert‹ (aus Hitlers *Mein Kampf*).

Er meint, das Fünfundzwanzig-Punkte-Programm der Partei könne in allen europäischen Ländern angewendet werden. Die Partei will ›gegen die Demokratie‹ kämpfen, das ›Prinzip des Führers‹ installieren und das allgemeine Wahlrecht abschaffen, das »dem als Idiot Geborenen den gleichen Wert einräumt wie dem Genie«.

Die Sektion, für die mein Vater im Nord-Pas-de-Calais verantwortlich ist, nennt sich ›Sektion Karl der Große‹. Mein Vater rekrutiert in Roubaix, Lille, Haubourdin, Hénin-Beaumont neue Mitglieder ... Auch wenn die Nationalisten erst eine kleine Gruppierung darstellen, sind sie dennoch gefährlich, weil sie viele Leute, die schon ein wenig rassistisch denken, aber noch vor offener Gewalt zurückschrecken, beeinflussen und zur Gewalt verführen können. Zudem stehen sie mit Splittergruppen in Frankreich und in ganz Europa in Verbindung. Sogar in Rußland. Sie haben ihre eigenen Rockbands, welche die Jugend mit Musik anlocken. Ihr Erfolg wächst, weil es viele ratlose junge Leute gibt, die nicht recht wissen, wohin sie gehören. Große Parteien bedienen sich ihrer.

Mein Vater sollte seine Vorstellungen für sich behalten und uns nicht damit peinigen. Ich lehne seine Ideen ab, aber wenn er nett zu uns wäre, wie ein normaler Vater, würde ich ihn dennoch wie einen Vater achten und lieben. Ein Vater bleibt ein Vater. Und eine Mutter bleibt eine Mutter.

Mein Vater bringt sich um für seine Partei.

Er organisiert die Verteilung von Flugblättern in Briefkästen, das Kleben von Plakaten, die Versammlungen. Er will die Partei zielstrebig vergrößern: Er sagt, er habe endlich gefunden, was er suchte, und die PNF entspreche ihm mehr als die ›Front national‹.

Es gibt auch ein paar reiche Leute in der Partei, aber nicht viele. Die meisten Mitglieder sind arm wie wir, Pechvögel, Arbeitslose. Manche brauchen nicht zu arbeiten und leben von Diebstahl. Sie lungern herum. Sie trinken unendliche Mengen von Bier, literweise. Nach Meinung meines Vaters und seiner Parteigenossen haben ihnen die Araber ihre Plätze in der Arbeitswelt weggenommen. Ohne die stünden sie angeblich ganz anders da.

Es ist zu einfach, alles auf die anderen zu schieben. Wenn es so viele Arbeitslose in unserer Region gibt, so liegt das in erster Linie an der Schließung der Bergwerke.

Eine Familie von Schwarzen hat sich in Salomé niedergelassen. Die Kinder sind unheimlich niedlich. Mein Vater zwingt uns, ihnen Angst einzujagen. Wir kleben Knallfrösche mit Kaugummi an ihre Fensterscheiben. Wir lassen sie knallen. Der spielerische Aspekt amüsiert uns. Mein Vater nutzt das schamlos aus.

Abgesehen von der Partei gibt es noch etwas, das mein Vater liebt, sein Auto. Wir haben nicht viel Geld, aber er wechselt ziemlich oft den Wagen.

»Für dich zählt nur dein Auto«, beschwert sich Mama.

Er hatte einen weißen R 4, einen goldenen Ford Granada und noch andere … Aber er nimmt uns selten mit. Auch Mama nicht. Mir liegt nichts daran, mitzufahren, denn selbst am Steuer findet er Vorwände, um böse zu sein. Wenn er zum Beispiel auf dem Bürgersteig einen dunkel- und kraushaarigen Mann sieht, brüllt er ›*Bougnoule*‹ oder ›Drecksack‹. Er tut so, als wolle er ihn überfahren, und prescht auf ihn los. Manchmal fährt er mit dem Gewehr auf dem Schoß durch die Straßen.

Einmal, als er von seiner Mutter aus Haubourdin zurückkam, ist er auf mich losgefahren. Ich hatte ihn nicht kommen gehört. Er rollte ganz leise. Plötzlich sah ich seinen Ford ganz nah vor mir. Vater ist mit Absicht bis dicht an meinen Fuß herangefahren.

Will er vielleicht, daß ich humpeln muß wie Mama? Er könnte mir daraus einen weiteren Vorwurf machen und sagen: »Hitler ist für die Vernichtung der Schwachen, also mußt du dran glauben.«

Ich habe das Gefühl, der Schraubstock zwängt mich immer enger ein. Ich bin immer häufiger der Sündenbock für meinen Vater. Er verprügelt mich immer öfter. Ohne Grund. Oft in Augenblicken, da ich am wenigsten damit rechne.

Ich bin zum Beispiel bei meinen Hausaufgaben. Leise kommt er von hinten. Ich ahne nichts Böses. Ich hätte auf der Hut sein sollen, denn ich kriege einen Hieb mit der Faust. Warum, weiß ich nicht. Er pflanzt sich vor mich hin und erklärt:

»Ich habe Lust dazu, begreifst du das? Ich hatte Lust dazu.«

»Ja, Papa, ich verstehe.«

»Wenn's so ist, hier hast du noch einen!«

Ich kriege noch einen Fausthieb, hinter dem mehr Kraft sitzt. Ich bin ganz benommen.

Das scheint bei ihm zu sein wie die Gelüste einer Schwangeren, wie die Lust auf Erdbeeren oder Krabben. Er muß einen inneren Antrieb spüren, und dann packt ihn die Lust, mich zu schlagen, weil ich schwach bin, und er ist zufrieden, mich heulen und betteln zu sehen.

Immer öfter höre ich in unserem Dorf Sätze wie: »Er ist geistesgestört.«

Aber niemand unternimmt etwas. Alle haben Angst vor ihm.

Ein einziger Mann, der seine Frau und seine Töchter tyrannisiert und peinigt, macht einem ganzen Dorf angst, einschließlich der Schulen, der Sozialhelfer, der Ärzte, einer ganzen Gendarmerie-Brigade.

Sie alle fürchten den Ärger und den Skandal. Unsere Familie hat einen schlechten Ruf. Die Leute mögen uns nicht.

Mein Vater hat der ganzen Gendarmerie-Brigade von La Bassée Spitznamen verpaßt. Ein dicker Bulle heißt zum Beispiel ›Roastbeefschädel‹. Die anderen nennt er ›Ohrfeigengesicht‹, ›Judenkopf‹ oder ›Adlernase‹. Er hält sich für stärker als sie. Er sagt, wenn der Augenblick gekommen ist, wird er nur einen Polizisten verschonen, den, der die gleichen Ideen hat wie er selber. Den wird er beschützen, wenn es nötig ist.

Aber alle anderen Bullen, die Ausländerverteidiger, die müssen dran glauben. Er wird sie abknallen.

Spitznamen sind eine Manie meines Vaters. Er hat richtig boshafte wie ›*Bougnoule*‹ für die Araber oder ›Mongolin‹. Es gibt auch nettere wie ›alter Maulwurf‹ für eine Nachbarin. Oder ›schwarzer Rabe‹ für eine andere Nachbarin, die sich die Haare schwarz färbt. Und ›alte Luise‹, für eine unglückliche Frau, die in einer Holzhütte ohne Wasser und Strom lebt. Häufig sehen wir sie vor unserem Haus vorbeigehen, völlig versunken in Selbstgespräche. Wenn ich kann, kaufe ich ihr Batterien für's Radiogerät. Ihren Mann, der ganz schmächtig ist, nennt er ›die Schnecke‹, weil er so langsam geht. Er geht auf Krücken ins Café.

Auch ich bin langsam, darum heiße ich ›Schleimschnecke‹ und ›Lahmarsch‹. Und ›Irrtum der Natur‹ und ›menschlicher Abfall‹.

Er selber läßt sich ›Teddybär‹ oder ›hübscher Kerl‹ nennen. Aber ›der Nazi von Salomé‹, das gefällt ihm auch.

Wenn er uns, Mama und mich, als ›Bauerntölpel‹ beschimpft, sage ich zu Kiki: »Und er, hast du ihn gesehen?

Man könnte meinen, eine Kröte auf einer Streichholzschachtel.« Wir müssen alle beide lachen. Es tut gut, sich über ihn lustig zu machen. Das hebt unsere Stimmung ein bißchen.

Aber es gibt auch Spitznamen, die nicht zum Lachen sind. Mein Vater ist auf die Idee gekommen, uns nach Konzentrationslagern zu nennen.

Da ich so mager bin, heiße ich ›Dachau‹.

Edwige ist ›Auschwitz‹.

Die anderen sind ›Maidanek‹ und ›Ravensbrück‹.

Ich schäme mich.

Ich habe Angst die Leute könnten erfahren, daß er uns so nennt.

Mein Vater hat mir gesagt, daß ich keine Mongoloide mehr wäre, wenn ich das Lexikon auswendig lernte.

Dazu fühle ich mich außerstande. Es gibt unheimlich viele Wörter pro Seite. Unmöglich, sie alle im Kopf zu behalten. Und sobald ich versuche, mich zu konzentrieren. blockiert sich alles.

Mein Vater ist auch nicht gut in Rechtschreibung. Er macht viele Fehler. Mama ist es, die die Formulare ausfüllt. Sie ist viel intelligenter als er. Mit ihr würde ich besser lernen, aber er erlaubt nicht, daß sie sich um unsere Hausaufgaben kümmert.

Nach der Schule muß ich zu Hause immer mehr Diktate schreiben. Kiki flüstert mir die Wörter zu. Mein Vater hört es und stößt sie mit aller Kraft weg.

Die Lehrer haben mir geraten, viel zu lesen, um mir die Rechtschreibung der Wörter zu merken, aber ich habe keine Bücher. Ich werde ja schließlich nicht die von meinem Vater lesen.

Man hat mir wieder gesagt, die Mongoloiden hätten einen dicken Kopf und würden Grimassen schneiden. Aber so bin ich nicht. Mein Gesicht ist schmal, und mein Kopf bewegt sich fast gar nicht. Und selbst wenn ich die Grimassenkrankheit hätte, dürfte mein Vater mich deswegen nicht schlagen. An einem Abend wollte er mich zu den Geisteskranken bringen. »Ich hab' dich endgültig satt mit deiner verfluchten Fratze. Geh deine Sachen packen.«

Ich bin in mein Zimmer gegangen, um den Koffer zu packen. Als ich wieder nach unten kam, hat Edwige ihn angebettelt: »Papa, steck Ida nicht zu den Mongolen. Ich bin gut in Französisch. Ich werde es ihr beibringen.«

Meine Mutter hat ihn auch angefleht. Schließlich hat er es drangegeben.

Wenn ich Mama fragte, ob ich normal bin, dann sagt sie ja, und fügt hinzu, er sei es, der verrückt ist.

Aber er selber findet sich perfekt.

Wenn er vom Tisch aufsteht und das dicke orangefarbene Buch aus dem Regal holen geht, weiß ich, was mich erwartet. Wieder ein Diktat aus *Mein Kampf*! Ich habe ganze Ordner voll davon. Auch wenn ich den gleichen Satz viele Male abgeschrieben habe, kann ich ihn mir noch immer nicht merken.

Und dabei kann ich in der Schule, wo es ruhig ist, ein Gedicht auswendig lernen.

Ich muß auch Zeilen abschreiben wie: »Ich werde in der Schule besser lernen. Ich mache viele Fehler.«

Ich vergesse immer, wie man ›*toujours*‹ schreibt.

Er schreit mich an:

»Wirst du es dir endlich in deinen Scheißschädel einprägen?«

»Ja, Papa, ja, Papa.«

Wieder ein Fausthieb auf den Kopf.

Es kommt vor, daß ich einen ganzen Tag damit verbringe, einen Satz zu schreiben, zweihundert oder dreihundert Mal. Ich muß ganz schnell schreiben.

Aber ich blockiere innerlich. Die Angst läßt mich zu Eis erstarren. Ich krieg' es nicht mehr hin.

Jetzt habe ich einen Trick erfunden, um schneller abzuschreiben. Ich klebe zwei Schreiber ganz fest mit Tesafilm zusammen. Ich kann sogar drei nehmen. Es funktioniert. Ich kann drei Zeilen auf einmal schreiben. Zum Beispiel: »Ich werde keine Fehler mehr machen.«

Und während ich schreibe, lausche ich auf das Motorengeräusch, um nicht ertappt zu werden. Ich muß ganz schnell die Schreiber auseinandermachen, denn sonst hagelt es eine gewaltige Tracht Prügel. Aber mein Trick ist echt gut. Natürlich verlangt er einige Übung.

Seit ich der Sündenbock bin, kann man nicht mehr von einfachen Ohrfeigen reden.

Inzwischen bin ich bei Fausthieben und bei Fußtritten gegen die Beine und in den Bauch angekommen.

In den schlimmsten Augenblicken denke ich an das, was mir mein Onkel Pierrot gesagt hat, bevor er starb: »Ida, ich werde immer in deiner Nähe sein.«

Das tröstet mich.

Ich sage mir, daß es im Himmel jemanden gibt, der mich lieb hat. Wenn ich eines Tages dorthin komme, werde ich nicht mehr allein sein.

## Das Buch der Folterungen

Vatertag, das heißt Geschenkzwang – für mich ist es kein Feiertag. Er liebt Kölnisch Wasser. Also schenken wir ihm ›Aqua Velva‹ und Rasierseife. Und dazu Blumen, die wir bei den Nachbarn stibitzt haben. Er zeigt sich rundum zufrieden.

Da er einigermaßen freundlich war, kümmere ich mich um sein Wohlergehen und wasche ihm die Füße. Seinen Rücken reibe ich mit Eau de Cologne ›Mont-Saint-Michel‹ ein. Sein Haar wird von mir sorgsam gekämmt. Wenigstens hat er sich heute mal nicht als Hitler verkleidet.

Einmal hat er mir sogar eine Flasche Parfüm geschenkt. Es hieß ›Emotion‹. Im ersten Moment hat mir das Wort ›Emotion‹ einen großen Schrecken eingejagt. Ich dachte, es sei ein Schlüsselwort, und er würde mich verprügeln. Bei uns heißt ›eine Emotion haben‹ so viel wie ›Angst haben‹. Ich wußte nicht, daß Emotion auch einen positiven Sinn haben kann, wie Emotion der Liebe. Danach habe ich erkannt, daß er nicht auf ein Drama aus war. Mit ›Emotion‹ wollte er mir doch tatsächlich eine Freude machen – was ihm letztlich auch gelungen ist.

Wenn mein Vater sich als Hitler verkleidet, mit einem Schnauzbart und einer Haarsträhne wie Hitler, sieht er zugleich lächerlich und angsteinflößend aus.

Allmählich verwandelt sich unsere Wohnung in ein Waffenarsenal. Die Granaten sind im Keller in umgemodelten Gasflaschen versteckt. Es gibt Luftgewehre, Revolver, Dolche, Patronen. Mein Vater tauscht und verkauft sie.

Und da manche dieser Waffen verboten sind, muß er sie verstecken.

Mein Vater amüsiert sich ständig mit seinen Waffen. Er erklärt uns, wie man sie handhabt. Ein Kinderspiel!

Was ich am meisten hasse, sind die Schaufensterpuppen in SS-Uniform. Man könnte meinen, sie seien lebendig. Wie auf den Videokassetten.

Die Gendarmen drücken bei alledem die Augen zu. Ich kenne nur einen Polizisten, der den gleichen Ideen anhängt wie mein Vater. Ansonsten sind die Leute in Salomé keine Rassisten. Die Familie von Schwarzen, die hier lebt, ist wohlgelitten.

Mein Vater redet nur noch von seinen Zwangsvorstellungen. Uns brummt der Schädel davon. Tag für Tag, vom Morgen bis zum Abend, müssen wir diese Phrasendrescherei widerspruchslos ertragen. Es ist wie eine pausenlose Gehirnwäsche.

Inzwischen geht er sogar gegen die arabischen Teppichhändler vor. Sobald er einen von ihnen kommen sieht, holt er das Gewehr und zielt auf ihn. Ein Araber hat sich völlig verstört hinter einem dicken Baumstamm versteckt. Er zitterte am ganzen Leib, während mein Vater lachte und die Schäferhunde mit dem Wort ›*Bougnoule*‹ zum Bellen brachte.

Kurz darauf kommt der Bürgermeister von Salomé und fragt meinen Vater über diesen Zwischenfall aus. Er schwört, nicht geschossen zu haben, das sei nichts als das Geschwätz von Nachbarn.

Ich sehe, daß der Bürgermeister ihm kein Wort glaubt und Mama bedauert. Er läßt ihr Pakete bringen. Er hat erkannt, daß uns viele Sachen fehlen, sogar einfache Grundnahrungsmittel. Seine Frau ist ebenfalls gerührt.

Während des Schuljahres gibt es die Kantine, aber in

den Ferien sind wir arm dran. Wir werden vollgestopft mit rohen Eiern auf Pommes frites. Zum Glück mag ich das, aber der Nachtisch fehlt mir. Ich liebe Nachtisch. Kiki und ich stellen uns vor, daß wir später, wenn wir frei sind, zu jeder Mahlzeit einen Nachtisch verzehren werden.

Bei uns zu Hause kommen nur die militanten Parteileute zu Besuch. Die Partei kostet uns viel Geld, wegen all der Telefonate, der Plakate und der Reisen. Die Besucher machen viel Krach. Ich habe die Nase voll davon, vor aller Augen Hitler ein Küßchen geben zu müssen. Obwohl er lange tot ist, geht uns dieser Onkel auf den Wecker.

Später werde ich als Kindheitserinnerung nur von Angst berichten können. Wenn ich eines Tages Kinder habe, werde ich dann auch versuchen, ihnen Angst einzujagen? Es wäre gefährlich für mich, eine Familie zu gründen. Mit meiner Vergangenheit könnte ich Mann und Kinder leicht unglücklich machen.

Manchmal fürchte ich meine eigenen Reaktionen.

Denn die Angst ist wie eine Droge, wie ich allmählich merke.

Schon wieder eine Parteiversammlung bei uns zu Hause.

Ich kann keine Hausaufgaben machen, so laut sind diese Rohlinge. Die Nachbarn hören alles.

Was für eine Getöse! Und immer der gleiche Haß, die gleichen Sprüche!

Es sind ihrer mindestens fünfzig, in Schwarz, mit Armbinden und Keltenkreuzen. Das Wohnzimmer ist nicht groß genug, und ich muß den Fußboden freiräumen und mich in mein Zimmer verkriechen. Den ganzen Nachmittag brüllen sie, lachen und gröhlen deutsche Lieder. Rezitieren die Namen der Konzentrationslager.

Mama ist gezwungen, ihnen Kaffee zu servieren. Da sie völlig allein und ohne Freunde und diesem Terror ausgesetzt ist, spielt sie mit. Sie redet wie ihr Mann. Aber uns, ihre Töchter, verteidigt sie immer. Sie liebt uns. Mama tut mir leid.

Bevor die Parteileute aufbrechen, treffen sie Entscheidungen, wann und wo Flugblätter verteilt werden müssen. Ich werde wieder einmal dran sein, die Mauern und die Brücken von Lille und Tourcoing mit Parolen vollzusprühen: »Tod den Arabern! Nieder mit den Juden!«

Unten im Wohnzimmer reden sie auch über ihre Videos und ihre Bücher.

Einmal bin ich auf ein Buch gestoßen, das mein Vater versteckt hält, weil es gesetzlich verboten ist. Es ist das Buch, das ich ›Das Buch der Folterungen‹ nenne. Ich habe es heimlich gelesen und danach wochenlang unter Alpträumen gelitten.

Ich habe Fotos von unheimlich mageren Menschen gesehen, deren Rippen aus der Haut ragten. Wandelnde Skelette. Zuerst dachte ich an Gespenster. Aber nein, es sind Menschen. Um sie noch mehr zu quälen, hatten die Nazis Bretter mit Nägeln erfunden, auf denen sie sie schlafen ließen, um zu sehen, wieviel sie aushielten. Dann nahmen sie Zangen, um ihnen damit die Zungen auszureißen. Sie bohrten Nadeln in die Brüste von Frauen und brannten mit ihren Zigaretten Löcher hinein.

Auf einem Foto sieht man, wie man mit einem Kaffeelöffel ein Auge ausreißt, wenn der Häftling eine Augenkrankheit hat oder wenn er gelogen oder einem Wächter nicht gehorcht hat.

Ich habe auch ein Loch gesehen, das man absichtlich in das Gesicht einer Frau gebohrt hat.

Die Folterideen, mit denen mein Vater uns bedroht,

wenn wir eine Dummheit gemacht haben, schöpft er aus diesem Buch. Ein Foto zeigt zum Beispiel Holzstücke, die man einem Opfer unter die Fingernägel gerammt hat. Danach zündet man die an, und anschließend braucht man nur noch zu ziehen, um die Fingernägel abzureißen.

Mein Vater schwört, daß er genau das mit mir machen wird. Und ich zweifele keine Sekunde daran, daß er es ernst meint.

Und das schlimmste ist, daß er mich glauben machen will, alle diese ungeheuerlichen Ideen würden nur zu meinem Besten dienen. Um aus mir einen guten Soldaten, eine echte Nationalistin zu machen.

Nationalist. Wenn ich nur das Wort im Fernsehen oder im Radio höre, läuft mir ein Schauer der Angst über den Rücken.

Alle diese grauenhaften Schwarzweißfotos aus der Zeit der Nazis spuken durch meinen Kopf. Ich begreife nicht, wie Menschen so böse zueinander sein können.

Warum alle diese Greueltaten?

Warum die Lager mit Öfen und Gaskammern?

Die Lehrer haben mir ein wenig erklärt, was die Nazis für Scheußlichkeiten begangen haben, aber man müßte sich Mühe geben, es noch besser verständlich zu machen, damit dergleichen nie wieder passiert.

Und nun sagt mein Vater, das sei alles falsch und die Lehrer wollten nur Hitlers Andenken besudeln. Und dabei waren die Nazis zu jener Zeit stolz auf alle diese Morde und Folterqualen. Sie haben sie sogar fotografieren und dokumentieren lassen.

In dem Buch sieht man die Flammen aus den Türen der Öfen lodern. Man sieht Männer und Frauen splitternackt in die Gaskammern gehen.

Mein Vater sagt auch, Krieg ist Krieg. Für ihn ist Onkel

Hitler ein Held, der seine Pflicht erfüllt hat. Er wollte eine ganze Rasse vernichten. Es ist ihm beinahe gelungen. Andere Länder haben ihn daran gehindert, und nun gelte es, sein Werk zu vollenden.

Wenn ich an dieses Buch der Folterqualen denke, weine ich ganz allein in meinem Zimmer. Es ist wie ein grauenhaftes Geheimnis, das alles gesehen zu haben.

## Der Rausch des Vergessens

Immer häufiger kreisen meine Gedanken um den Tod. Meinem Vater gelingt es nicht, mich umzubringen. Würde es mir selber vielleicht gelingen? Ich denke daran, mich auf dem Dachboden aufzuhängen. Ich habe diese Art von Leben satt.

Hat meine Kiki vielleicht eine Idee für mich?

»Kiki, ich habe genug. Ich will nicht mehr leben. Ich will mich umbringen.«

Sie nimmt mich in die Arme.

»Mein kleine Dada, bitte stirb nicht. Bring dich nicht um. Ich weiß ein anderes Mittel. Du wirst abheben, und du wirst lockerer drauf sein und die Hiebe besser ertragen.

Dieses Mittel ist die Droge.

Ich habe bemerkt, daß Kiki oft seltsam ist. Es muß an dem Zeug liegen, das sie einnimmt. Den einen Tag ist sie erregt, aufgekratzt, dann wieder ist sie schlaff, geistesabwesend. An einem anderen Tag könnte man meinen, sie sei überglücklich. Ich selber habe bislang von diesen Zaubermitteln nichts wissen wollen. Ich weiß, daß Drogen gefährlich sind – ich habe immer die ausgemergelten Gesichter am Bahnhof vor Augen. Ich rauche nur ab und an Zigaretten in der kleinen Gasse und am Bahnhof mit Kikis Freunden.

Aber Zigaretten spenden keinen Trost. Ich bräuchte etwas anderes, und so ändert sich unversehens meine Einstellung zu Drogen. Ich will vergessen, daß ich lebe. Ich will lächeln und lachen wie Kiki. Ihr Ding, das funktioniert!

Es ist Gummilösung. ›Pastaline‹. Damit fange ich an. Es ist eine rote Tube, auf der in gelber Schrift der Name ›Pastaline‹ prangt.

Kiki und ich atmen es gemeinsam ein. Wir fühlen uns einander noch näher als sonst. Jetzt haben wir ein weiteres gemeinsames Geheimnis .

Ich bin überglücklich.

Eines Abends komme ich nach Hause und werde von meinem Vater wieder mit Ohrfeigen empfangen, deren Grund ich nicht einmal ahnen kann. Aber diesmal fühle ich die Hiebe nicht. Als er mich wieder als mongoloid bezeichnet, muß ich sogar lauthals lachen.

Natürlich ist mein Vater verwirrt und fragt erstaunt: »Was ist mit dir los? Normalerweise heulst du.«

Statt zu antworten, fange ich wieder an zu kichern.

Er schlägt mich, aber ich spüre immer noch nichts.

Klasse, die Gummilösung wirkt!

Man kann sie leicht kaufen, wenn man sich nicht allzu auffällig benimmt. Also nicht zehn Tuben auf einmal kaufen, das wäre verdächtig. Kiki und ich machen es so, daß wir auch Leute ansprechen, ob sie bereit wären, für uns eine Tube Kleber zu kaufen. Wir geben ihnen zehn Francs. Zu einer solchen kleinen Gefälligkeit sind viele Leute bereit. Die alten Leute zum Beispiel können sich nicht vorstellen, daß der Kleber als Droge dienen könnte.

Manchmal kauft meine Schwester die ›Pastaline‹-Tube auch selbst in einem Geschäft in Lille. Anschließend verkriechen wir uns beide hinter dem Bahnhof von La Bassée am Kanalufer, wo wir andere Jugendliche treffen.

Für die Jugendlichen, die Drogen nehmen, ist das nicht eine Mode, sondern ein Mittel, sich eine andere Welt zu schaffen. Außerdem entwickelt sich ein eigentümliches Gefühl der Zusammengehörigkeit. Man weiß, daß die

Freunde es auch machen. Man hält zusammen. Man wünscht sich eine bessere Welt. Man vergißt das Versagen in der Schule und die endlosen Auseinandersetzungen mit den Eltern, bei denen man doch immer den kürzeren zieht.

Zuerst füllt man den Kleber in eine Plastiktüte um. Dann wärmt man ihn mit den Händen. Man drückt auf den Beutel und atmet so tief wie nur möglich ein. Mit einer Tube hebt man für eine Stunde ab. Das Glück kostet nur zehn Francs.

In dieser Zeit mache ich auch mit Äthyläther Bekanntschaft. Man träufelt ihn in geringen Mengen auf Watte und atmet ein. Es macht einen ein bißchen schläfrig.

Wenn die Flasche beinahe leer ist, erzählen wir Mama, wir hätten sie aus Versehen verschüttet. Ich glaube, sie zweifelt keinen Herzschlag lang an der Wahrheit unserer Aussage. Mama ist naiv und läßt sich leicht täuschen. Sie hat zu viele Sorgen und Probleme, um über solche Dinge näher nachzudenken.

Mama hat auch ein Anrecht auf kostenlose ärztliche Versorgung. Ich gehe also ins Rathaus und besorge die gelben Formulare. Kiki füllt sie aus, indem sie Mamas Handschrift imitiert, und dann gehen wir in die Apotheke. Es gibt so viele Pillen und Schlafmittel, bei denen man abhebt. Aber mit jeder dieser kleinen künstlichen Fluchten stumpft man auch ab – von den gesundheitlichen Schäden gar nicht zu reden.

Eines Nachmittags bin ich mit Kiki allein zu Hause. Ich sitze auf einem Stuhl und zeichne. Es heißt, auch jetzt mit knapp vierzehn Jahren würde ich immer noch wie eine Vierjährige zeichnen.

Mit einer normalen Kindheit im Rücken hätte ich vielleicht die Energie aufgebracht, eine gewisse Kunstfertigkeit im Zeichen zu erlangen. Ich fühle mich wohl, wenn ich zeichne. Keine Gefahr, Rechtschreibfehler zu machen, und außerdem kann man alle Formen und Gebilde in fröhlichen Farben kolorieren. Jeder wird sich leicht denken können, welche Farbtöne ich meide.

Aber an diesem Nachmittag fällt mir jeder Strich schwer, denn ich habe etliche Pillen intus. Dann klingelt es auch noch, und ein Nachbarsjunge, ein schwarzhaariger schlanker Bursche, steht lächelnd in der Tür. Er möchte unbedingt mit uns Karten spielen. »Was habt ihr denn alle beide?« fragt er dann, nachdem er uns näher in Augenschein genommen hat. Und bevor ich eine Antwort geben kann, bin ich auch schon vom Stuhl gefallen und schlage mit dem Kopf auf den Boden. Hat der einen Schreck gekriegt!

Jungen in unserem Alter geraten viel schneller in Panik als wir. Nun ja, vermutlich werden auch die wenigsten von ihnen ein solches Katastrophen- und Abhärtungstrainig durchlaufen haben wie wir.

Ich habe ein glückliches und reiches Mädchen gekannt, das Drogen nahm. Man sah ihr an, daß sie aus begüterten Verhältnissen stammte. Sie strahlte Wohlstand und Zufriedenheit aus. Wir anderen Schüler hielten ihr die reiche Herkunft vor. Das ärgerte sie. Sie fühlte sich ausgeschlossen. Also ist sie eines Tages mit uns an den Kanal gekommen und hat auch Drogen genommen.

Jugendliche, ob reich oder arm, wollen dazugehören und in ihrer eigenen Welt leben, wo sie glücklich sein können.

Einmal ist ein Junge im Bahnhof von La Bassée aus dem Zug gestiegen. Er erkannte Kiki, und dann fragte er sie, als er mich entdeckte: »Nimmt deine kleine Schwester auch Drogen?«

»Ja«, hat Kiki geantwortet.

Er schloß sich uns an und nahm auch Drogen. Er hatte jede Menge Probleme.

Meinen Vater habe ich nur ein oder zweimal Gras rauchen gesehen. Manche seiner Kumpel nehmen Drogen. Aber vor allem saufen sie wie Löcher. Bier: Titine, Gueuse, Jeanlain, Kriek, jede Menge!

Aber ich trinke keinen Alkohol.

Die gemeinsamen Drogenerfahrungen bringen Kiki und mich einander noch näher. Eines Tages gehen wir auf die Weide in der Nähe unseres Hauses. Wir sind ziemlich *stoned* und machen Wettrennen mit den Kühen. Anschließend klettern wir auf den Bunker.

»Spring!« ruft Kiki, die vor nichts Angst hat.

Ich springe. Ergebnis: Ein verstauchter Knöchel. Ich muß humpeln, aber ich lache trotzdem, weil ich den Schmerz kaum spüre.

Kiki und ich rauchen auch Shit. Ein Piece kostet hundert Francs, für uns eine Menge Geld. Wir sind ständig auf der Suche nach Geld. Es wird zu einer Zwangsvorstellung. Wir verkaufen unsere Sachen in der Schule.

Jedes Piece reicht, um vier Joints zu rollen. Die sind schnell aufgeraucht. Aber man kann einen ganzen Tag abheben. Na ja, Shit können wir uns nicht jeden Tag leisten.

Das erste Mal, als ich davon geraucht habe, bin ich krank geworden. Mein Magen rebellierte. Aber danach, da war ich glücklich. Ich habe nicht geschlafen. Im Gegenteil, ich war hellwach. Hyperklar und aufgekratzt.

Wir tun den Shit auf den Tisch, zerdrücken ihn in einem Löffel und rollen die Zigarette. Wir klauben das allerwinzigste Krümelchen vom Boden auf. Wenn ich davon geraucht habe, sehe ich mich immer durch einen Urwald laufen. Ich verfolge Kiki. Ich rufe ihr zu: »Gib mir meine gelbe Schlange wieder.« Ich weine aber nur, weil es so schön ist.

Ich sehe den Bahnhof und die Schienen nicht mehr. Die traurigen Straßen, die abweisenden Gebäude aus Stein, der graue Regen – das alles tritt in den Hintergrund. Ich höre nicht mehr, wie mein Vater mich als einen ›Irrtum der Natur‹ beschimpft. Ich werde die Tritte seiner Rangerstiefel nie wieder spüren. Ich schwebe und fliege davon.

Aber ich muß wieder auf den Boden zurückkommen und heimgehen. Doch auch zu Hause hält die Wirkung des Shits noch vor. Ich grinse die ganze Zeit, und mein Vater stiert mich fassungslos an.

Mein Vater nimmt das dicke, orangefarbene Buch und brüllt:

»Diktat! *Mein Kampf!*«

»Nein Papa, ich kann *Mein Kampf* nicht mehr aushalten!«

Ich habe das gesagt. Ich habe gewagt, ihm zu widersprechen.

Mama hält im Bügeln inne und reißt die Augen weit auf. Sie hält sich die Hand vor den Mund. Ihre Augen flehen mich an, den Mund zu halten.

Die Schläge prasseln auf mich nieder. Ich brülle wie am Spieß. Er nimmt einen Knüppel und schlägt mir damit gegen die Beine. Dann krieg ich's auch noch mit dem Ochsenziemer.

Mama schreit um Hilfe. Meine Schwestern weinen. Ich, ich sehe die Schläge, die ich abkriege, aber ich spüre sie kaum.

Kiki hatte recht, die Droge hilft, das Elend besser zu ertragen.

Es gibt einen Song, *Faut dire non à la Drogue*, Sag nein zur Droge. Kiki aber singt: »Sag ja zur Droge«, und wir lachen.

Wenn Kiki Entzugserscheinungen hat, klaut sie aus Mamas Portemonnaie. Ich bringe es nicht über mich, meine Mutter zu bestehlen. Aber wir brauchen unseren Trost. Kiki ist richtig süchtig danach. Aber ich weiß, daß es schädlich ist.

Außerdem greift Kiki manchmal zum Alkohol. Dann sieht sie Tausende von Ameisen und lauter andere kleine Viecher auf sich rumkrabbeln. Sie spinnt, meine Kiki! Auch sie ist unglücklich, aber sie verkriecht sich nicht in eine Ecke wie ich. Sie nimmt an den Ideen meines Vaters teil, aber sie rettet mir jeden Tag das Leben.

Neben dem Shit gibt es noch etwas Härteres: Fleckenwasser. Auf mich wirkt es stärker als auf meine Schwester. Ich gieße etwas auf ein Taschentuch und atme ein. Das beruhigt. Es riecht ein bißchen nach Zitrone.

Aber meine Lieblingsdroge, das bleibt die Gummilösung. Ich liebe sie, weil sie mich lachen macht. Und ich lache so gern. Sie bringt meinen Kopf zum Sieden. Es ist komisch. Ich brauche keinen Film von Louis de Funès oder meinem geliebten Pierre Richard. Mit der Gummilösung lache ich von selbst und ohne Grund. Ich denke an irgendeine Kleinigkeit und pruste los.

Ich sehe zum Beispiel ein Blatt Papier, finde, daß es eine komische Form hat, und platze vor Lachen.

Oder Kiki erscheint mit einem schwarzen Schal und fragt mich: »Sieht das allzusehr nach Ganove aus?« Das Wort ›Ganove‹ läßt mich bis zum nächsten Morgen lachen.

In der Schule schnauzt ein Lehrer mich an. Ich lache. Und lache.

Ein andermal hatte ich gerade in der Toilette Gummilösung geschnüffelt. Ich gehe in die Klasse. Und da hält uns doch die Lehrerin einen Vortrag über Verhütung. Man könnte meinen, sie wagte es nicht, über Drogen zu sprechen. Ich bin high und muß darüber lachen.

Ich sage zu ihr: »Sie meinen, man soll keine Drogen nehmen, aber ich, ich habe Probleme.«

Ich bereue sofort, das gesagt zu haben. Ich habe ihr einen Verdacht in den Kopf gepflanzt. Sie hat jetzt eine Spur und wird mich beobachten.

Ein andermal bin ich noch mehr angetörnt als sonst, und die Lehrerin schickt mich auf den Korridor, damit ich mich wieder beruhige. Dufte, ich habe meinen Frieden und kann mir noch einen reinziehen.

Auf dem Korridor rollt sich der Teppich ganz von alleine auf. Die Mauer verformt sich. Wie ein riesiges Ungeheuer, das sich dehnt und zusammenzieht. Ich kreisele auf einem sonderbaren Karussell. Ich lache ganz für mich allein.

Freunde in Lille ziehen sich viel schlimmere Sachen rein – Kokain und Heroin. Also das Zeug, das ist echt teuer. Sie klauen, um das Geld dafür zu haben. Sie rollen ein Stück Papier zu einem Röhrchen und saugen den Stoff damit in die Nase. An ihren roten Augen, der geschwollenen Nase und den geweiteten Pupillen kann man sehen, daß sie schon süchtig sind. Sie sind immer irgendwie müde. Mir ist aufgefallen, daß sie immer in die Luft starren.

Eines Tages, wenn ich wirklich die Nase endgültig voll habe, werde ich versuchen, mit einem Schuß Heroin zu sterben, aber im Augenblick läßt mich allein der Anblick einer Spritze schon in Ohnmacht fallen.

Wenn ich immer lachen könnte, um nicht denken zu müssen, dann würde mir das reichen. Dann hätte ich keine Drogen nötig.

## Kleines Glück

Wenn ich mich anstrenge, fallen mir auch nette Erlebnisse mit meinem Vater ein – aber die meisten liegen schon lange zurück.

Einmal sind wir vom Angeln zurückgekommen, Kiki, er und ich. Es war schon spät geworden, und lauter kleine Lichtpunkte glitzerten in der Dunkelheit. Ich habe ihn gefragt, woher dieses Funkeln komme, und er erklärte mir, was es mit den Glühwürmchen auf sich habe.

Wir stapften Hand in Hand über die Wiese, und ich war glücklich.

In einem Jahr durften wir Kinder den Weihnachtsbaum schmücken. Kiki hatte eine Girlande aus Männchen gemacht, die sich an den Händen halten, und Wattebäusche auf den Zweigen verteilt. Danach haben wir den Baum vor dem Haus eingepflanzt. Es war das letzte Mal, daß wir Weihnachten gebührend feiern durften. Mein Vater haßt grundsätzlich alle Feste. Wenn er uns die Kirmes untersagt, das größte Volksfest in der Gegend, fahren wir mit unseren kleinen Fahrrädern im Hof im Kreis – wie auf einem Karussell. Wir versuchen, den Wollbommel zu schnappen, dann stellen wir uns vor, wir hätten eine Freifahrt gewonnen. Einmal am Nationalfeiertag, dem 14. Juli, hat uns mein Vater, statt uns auf die Feierlichkeiten in La Bassée mitzunehmen, zum Kartoffelernten aufs Feld hinausgeschickt. Während Mathilde treubrav die Kartoffeln einsammelte, gerieten Kiki und ich beim Anblick des Feuerwerks mit roten und gelben Raketen in Ekstase. Bei der abschließenden Feuergarbe haben wir applaudiert. Zufrieden sind wir heimgetrottet. Es war ein großartiges Erlebnis gewesen. In diesem Jahr erteilt uns Vater sogar die Erlaubnis, auf die Kirmes zu gehen. Das lasse ich mir nicht zweimal sagen. Als ich die Funkenmariechen sehe, male ich mir aus, daß ich auch so ein Röckchen und solche weißen Stiefeletten trage. Ich kann den Stock wirbeln lassen und zur Musik paradieren. (Statt dessen zwingt mein Vater mich, Karate zu lernen. Angeblich bin ich darin nicht schlecht, aber ich mag es nicht.)

Wir amüsieren uns großartig auf der Kirmes. All die Riesenräder, Gespensterbahnen, Karussells – dazu der Geruch von Süßigkeiten und Brathähnchen! Am Morgen danach holen wir die Stühle auf den Bürgersteig und bewundern die Teilnehmer eines Umzugs. Aus dem Lautsprecher dröhnt eines Stimme: »Erheben Sie sich bei der nächsten Runde und fangen Sie auf, was man Ihnen zuwirft!«

Alle sind auf den Füßen. Wir schnappen Ballons, Mützen, Hefte, weiße Schreiber und Broschen mit Funkenmariechen darauf und stopfen die kleinen Schätze in unsere Taschen.

Am Nachmittag fahren wir auf der Achterbahn und genießen den Nervenkitzel. Plötzlich rennt Kiki auf mich zu, sie kommt geradewegs von zu Hause und ist ganz außer Atem.

»Papa ist blau!« rief sie. »Er ist unheimlich nett.«

»Superklasse!«

»Wir dürfen bis zehn Uhr bleiben!«

Fabelhaft! Ich zahle Kiki eine Runde auf der Achterbahn. Wir lassen uns den Fahrtwind um die Ohren wehen und starren entrückt auf die funkelnden Lichter unter uns.

Gegen zehn Uhr erscheint Papa. An diesem Abend ist er ganz der liebe Teddybär. Er spendiert uns Liebesäpfel und Zuckerwatte. Unglaublich! Anschließend will er auch ein wenig spielen. Er steckt einen Franc in den Schlitz und schlägt auf einen Sack ein.

Ich habe ihn noch nie so nett gesehen. Vielleicht ist es schade, daß er nicht öfter betrunken ist. Er kann Alkohol eigentlich nicht vertragen.

Den Liebesapfel esse ich ganz langsam, um das Glück auszukosten.

Ich habe eine andere, freundliche Erinnerung an meinen Vater.

Wir waren Angeln. Es war Nacht. Wir fingen nichts. Es langweilte mich, so viele Stunden dort zu verbringen. Schließlich habe ich mich neben meiner Angelrute im Gras ausgestreckt und die Sterne betrachtet, die am Himmel glitzerten.

Ich habe meinem Vater Fragen gestellt.

»Wie viele Kilometer sind zwischen mir und dem Kleinen Stern dort, der so glänzt?«

»Unendlich viele Kilometer.«

»Unvorstellbar! Und ist der Stern gezackt?«

»Nein, man zeichnet ihn mit Zacken, aber er ist rund.«

»Bist du sicher?«

»Dein Vater ist immer sicher, wenn er etwas sagt.«

Er zeigt mir den Großen und den kleinen Bären.

»Wenn du willst, kaufe ich dir ein langes Fernrohr, dann kannst du besser die Sterne beobachten.«

»O ja!«

Er hat mir auch erklärt, daß die Erde sich dreht wie ein Kreisel. Kreisel mag er übrigens. Er erinnert sich an den,

## Der Prozeß

Bei den Parteiversammlungen langweile ich mich zu Tode. Man muß schrecklich lange stehen und endlos lange Reden anhören. Es sind andere Jugendliche wie ich dabei, und auch Kinder. An jenem Tag ist mein Vater völlig aus dem Häuschen. Er hat eine große Versammlung in Marquillies in der Nähe von Lille organisiert. Was für eine Mühe er sich gegeben hat! Seine Sektion des Nordens, die ›*Sektion Charlemagne*‹, ist vollständig anwesend.

Wir gelangen in einen Saal, der mit einer riesigen roten Fahne mit einem weißen Keltenkreuz dekoriert ist. Außerdem gibt es Plakate, große Hakenkreuze und Spruchbänder.

Überall der Hitlergruß, den Arm gestreckt, nicht zu hoch. Die Uniformen sind makellos; braune Hemden, schwarze Krawatten, rote Armbinden mit Kelten- oder Hakenkreuz. Im Jahr 1985 heißt die Partei noch immer einfach PNF. Mein Vater hält eine kurze Rede, in der er den Präsidenten vorstellt, und erhält großen Beifall. Er lächelt zufrieden.

Claude Cornilleau ergreift das Wort. Die Zuhörer lauschen ihm geradezu andächtig. Er spricht von der Wahlkampagne und ruft das Parteiprogramm in Erinnerung. Er ist sauer, daß man ihn in die Nähe der ›Front National‹ ansiedelt. Er will die Unabhängigkeit der D.O.M.-T.O.M. (der überseeischen Departements) mit Ausnahme von Saint-Pierre-et-Miquelon. Seiner Ansicht nach führt eine Gesellschaft vieler Rassen zu Rassenmischungen, was er als ›eine Form von Völkermord‹ bezeichnet. Zum Beispiel hätten im antiken Rom die Sklaven verschiedenster Rassenzugehörigkeit zu der untersten Schicht gehört, doch – leider! – seien sie später oft sehr schnell erst Freigelassene und dann Bürger Roms geworden. Und das sei es, was auf uns zukomme! Die Parteimitglieder applaudieren ausgiebig.

Ich werde von allen Seiten angestoßen und geschubst. Es ist heiß. Ich stehe aufrecht mit meiner Fahne und japse nach Luft. Da ich klein und zierlich bin, fürchte ich, von der Menge zertrampelt zu werden.

Der ganze Saal steht auf und brüllt: »Frankreich zuerst! Weiß immer! Frankreich den Franzosen!«

Danach stellen die Leute Fragen. Man wirft der ›Front National‹ vor, demokratisch zu sein und die überseeischen Departements zu akzeptieren. Man schreit: »Befreit das Vaterland«, »Es lebe die weiße Rasse«. Man wiederholt, daß die Juden überall eingedrungen seien, in die Zeitungen, die Radio- und die Fernsehsender. Man müsse sie rausschmeißen. Die Zeitschrift der Partei, *Tribune nationaliste*, wird angeboten. Die Parteimitglieder betrachten sich als Widerstandskämpfer. Sie fühlen sich verfolgt. Sie nehmen der FN auch übel, sie bei den Wahlen auszubooten. Aber sie bauen gewaltig auf die Jugend. Die habe keine Ideale mehr und werde sie im Nationalismus finden.

Am Ende gratuliert man meinem Vater zu seiner Organisation und dem Gelingen dieser Versammlung. Er schwillt an vor Stolz. Umgeben von seinen Töchtern in Uniform, grüßt man ihn voller Respekt. Mathilde ist ganz aus dem Häuschen. Vom vielen Schreien ist sie jetzt ganz heiser geworden. Sogar hier macht sie mir angst. Alle stürzen sich auf das Büffet mit belegten Brötchen und Bier. Inzwischen hat die Partei auch eine eigene Hymne. Man singt sie auf die Musik der Freiwilligen von Lyon während des Vendée-Krieges.

Frankreich erwache!

Frankreich, erwache,
solange noch Zeit ist,
denn die Angreifer sind da,
Kamerad, schließ dich uns an!

Wir kämpfen mit leichten Herzen,
das Land zu befreien
von diesem verhaßten System,
das der Feind uns aufzwingt.

Franzosen, laßt uns den Kopf wieder heben,
auf dem Boden unserer Ahnen!
Laßt uns zur Wiedereroberung aufbrechen,
mit der Hilfe unserer Götter!

Die Standarte des Keltenkreuzes
die wir im Winde tragen
ist ein heroisches Symbol,
das neue Zeiten kündet.

Wir sind Nationalisten,
die Rasse ist uns heilig,
weißer Bruder, kämpfe und wehre dich,
verteidigte dein Blut und dein Geschlecht!

Unser Reich wird kommen
in einer befreiten Nation,
für alle Ewigkeit werden wir
Frankreich den Franzosen wiedergeben!

Nach dieser gelungenen Versammlung ist mein Vater so zufrieden, daß er am Abend und am nächsten Tag vergißt, uns anzuschnauzen.

Die Ruhe hält nicht lange an.

Der Prozeß des Mordes an dem jungen Karim vor zwei Jahren rückt näher. Mein Vater bereut es nicht, aber die Folgen müssen ihn beunruhigen. Sein Kumpel, der auf Karim geschossen hat, ist zu zehn Jahren Gefängnis ohne Bewährung verurteilt worden.

Der Prozeß findet im Oktober 1986 vor dem Tribunal von Lille statt. Mein Vater wird von Maître Buguet verteidigt, Anwalt der Anwaltskammer von Valenciennes und Regionalrat der ›Front National‹.

Mein Vater erklärt sich als der ›Front National‹ nahestehend, deren Mitglied er gewesen sei. Später sagte ein Verantwortlicher der FN, der zu dem Berufungsprozeß in Douai gekommen war, aus, mein Vater habe seiner Partei nie angehört. Ich habe aber immer gewußt, daß er Mitglied war.

Aktivmitglieder der PNF sind anwesend. Die Staatsanwaltschaft zeichnet ein Bild der Persönlichkeit meines Vaters, seiner Brutalität, seines Rassismus. Vertreter des MRAP und der Liga für Menschenrechte sind ebenfalls anwesend, um die Erinnerung an Karim zu verteidigen.

Mein Vater leugnet die Tatsachen und stellt sich als politisches Opfer dar. Man könnte meinen, bei einer Parteiversammlung zu sein. Die Aufzeichnungen der Telefonüberwachung bei uns zu Hause in Salomé werden verlesen. Haßerfüllte, rassistische Parolen, Gespräche über Prügeleien und über das Niederprügeln aus rassistischen Motiven. Es gibt auch lustige Sachen wie ›Hallo, hallo, da ist was Braunes in der Leitung‹ und eine Menge idiotischer Albernheiten. Da müssen alle lachen, sogar die Richter.

Aber die Parolen werden wieder ernst. Mein Vater wird als Terrorist und als gefährliches Individuum angesehen. Am Ende wird er zu einem Jahr ohne Bewährung wegen ›Anstiftung zu Rassenhaß‹ verurteilt. Es ist die härteste Verurteilung dieser Art in Frankreich.

Ein Flugblatt der Partei zugunsten meines Vaters zirkuliert. Ein Unterstützungskomitee wird gegründet, das dem Berufungsprozeß in Douai beiwohnen soll.

Ein Flugblatt wird verteilt, das ein Korrespondent der PNF, der sich Eric Terreblanche nennen läßt, verfaßt hat. Er ruft den Mut meines Vaters in Erinnerung, er sei ›ein Mensch, der andere mitreißen könne und der sich eines großen Prestiges bei der Jugend‹ erfreue. Er beschimpft das ›ruchlose Gesetz Pleven‹, aufgrund dessen mein Vater in Lille verurteilt worden sei. Er kündigt an, daß bei der Berufungsverhandlung in Douai am 21. Januar 1987 Maître Eric Delacroix die Verteidigung übernehmen werde. Er ist der gleiche Anwalt, der auch Professor Faurisson verteidigt hat, der die Existenz der Gaskammer im Dritten Reich ableugnet. Diesmal gehören alle zur PNF. Sie sind sicher, daß sie gewinnen werden. Das Flugblatt behauptet, der Prozeß sei manipuliert worden und das ›Gesetz Pleven‹ sei franzosenfeindlich. Er bittet um finanzielle Unterstützung für meinen Vater. Er bezeichnet die Journalisten von *Libération* und *Nord-Matin* als Lügner, attackiert auch *Spécial-Derniér* und bezeichnet deren Herausgeber, Alain Ayache, als Erzlügner. Mein Vater ist übrigens sauer auf *Nord-Matin*, weil sie mehrere Artikel veröffentlicht haben, durch die er sich verleumdet fühlt.

Vor dem Gericht von Douai gibt es eine Überraschung. Der junge Mitangeklagte meines Vaters gesteht alles und beschuldigt ihn. Mein Vater verliert die Nerven und leugnet weiterhin, den jungen Mann angestiftet zu haben. Er erklärt: »Man verfolgt mich, weil ich blaue Augen habe, weil ich kein Kraushaar habe und weil ich mein Vaterland liebe.«

Die Unterstellung löst Gelächter aus.

Der Staatsanwalt fordert die gleiche Strafe: ein Jahr ohne Bewährung. Papas Anwalt, Maître Delcroix, deklamiert. Er sagt, vor dem Krieg sei der Rassismus weit verbreitet gewesen. In seinen Augen war das gut. Er liefert einen Haufen Zitate. Die Parteiaktiven hören ihm fasziniert zu. Sie applaudieren wie bei einer Parteiversammlung. Die Magistrate sind schockiert.

Der Urteil wird am 18. Februar verkündet:

Jean-Claude Beaussart ist freigesprochen!

Somit ist das Urteil von Lille aufgehoben. Ein gewaltiger Sieg für meinen Vater und seine Kollegen. Ein neues Flugblatt der PNF zirkuliert.

Nach seinem Freispruch meint mein Vater, er könne sich alles erlauben. Er kostet seinen Triumph in vollen Zügen aus.

Weniger als zwei Monate danach hat er die unglückliche Idee, einem Jugendlichen einen Hinterhalt zu stellen, um ihn dafür zu bestrafen, daß er protestiert hat, weil ein Parteimitglied in einem Café ein Naziabzeichen trug. Der junge Mann war schockiert gewesen. Mitglieder seiner Familie sind in einem Konzentrationslager umgebracht worden.

Ein guter Vorwand für meinen Vater, der einen Plan hat. Er zieht den Parteikollegen, der das Abzeichen getragen hatte, hinzu, um den jungen Mann zu schnappen und ihm eine Lektion zu erteilen. Mein Vater drängt mit seinem Auto das Mofa des jungen Mannes an den Straßenrand. Er stachelt seinen minderjährigen Parteifreund an, den anderen zusammenzuschlagen. Zuerst mit einem Schlagring, dann mit einem Helm. Der Junge wird an der Lippe verletzt und flüchtet auf seinem Mofa.

Das Opfer und der angeklagte Parteifreund geben die gleiche Version des Tathergangs. Mein Vater dagegen behauptet, er habe sich zwischen die beiden gestellt, damit sein junger Kamerad nicht umgebracht würde.

Niemand glaubt ihm das.

Maître Buguet, sein Anwalt, macht darauf aufmerksam, daß es sich nicht um eine politische Angelegenheit handele.

Der Gerichtspräsident gibt sich nachsichtig. Er sagt, diese Angelegenheit sei schließlich keine Staatsaffäre. Er lächelt milde. Dem Staatsanwalt gefällt es nicht, daß der Anwalt meines Vater den Prozeß als manipuliert bezeichnet. Er fordert eine Gefängnisstrafe ohne Bewährung.

Mein Vater wird zu vier Monaten ohne Bewährung und einer Geldstrafe von zweitausend Francs verurteilt.

Mein Vater ist Stammkunde des Gerichts. Die Liste seiner Verurteilungen ist endlos. Man sagt: »Dieses Individuum ist gefährlich«, aber man läßt ihn weitermachen.

In dem anderen Prozeß, dem Mord des jungen Karim, wird das Urteil des Berufungsverfahrens von Douai im November 1987 vom Kassationsgericht annulliert. Das Gericht von Rouen wird bestimmt, die Affäre wieder aufzurollen.

Da hat mein Vater dann doch Angst, für ein Jahr ins Gefängnis zu kommen. Er ist sehr nervös. Er brüllt, er sei unschuldig. Aber er weiß, daß er seinen jungen Parteigenossen zum Mord an dem Algerier angestiftet hat. Er will ihm an den Kragen, weil er alles gestanden hat. Er bedroht ihn in einer Ecke des Korridors.

Im Februar 1988 verurteilt ihn das Tribunal von Rouen, weniger nachsichtig als das von Douai, zu acht Monaten ohne Bewährung für ›Aufhetzung zum Rassenhaß‹.

## Sentimentale Briefe

Ich bin nicht gern die Tochter eines Vaters, der im Gefängnis sitzt. Obwohl wir während seiner Abwesenheit endlich einmal Ruhe im Haus haben. Am ersten Morgen kommen wir uns ganz komisch vor. Wir sind es nicht gewöhnt, uns frei bewegen und äußern zu dürfen. Wie immer stehen wir Kinder früh auf, um gemeinsam mit Mama zu frühstücken. Wir machen alles wie sonst, und doch ist alles anders. Ich kann nichts dafür, aber wenn ich einen Motor höre, zucke ich zusammen und denke, Papa ist aus der Haft entlassen worden und kehrt nach Hause zurück. Die Routine der Angst läßt sich nicht so leicht durchbrechen.

Während ich an meinem Zwieback ›mit nichts‹ knabbere, sage ich mir, daß er im Gefängnis schlecht zu essen bekommt. Er haßt die Ernährung im Knast. Einmal hat er ein Küken in einem hartgekochten Ei gefunden. Da hat er den Gefängnisaufsehern seine Meinung gesagt! Er verhöhnt und beschimpft sie, wann immer er kann.

Die ›Stecher‹ haßt er auch; beim Spaziergang prügelt er auf sie ein. Als ich mit zwölf Jahren das Wort zum erstenmal hörte, wußte ich nicht, wer gemeint ist. Die Stecher, von denen mein Vater spricht, sind nicht die Arbeiter, die am Morgen die Stechuhr bedienen. Es sind die Männer im Knast, die andere Häftlinge vergewaltigen.

Seine freien Tage, an denen er Hafturlaub hat, nutzt mein Vater, um in Lille oder Paris den Homosexuellen das Leben schwerzumachen. Abends tun mein Vater und seine Kumpel so, als seien sie schwul, und überfallen sie. Sie rauben ihnen Uhren und Armbänder, die Papa in seiner

Schmuckdose verstaut, die er im Gefängnis angefertigt hat. Von Zeit zu Zeit unternehmen sie eine Expedition, um ›Homos, Nutten oder Transvestiten kaputtzuschlagen‹. Nur zum Vergnügen, wie er betont.

Seit er im Gefängnis ist, brauche ich keine Diktate mehr aus *Mein Kampf* zu schreiben. Mama diktiert mir statt dessen Berichte und Beschreibungen aus den Schulbüchern. Sie spricht sehr langsam, und ich habe keine Angst mehr beim Schreiben. Natürlich unterlaufen mir nun viel weniger Fehler. Mittags holt sie mich von der Schule ab. Oft kauft sie mir eine kleine Tüte Bonbons und Kuchen: Schweizer Stollen mit Rosinen und Sahne drauf.

Auch das Essen zu Hause wird besser und reichhaltiger. Es gibt Tomaten und Salat und Früchtejoghurt. Wir sind nicht mehr gezwungen, das ganze Geld für Abzeichen, Hakenkreuze, Stempel und Hetzschriften auszugeben. Und die Telefonrechnungen sinken drastisch, weil all die Anrufe für die Partei entfallen, die mein Vater rund um die Uhr zu tätigen pflegte.

Dennoch geht Mama bald das Geld aus. Wir hoffen auf eine Unterstützung vom Rathaus, wissen uns aber auch so zu helfen, indem wir im Kanal Fische fangen.

Mama will auf jeden Fall verhindern, daß wir wieder anfangen, in Supermärkten und Nachbargärten zu stehlen.

In dieser Zeit nehme ich kaum Drogen, und wenn, dann nur, um Kiki nicht allein zu lassen. Mathilde hingegen sehnt sich nach ihrem Vater. Kiki und ich verhauen sie ein paarmal aus Rache für alles, was sie uns in der Zeit seiner unumschränkten Herrschaft angetan hat. Sie droht, uns zu verpetzen. Uns ist das in diesem Moment völlig egal. Soll sie doch ruhig große Töne spucken – ohne die Unterstützung des Vaters, dem sie sklavisch ergeben ist, kann sie uns keine Angst einjagen.

Ich koste den häuslichen Frieden voll aus. Mama ist glücklich mit uns, aber da sie lange Zeit so isoliert gewesen ist, hat sie nun keine Freundinnen. Sie ist einsam und nimmt die Besuchszeiten im Gefängnis wahr. Im Besuchszimmer hat sie keine Angst vor ihm. Sie weiß, daß sofort ein Aufseher dazwischentreten würde, wenn er sie schlagen wollte.

Kiki erhält ebenfalls Besuchserlaubnis, nicht jedoch Mathilde. Darüber ist sie untröstlich. Einmal hat sie sich die Haare wie Kiki frisiert und sich wie sie angezogen. Die Gefängnisaufseher haben die Maskerade nicht durchschaut, und sie konnte mit ihrem Papa sprechen.

Auch ich habe versucht, meinen Vater im Gefängnis zu besuchen. Aber ich wurde abgewiesen und mußte draußen im Regen auf Mama warten. Ein andermal habe ich mich heimlich hinter meiner Mutter reingeschummelt. Ich habe meinen Vater im Besuchszimmer gesehen. Trotz allem, es tut weh, ihn so verlassen und gebrochen da zwischen den kahlen Wänden sitzen zu sehen.

Ich hasse ihn nicht.

Ich möchte, daß er sich ändert.

Wenn man ihn im Gefängnis doch behandeln könnte! Oder ihn zur Einsicht bringen könnte, daß er sich bessern muß!

Je mehr Zeit vergeht, desto stärker keimt in mir die Hoffnung, daß er normal werden wird. Ich will diese Hoffnung nicht aufgeben, denn sonst wäre mein Leben zu trostlos.

Mama erweist ihm immer kleine Aufmerksamkeiten. Da er Süßigkeiten liebt, versteckt sie Kekse und kleine

Rumflaschen in ihrem Mantel. Zu Hause trinkt er nicht, aber im Gefängnis schon. Im Besuchsraum gibt Mama ihm Kaugummi mit Pfefferminzgeschmack, um den Rumgeruch verschwinden zu lassen. Das Spiel ist geglückt!

Zu meinem Namenstag am 13. April 1988 bekomme ich eine Zeichnung von meinem Vater mit einem Stiefmütterchen und einer Rose.

In der Schule erzähle ich allen, mein Vater würde ganz lieb sein, wenn er aus dem Gefängnis zurückkehre. Die Zeichnung, die er mir geschenkt hat, trage ich überall mit mir herum. Er, der Feste nicht ausstehen kann, hat sie mir zu meinem Namenstag geschenkt! Wenn das kein gutes Zeichen ist!

Und er antwortet mir auch auf die Briefe, die ich ihm ins Gefängnis schicke. Einmal male ich zwei Herzen aufs Briefpapier oder füge ein Postskriptum hinzu wie: ›Die Zeit vergeht, doch die Erinnerung bleibt.‹

Er schreibt mir:

*Meine kleine Ida, mein liebes Kind,*
*Ich schreibe Dir einen kurzen Brief ganz für Dich allein, und ich hoffe, daß Du ihn in Deinem kleinen Herzen bewahrst. Du erinnerst Dich sicherlich, wie wir beide zusammen mit den Hunden spazierengegangen sind und ich zu Dir sagte: Ida, das ist Papas Liebling. Das gefiel Dir, Du erinnerst Dich doch. Ich habe Dich sehr lieb, meine kleine Ida. Ich hoffe, daß ich bald rauskomme und Dich auf den Schoß nehmen kann.*
*Dein Vater.*

Ist das der gleiche Papa, der mich mit Diktaten und Prügeln einschüchterte?

Ich lese seinen Brief wieder und wieder. Ist es denn wirklich wahr? Ich möchte noch glücklicher sein, also laufe ich zum Fahrradhändler, um Gummilösung zu kaufen. Ich atme sie tief ein. Ich schreibe an meinen Vater. Ich möchte, daß er mich lieb hat.

*Lieber Papa,*
*Mein Brief ist kein Telegramm, also ist er nichts Böses. Ich habe Dich sehr lieb. Schreib mir wieder. Ich werde Dir jeden Tag schreiben. Weine nicht. Aber meine Augen, die weinen.*
*IDA*

Er schickt mir eine Zeichnung, die mich mit meinen langen Haaren und meinen Vater auf den Knien zeigt! Er hat zwei Herzen darunter gemalt und dazu geschrieben:

*Ida und ihr Papa. Immer bei Dir, meine Ida. Meine liebe Tochter. Dein dicker Teddybär, der Dich liebt und der an Dich denkt, vielleicht mehr als Du glaubst. Die Familie kommt an erster Stelle! Dein Papa.*

Ob er wirklich an mich denkt? Mag er mich lieber, wenn ich weit weg bin? Gehe ich ihm vielleicht nicht mehr auf die Nerven? Findet er mich vielleicht nicht mehr mongoloid?

Ich schreibe ihm immer häufiger, denn ich weiß, wie traurig er ist, im Besuchszimmer hat er schon mehrere Male geweint.

*Lieber Papa,*
*Kiki hat mir Dein Kettchen gegeben, das mir große Freude gemacht hat. Ich habe es mir um den Hals gelegt, und ich werde an Dich denken.*
*IDA*

*Lieber Papa, Guten Tag, mein Papa,*
*Ich habe Geschirr gewaschen und mein Bett gemacht. Am Dienstag habe ich eine gute Note in Französisch gekriegt: 14 auf 20.*
*Ich arbeite gut. Du, Du machst schöne Zeichnungen. Du könntest noch eine Zeichnung für mich machen. Bitte, Papa.*
*Ich umarme Dich ganz innig.*
*Bis bald,*
*IDA*

*Guten Tag Papa,*
*Ich liege mit Mama im Bett. Mathilde und Edwige schlafen im Zelt im Garten. Mathilde hat mein Fahrrad kaputtgemacht. Mama hat heute einen Brief von Dir bekommen und ich, ich hatte gedacht, Du würdest mir schreiben. Ich habe keinen Brief bekommen. Morgen werde ich eine Zeichnung für Dich machen. Ich habe sie schon im Kopf. Sie ist sehr schön. Du wirst sie an Deine Wand hängen.*
*Ich umarme Dich ganz fest.*
*Deine Tochter Ida, die Dich schrecklich lieb hat.*
*Deine Tochter Ida.*

*Guten Tag, mein Papa,*
*heute abend schlafe ich bei Mama. Papa, ich bekomme keine Briefe mehr von Dir. Bitte, schreib mir bald. Mach mir eine schöne Zeichnung. Für heute verlasse ich Dich. Ich werde Dir schreiben. Ich denke an Dich.*
*IDA BEAUSSART.*

*Lieber Papa,*
*der Briefträger hat Mama einen Brief von Dir gebracht. Da sind Tauben drauf,*
*IDA*

Endlich antwortet er mir. Sein Brief ist mit einem Stiefmütterchen illustriert.

*Meine Dada,*
*Du hast mir geschrieben, daß Mama einen Brief von mir bekommen hat und Du nicht. Ich bitte um Entschuldigung. Du weißt, daß ich Dich nicht vergesse. Oh, nein, niemals! Ich bin im Gefängnis vielleicht der Papa, der am häufigsten an seine Kinder schreibt. Ich mache eine Zeichnung für Dich.*
*Wenn man von seinem Papa getrennt ist und man ein kleines Mädchen ist, dann ist das schwer. Und für einen Papa auch. Gestern hat eine Deiner Schwestern im Sprechzimmer geweint. Sie sagte, sie hätte keine Freude mehr daran, ohne mich angeln zu gehen. Das hat mir weh getan, sehr sehr weh. An ihrer Stelle hätte ich sicherlich auch geweint …*
*Jeder Schlag unserer beiden Herzen bringt uns einander näher, und wer weiß, wenn Du die Erlaubnis bekommst, mich zu besuchen, wirst Du mir dicke Küßchen geben.*
*Wenn ich gläubig wäre, würde ich beten, daß das geschieht, aber meine Religion, das ist die Familie.*
*Wir sind unsere eigenen Götter.*
*Ich küsse Dich, meine Dada.*

*Meine kleine Ida,*
*Ich kenne Deinen großen Kummer. Dein Papa versteht Dich. Aber man wird mich entlassen, und dann wird alles wie früher sein. Ich schicke Dir meine Gedanken, wie die Blume des gleichen Namens.*
*Ich habe Dich lieb,*
*Dein Papa.*

Und wenn mein Papa mich wirklich lieb hätte?

Aber warum schreibt er, daß nach seiner Entlassung alles so sei wie früher? Nein, es muß doch alles anders werden. Dennoch glaube ich nun, daß er mich liebt wie eine normale Tochter.

Ich schreibe ihm fast täglich, worüber sich meine Schwestern sehr wundern.

*Mein Papa,*
*ich liebe Dich mehr als meine Schwestern.*
*Der Tag war lang ohne Dich.*
*Ich habe einen kleinen Kupferkessel bekommen, von Oma.*
*Ich schaue mir Benny Hill im Fernsehen an.*

Er antwortet mir:

*Meine geliebte Dada,*
*Ich habe zwei Zeichnungen für Dich gemacht. Eine, damit Du lachen mußt. Und eine mit Schmetterlingen und kleinen Vögelchen.*

*Meine Dada,*
*Sag Edwige, sie soll nicht beleidigt sein, wenn ich sie Krähkräh nenne.*
*Bin ich denn beleidigt, wenn man mich Baby, Teddybär oder mein Schätzchen nennt?*
*Dein Papa.*
*Dein Teddybär.*

Er schreibt mir, er könne unsere Fotos nicht anschauen, ohne daß es ihm tief im Herzen weh tut. Er schmückt seine sentimentalen Briefe mit Blumen, Schmetterlingen und Vögeln.

Und wenn ihn diesmal das Gefängnis wirklich lieb gemacht hat?

Seine Parteigenossen schreiben ihm nie. Er beklagt sich bitter darüber, was ich gut verstehen kann – so sehr ich diese Bewegung auch ablehne. Denn er hat viel für diese Leute getan, die ihn nun einfach vergessen.

Ich glaube wirklich, daß mein Vater sich bessert, denn jetzt macht er sich sogar schon Gedanken um meine Gesundheit und erhofft sich für mich Hilfe von den Ärzten, die er früher immer pauschal verdammt hat.

*Meine Dada,*
*Mama hat mir gesagt, daß die Ärzte endlich die Krankheit gefunden haben, die Dir zu schaffen macht. Seinerzeit war das schlimm, jetzt ist es weniger schlimm. Viel weniger …*
*Es sind die Mikroben Deiner Lungentuberkulose. Bekommst Du vielleicht ein neues Mittel?*
*Du hast wirklich kein Glück, so wie ich …*
*Im Gefängnis sind nicht viele Familienväter.*
*Dein Dich innig liebender Papa.*

Ich schicke ihm eine Zeichnung mit einem Kanal und Schiffen mit roten Segeln.

Da wir nichts mehr zu essen haben, schreibe ich ihm, daß Mama eine Spende von Mehl und Eiern erhalten hat.

Es ist Muttertag. Nur ein kleines Briefchen. Ich schreibe ihm, daß es traurig sein wird ohne ihn und daß ich ihr mein Geschenk schon vor dem Festtag gegeben habe. Ich schicke ihm eine Zeichnung: ein von Dornen umgebenes Herz, das von einem Pfeil durchbohrt wird.

Ich erzähle ihm, daß wir mit Christine ›ein guter Lohn‹ gespielt haben. Wir stellen uns vor, Geld zu haben, und verteilen kleine Papiere. Es erinnert uns an die Zeit, als unser Vater Lohnstreifen bekam. Mama pflegte sie in einer Schachtel zu ordnen. Doch Papa hat schon lange keine Lohnstreifen mehr nach Hause gebracht.

Wenn wir ›ein guter Lohn‹ spielen, dann malen wir uns aus, daß wir hübsche Sachen kaufen und jeden Tag Nachtisch essen können. Wir sind ganz verrückt vor Freude. Wir lachen und spielen bis tief in die Nacht.

Es ist so friedlich zu Hause ohne Papa!

Wir schlafen alle der Reihe nach bei Mama. Ich fühle mich weniger erschöpft, mache auch auf der Schule Fortschritte. Ich habe meine Angst vor den Diktaten überwunden. Aber das Geräusch von Automotoren draußen auf der Straße läßt mich noch immer zusammenschrecken, weil ich dann immer glaube, er komme nach Hause. Und ich weiß nicht, ob ich seine Rückkehr fürchten oder erhoffen soll.

Aber wie einsam muß es für ihn im Gefängnis sein. Vielleicht weint er in seiner Zelle. Bestimmt wird die Depression ihn wieder überkommen.

Wenn er doch so bliebe wie in seinen Briefen! Wie glücklich könnten wir zusammen sein!

Ich schneide mir eine Haarsträhne ab, klebe sie auf ein Papier und schicke sie ihm.

Er antwortet mir mit der Zeichnung einer blauen Blume und einem Stiefmütterchen. Außerdem sind noch fünf kleine Herzen drauf, die Mama und die vier Töchter repräsentieren.

Inzwischen bin ich sechzehn Jahre alt, aber die Leute sagen, ich sähe aus wie zwölf. Ich bin mager und wiege ganze vierunddreißig Kilo. Ich entwickele mich nicht. Und ich habe große Angst vor den Jungen. Nur mit meiner

Schwester Kiki fühle ich mich wohl. Meine einzige Freundin ist Véronique, die genauso alt ist wie ich. Ihr ist aufgefallen, wie allein und einsam ich bin, und so hat sie mich angesprochen. Wir verstehen uns gut. Am Anfang bin ich ihr oft auf die Nerven gegangen, weil ich die rassistischen Sprüche meines Vaters wiederholte. Zu Hause habe ich nie etwas anderes zu hören bekommen, und ich war viel tiefer beeinflußt und manipuliert, als mir bewußt geworden ist. Aber letztlich habe ich nur die Gesten und die Worthülsen meines Vaters nachgebetet – nicht ihren Sinn.

Véronique wollte nichts von diesen Sprüchen hören. Sie beklagte sich über meine Fahrigkeit. Die anderen Schüler mieden mich ohnehin, da Mathilde und Kiki ständig für Ärger sorgten.

Manchmal war es stärker als ich, und ich hatte das Bedürfnis, zu schlagen und zu beleidigen.

Wenn man von Kindheit an auf Brutalität dressiert wird, und zudem noch vom eigenen Vater, dann ist man gezeichnet. Selbst wenn das Bewußtsein sich dagegen wehrt, die Gesten bleiben.

Ich bin Véronique dankbar, daß sie mich dennoch nicht abgelehnt hat. Sie weiß, daß es bei mir zu Hause oft wie im Gefängnis war.

Die Monate verstreichen schnell. Viel zu schnell. Immer häufiger schaut Mama auf den Kalender an der Wand. Wir haben Angst vor seiner Rückkehr. Aber wir kosten unsere Freiheit noch aus.

Wie wird Papa reagieren, wenn Mathilde ihm alle Dummheiten petzt, die wir während der acht Monate begangen haben?

Ich glaube, daß er sie diesmal nicht beauftragt hat, uns

zu überwachen. Dennoch habe ich große Angst. Ich wage nicht, Mama etwas davon zu sagen. Aber ich spüre, daß auch sie Angst hat.

Es ist der Abend vor seiner Entlassung aus dem Gefängnis. Ich springe im Hof mit dem Seilchen, und Mama verwöhnt uns bei Tisch. Ich schaue eine Zeichnung von meinem Vater an, auf der zwei weiße Tauben sind, die sagen: ›In das Dorf werden wir nie wieder gehen‹. Ist mit dem Dorf Salomé gemeint? Wird er sich dafür rächen, daß er im Gefängnis war?

Diesmal hat Mama die netten Sachen, die er in den Briefen geschrieben hat, nicht unterstrichen. Nach seinem vorherigen Gefängnisaufenthalt hatte Mama erfahren, daß er getrickst hatte, um früher entlassen zu werden. Er wollte sich als guten Ehemann und als guten Vater darstellen.

Und wenn es diesmal vielleicht ehrlich wäre?

Ich werde seine Briefe immer aufbewahren.

Vom frühen Morgen an lauschen wir auf Motorengeräusche. Wir wissen nicht, in welcher Verfassung er heimkommen wird. Wir tun so, als würden wir unsere Hausaufgaben erledigen.

Er kommt am Nachmittag und legt sich sofort schlafen.

Unten könnte man eine Fliege surren hören. Wir beschäftigen uns jetzt wirklich mit den Hausaufgaben, damit er zufrieden ist, wenn er aufwacht.

Mama macht sich in der Küche zu schaffen. Sie sucht, was sie ihm zu essen machen könnte, aber es ist nicht viel da.

Nachdem er seinen Koffer ausgepackt hat, kommt er nach unten. Wir haben große Angst. Er sieht uns kaum an.

Mama serviert uns Würstchen und Pommes frites. Ich

bin beunruhigt. Ich spüre, daß sich sein hartes Gehabe nicht geändert hat. Ich rechne damit, jeden Moment eine Ohrfeige oder einen Fausthieb abzukriegen.

Nein, es ist eher, als gäbe es uns gar nicht.

Mama schickt uns so früh wie möglich schlafen.

Schon am nächsten Morgen geht es wieder los. Er schubst Mama herum. Sie sagt, im Haus sei es viel friedlicher gewesen, während er im Gefängnis war. Daraufhin stürzt er sich auf sie und verprügelt sie nach Leibeskräften.

Nein, von Wiedersehensfreude keine Spur. Der Wahnsinn beginnt aufs neue.

Für mich ist es jetzt noch schlimmer als früher.

Wenn man nämlich ein bißchen Freiheit und ein wenig Glück gekostet hat, ist es um so trauriger, wieder auf den Boden der Tatsachen zurückzukehren.

An den folgenden Tagen verprügelt er uns für jede Kleinigkeit.

Mama hatte recht. Seine Briefe aus dem Gefängnis waren nur dazu da, den Richter zu besänftigen und einen Straferlaß zu bekommen. Als er mir schrieb, ob ich ihn in der Besuchszeit besuchen käme, und ich hingestürmt bin und ihn geküßt habe, habe ich nur eine Rolle in einem Theaterstück ausgefüllt, das er inszeniert hat, um sich als liebevollen, zärtlichen Vater darzustellen. Im Gefängnis zählen die Beziehungen zur Familie, und er hatte einen guten Eindruck machen wollen. Und das dürfte ihm mit unserer naiven Hilfe auch gelungen sein!

Eines Tages, als er mich wieder durchwalkt, frage ich ihn in meiner abgrundtiefen Enttäuschung: »Papa, warum hast du mir lauter liebe Sachen geschrieben, als du im Gefängnis warst?«

Er kann es nicht ertragen, daran erinnert zu werden, und verprügelt mich aufs neue. Und dann schlägt er noch wilder auf Mama ein. Uns Töchtern tut das weh, wir weinen.

Danach gehe ich zu Mama in die Küche.

»Mama, ich habe ihn nicht mehr lieb. Er ist nicht mehr mein Vater.«

Mama ist traurig.

»Meine Dada, so etwas soll man nicht sagen.«

»Doch, Mama. Ich bin betrogen worden. Ich hatte geglaubt, er wäre nett, wenn er zurückkommt, aber er ist noch böser. Das ist einfach zu ungerecht. Ich habe ihn nicht mehr lieb.«

Ich mußte mich jemandem anvertrauen.

Ich glaube, Mama liebt ihn noch ein kleines bißchen. Ich, ich kann nicht mehr. Und Kiki, die liebt ihn auch nicht mehr.

Es ist entsetzlich, wenn man seinen Vater nicht mehr liebt.

## Die Mätresse meines Vaters

Mama hat die Geburt eines jeden ihrer Kinder gefürchtet, und zwischen den Geburten habe ich sie immer äußern gehört, daß sie Angst hatte, wieder schwanger zu sein.

Christine, Mathilde und ich sind 1970, 1971 und 1972 geboren. Zwischen mir und Edwige, die 1976 geboren ist, liegen vier Jahre. Die fünfte Tochter ist 1988 geboren: Sie heißt Erika. Noch eine Tochter! Mein Vater, der immer einen Sohn haben wollte, fiel jedes Mal aus allen Wolken. Er hatte fünf Töchter. Dazu hat er mit Mätressen drei weitere Kinder gemacht. Pech: wieder Mädchen! Somit ist er der Papa von acht Töchtern. Man kann verstehen, daß er äußerst verbittert ist.

Er hat angefangen, Mama zu betrügen, und sie darf sich darüber nicht beklagen. Zwei Mätressen hat er mit nach Hause gebracht. Eine davon sagte immer zu mir: »Ida, geh Schnecken suchen.« Sie hielt mich für dumm, aber ich hatte verstanden. Sie wollte mit meinem Vater allein sein. Während ich in den Mauern nach Schnecken suchte, träumte ich davon, daß er sich mit einer seiner Geliebten aus dem Staub machen würde. Statt dessen brachte er sie ins Haus.

Ich malte mir auch aus, daß ich einfach abhauen würde, statt mit Schnecken zurückzukommen.

Einmal bin ich auch tatsächlich geflohen. Ich habe mit Kiki den Zug nach Lille genommen. Aber wir haben Angst gekriegt und sind zurückgefahren. Wir hatten Glück, er hatte nichts gemerkt.

Aber wenn ich für immer gehen würde, so würde er mich suchen und mich umbringen.

Beim Schneckensuchen sang ich die schönen Zeilen von Demis Roussos vor mich hin: »*S'il faut mourir un jour*«, Wenn ich einst sterben muß. Auch diesen Sänger hätte ich gern zum Vater gehabt. Er ist dick und kugelrund, aber er hat ein schönes Gesicht. Und er hat eine samtene, weiche Stimme.

Wenn ich mit meinen Schnecken heimkam, bereitete Mama sie zu. Bei Tisch war ein Stuhl zu wenig, also nahm die gnädige Frau Mätresse meinen Platz ein, und ich mußte an dem niedrigen Tisch im Wohnzimmer essen. Diese Zurücksetzung kränkte mich zwar, aber wenigstens hatte ich dann meine Ruhe und entging den Ohrfeigen.

Diese Geliebte meines Vaters hatte ihren Job verloren, also mußte sie ernährt werden. Nachts schlief sie bei meinem Vater, und Mama mußte die Nacht unten auf dem Sofa im Wohnzimmer verbringen. Sie weinte bittere Tränen, als sie merkwürdige Geräusche aus dem Schlafzimmer hörte. Das Bett quietschte.

Meine Mutter hat versucht, in ihr Bett zurückzugehen. Die Mätresse hat erklärt: »Nein, es sei denn, wir machen es mal zu dritt.« Meine Mutter hat sich geweigert. »Keine schlechte Idee«, hat mein Vater gemeint, der es gern ausprobiert hätte.

Die Atmosphäre war aufs äußerste gespannt. Ich verspürte große Lust, die Fremde mit einem Messer aus dem Haus zu jagen. Sie spazierte splitternackt im Haus herum, während Mama nicht einmal ein Kleid tragen durfte. Diese Frau war weniger hübsch als Mama. Sie hatte lauter Pickel im Gesicht.

Und außerdem war die Frau verheiratet. Ihr Mann rief aufgeregt bei uns an und forderte seine Frau zurück.

Mein Vater antwortete: »Sie ist meine Geliebte, und sie

bleibt bei uns. Wenn Ihnen das nicht paßt, kriegen Sie meine Faust in die Fresse. Verstanden?«

Der Ehemann verstand diese einfache Sprache sehr wohl und hat nie wieder angerufen. Ich meine, er hätte zumindest den Unterhalt seiner Frau bezahlen können, die für vier aß und die Mama viel Geld kostete. Diese Mätresse setzte sich stolz auf Papas Schoß.

Er küßte sie vor unseren Augen auf den Hals. Selbst seinen Freunden gefiel das nicht, sie sagten ihm:

»Jean-Claude, du solltest deine Frau nicht vor den Augen deiner Gören betrügen.«

Na ja, das alles hat ihm am Ende keine Söhne beschert. Er sagt, das sei Mamas Schuld, obwohl er offenbar auch in fremden Häusern immer nur Mädchen zeugte.

Wenn ich eines Tages Kinder haben sollte, hätte ich Angst, einen Sohn zu haben. Er könnte den Charakter meines Vaters geerbt haben. Und vor einer Tochter hätte ich auch Angst. Wenn sie auch so eingeschüchtert wäre wie ich?

Wir sind die unglücklichste Familie von Salomé. Ich sage mir oft, daß es auf der ganzen Welt niemanden gibt, der unglücklicher ist als wir.

## Die Hölle in der Rue Saint-Michel-sur-Loire 50

Seit seiner Entlassung aus dem Gefängnis ist mein Vater noch brutaler als zuvor. Wir erleben praktisch keinen Augenblick der Ruhe mehr. Er sucht nicht einmal mehr nach einem Vorwand, uns zu verprügeln. Wenn ihn das wenigstens ein bißchen beruhigen würde, aber ganz und gar nicht!

Er verhaut mich und sagt:

»Verstehst du? Ich hatte wieder das Bedürfnis, dich zu verhauen.«

»Ja, Papa, ich verstehe.«

Er haßt mich abgrundtief.

Am nächsten Tag zwingt er mich, mit einer Pistole im Nacken die Treppe runterzugehen. Er brüllt: »Du bist nichts als Ungeziefer. Ich werde dich abknallen.«

Er hat es nicht getan.

Ich rechne immer damit, daß er es eines Tages tun wird.

Ich vertraue mich einer Sozialhelferin an. Sie hört mir zu und bemitleidet mich. Es stand zur Debatte, mich in einem Heim in Sicherheit zu bringen oder in einem Heilklima-Internat, für meine Gesundheit. Mama hat schließlich nein gesagt, vermutlich aus Angst vor Racheakten meines Vaters.

Zu meinem Herzleiden treten jetzt noch Magen- und Darmgeschwüre. Wenn ich im Krankenhaus bin und mein Vater mich besucht, laufe ich ihm entgegen. Bei jeder Trennung von ihm hoffe ich aufs neue, daß er sich bessert und mich liebgewinnt.

Ich falle immer wieder darauf herein.

Ich habe so häufig davon geträumt, ein normales Mädchen zu sein und einen normalen Vater zu haben. Aber ich werde immer wieder betrogen.

Er nutzt meine Schwäche aus. Man könnte meinen, er wolle mich testen. Wie den Nazis sind ihm die Schwachen, die Behinderten und alle Leute, die körperliche Gebrechen haben, ein Greuel. Diene ich ihm vielleicht als Training?

Eines Tages grillt er Würstchen für ein Barbecue. Unvermittelt wendet er sich mir mit einer seltsamen Waffe in der Hand zu. Es ist ein Stock, an dem eine Bleikugel an einem Eisendraht hängt. Wie eine antike Handwaffe. Er schlägt mir damit gegen die Beine. Es ist grauenhaft. Ich stürze vor Schmerz auf die Erde und heule.

Er brüllt: »Ich verbiete dir zu heulen.«

Ich kann nicht anders, ich heule und kann nicht aufhören. Ich bin die Unglücklichste auf Erden.

Am Abend streicht mir Mama heimlich Salbe auf die großen blauen Flecken. Den Geruch dieser stinkenden Salbe werde ich nie vergessen. Was haben wir für Mengen davon verbraucht! Von all den Schlägen, die wir einsteckten, haben wir blaue Flecken. Wir müssen sie verstecken, wenn wir in die Schule gehen. Mein Vater könnte sonst Schwierigkeiten bekommen.

Ein paar Tage später ist es mein Steißbein, das etwas abkriegt. Mama glaubt, es sei gebrochen. Sie schmiert es mit Salbe ein, und ich nehme ein Kissen mit in die Schule, damit ich sitzen kann. Der harte Stuhl tut mir zu weh. Die Lehrerin hat es durchschaut. Sie hat mich angeschaut und traurig gelächelt.

Ich frage mich, warum die Lehrer, die Sozialhelfer oder die Polizisten meinen Vater nicht daran hindern, sein Mütchen an seinen wehrlosen Töchtern zu kühlen. Sie hören uns an, sie sind nett zu uns, aber sie fürchten seine Rache. Sie kennen den ›Henker von Salomé‹ nur allzugut.

Mein Vater hingegen hat auch nach mehrmaligen Haftstrafen keine Angst vor den Gendarmen. Die Polizei und die Ehrenlegion sind ihm viel zu weich. Er baut immer mehr auf die Partei, um Ordnung in Frankreich zu schaffen, auf die PNFE.

In einem seiner gewitterartigen, durch keinen bestimmten Anlaß hervorgerufenen Tobsuchtsanfälle nimmt er einen Bronzekessel vom Schrank und schleudert ihn mir ins Gesicht. Meine Lippen platzen auf und bluten. Er beschimpft mich als Tolpatsch, Dummkopf und Abschaum der Menschheit.

Mama wickelt mir einen Schal ums Gesicht, damit ich in die Schule gehen kann. Ich sage der Lehrerin, ich sei schrecklich erkältet. Man schickt mich zum Arzt.

Ich fange an, die Lügengeschichte zu erzählen, die mein Vater mir eingetrichtert hat. »Ich bin auf Hühnermist ausgerutscht, als ich Holz holen ging, Herr Doktor.«

Aber dann klappe ich zusammen und fange an zu heulen.

»Herr Doktor, mein Vater ist es ...«

Er entlockt mir Einzelheiten, und mir tut es gut, mich auszusprechen. Der Arzt verspricht mir, mir zu helfen. Ich gehe ein bißchen getröstet nach Hause.

Am Nachmittag hält ein Polizeiwagen vor unserem Haus, und mein Vater wird unruhig. Er schickt mich zu Nachbarn, wo ich mich verstecken soll. Ich gehorche. Nach einer Weile holt er mich ab und versetzt mir eine Ohrfeige und Fausthiebe.

»Gib es zu, du hast dem Arzt alles verpetzt! Mongolin!«

»Nein, Papa, ich habe nichts gesagt.«

Noch ein Faustschlag.

»Wegen dir komme ich wieder ins Gefängnis. Willst du das?«

»Nein, Papa.«

Ich schwöre noch mal, daß ich nichts gesagt hätte. Er schlägt mich erneut. Nein, ich wollte ihn nicht ins Gefängnis schicken, aber ich mußte mich jemandem anvertrauen. Ich habe gedacht, der Arzt würde mich beschützen.

Am Abend, auf dem Heimweg vom Einkaufen, bleibt ein Polizeiwagen neben mir stehen. Die Gendarmen fordern mich freundlich auf, einzusteigen, um zum Richter zu fahren. Ich steige ein.

Ein Richter macht mir keine angst. Im Gegenteil, man kann offen reden. Er hört zu. Einmal habe ich vor einem blinden Richter gesprochen. Ich hatte zuerst gar nicht gemerkt, daß er nichts sehen konnte. Dann sind mir seine seltsame Brille und der weiße Stock neben dem Schreibtisch aufgefallen. Da ist es mir klargeworden. Nun, dieser Blinde verstand alles, noch besser als die Sehenden! Er war fabelhaft.

Wenn ich blind wäre, hätte mein Vater mich deshalb auch verprügelt?

Im Büro des Richters sage ich wegen der Verletzung an meinem Mund aus. Aber da sehe ich durch die offene Tür meinen Vater auf dem Korridor. Ich gerate in Panik. Ich mache dem Richter Zeichen. Ich bitte ihn ganz leise, mich in ein Heim zu stecken.

Leider kann auch dieser Richter nichts für mich tun. Nur eine Strafpredigt an meinen Vater, eine ernste Ermahnung. Mein Vater hört aufmerksam zu und gibt sich reumütig. Er geht hinaus, ohne etwas zu sagen.

Der Heimweg verläuft ruhig. Doch kaum sind wir zu Hause, schließt er die Tür ab und versetzt mir Fußtritte. Er schlägt mich so heftig, daß ich nach einer Weile nichts mehr fühle. Ich bin k. o.

Seit der Sache mit dem Bronzetopf haßt mein Vater mich noch mehr. Jeden Tag erfindet er neue Schikanen. An einem Abend weigere ich mich, mit Mathilde zu reden. Das gefällt ihm nicht. Er will, daß ich Mathilde liebe, die sein Adjutant, sein ›tapferer, nationalistischer Soldat‹ ist und die brav den Auftrag erfüllt, ihre Schwestern und ihre Mutter zu überwachen. Ich kann nicht über meinen Schatten springen, ich will nicht freundlich zu Mathilde sein.

Als ich mit der Gabel die Spaghetti aufrolle, wendet sich Kiki flüsternd an mich: »Laß sie liegen, er hat reingespuckt und Wein drübergegossen.«

Ich weigere mich, davon zu essen. Mein Vater schleudert mir den Teller mitten ins Gesicht. Ich bin nur noch ein verängstigtes Tier und gehe, ohne einen Bissen gegessen zu haben, zu Bett.

Manchmal bin ich so willenlos wie Mama. Dann habe ich ihn und das Leben völlig satt.

Ich habe nicht einmal das Recht, mich meiner kleinen Schwester Erika zu nähern.

Ich weiß, wie man ein Baby in den Armen hält und trägt und bin sehr vorsichtig. Aber er will nicht, daß ich sie anfasse oder ihr ein Küßchen gebe. Er brüllt: »Mongolin, bleib von Erika weg.«

Er verbietet sogar, daß ich sie anschaue.

Das Baby weiß nichts davon, aber schon vor der Geburt in Mamas Bauch hat sie Schläge gekriegt. Er hat mit einer an einem Stock befestigten Kette mit Stacheln auf sie eingedroschen und gebrüllt: »Ich werde dir deine Wampe zerschlagen, du Arsch mit Ohren.« Er hat ihr verboten, noch eine Tochter zu gebären!

Sie hat was auszuhalten, meine arme Mama!

Seit der Rückkehr meines Vaters aus dem Gefängnis greife ich häufiger zu Drogen. Kiki hat mich in diese Welt des Selbstbetrugs eingeführt, aber ich bin ihr deswegen nicht böse. Immer noch habe ich den Eindruck, nicht so abhängig zu sein wie sie. Ich bilde mir sogar ein, sie eines Tags da rausholen zu können.

Als mein Vater im Gefängnis war, hat sie Mama gestanden, daß sie Drogen nimmt. Mama hat geweint. Sie hatte schon Tränen vergossen, als sie erfuhr, daß wir normale Zigaretten rauchen ... Und nun auch noch Drogen! Das Dumme ist, daß sie bei einer Auseinandersetzung mit Papa damit rausgerückt ist. Er hat sie daraufhin verprügelt. Seither nennt er Kiki nicht mehr bei ihrem Namen, sie ist ›die Süchtige‹.

Er sagt dauernd: »Sobald du achtzehn bist, haust du ab.«

Und ich, ich habe Angst, daß meine Kiki auszieht.

Wenn er mir doch auch »hau ab!« sagen würde! Aber nein, ich bin ›die Mongolin‹. Ich werde für immer hierbleiben, um ihm als Sündenbock für sein Versagen in allen Lebensbereichen zu dienen. Ich stelle mir noch immer die gleiche Frage: »Was ist mongoloid? Bin ich das?«

Es stimmt, daß ich nicht gut in der Schule bin, aber die Lehrer in der Grundschule und in der Realschule haben gesagt, daß ich es hätte schaffen können. Im LEP gebe ich mir große Mühe in der Schneiderei. Wenn ich in Ruhe lerne, kann ich es behalten.

Zum Beispiel habe ich das Lied ›*Le petit cheval Blanc*‹ –

Das kleine weiße Pferd – behalten. Ein Alter mit Schnurrbart singt es zur Gitarre, er heißt George Brassens, und ich mag ihn sehr. Er erinnert mich an meinen Französischlehrer.

Und außerdem handelt das Lied von einem Pferd. Ich liebe Pferde. Ich habe mich immer geweigert, Pferdefleisch zu essen. Meine Nachbarin will mir ihr Pferd verkaufen, für hundert Francs. Es ist braun und weiß gescheckt. Ich habe das Geld nicht. Aber es ist ihr recht, wenn ich mich gratis darum kümmere.

Leider ist es eines Winters auf seiner kleinen Weide erfroren!

Abgesehen von den Erinnerungen mit Kiki haben meine wenigen schönen Kindheitserinnerungen mit Tieren zu tun. Noch heute wird mir das Herz schwer, wenn ich an meine Hündin Eva denke. Ich trete oft an ihr Grab im Garten und spreche mit ihr.

Vor kurzem habe ich ein Buch gelesen, *L'instinct de mort*, von Jacques Mesrine. Der Gangster Mesrine läßt mich an meinen Vater denken. Ich fange an, davon zu träumen, daß die Bullen ihn in seinem Wagen stellen und töten, wie Mesrine. Meiner Ansicht nach verdient er das noch mehr als jeder Verbrecher, weil er seiner Frau und seinen Töchtern das Leben zur Hölle gemacht hat.

Hat er uns seinen Haß eingeimpft?

Ich habe Angst, die Wut im Herzen zu haben. Und wenn ich, aufgezogen wie ein Tier, so wie mein Vater würde?

Ich denke an das Buch von Mesrine. Die Bullen stellen meinen Vater und – Peng! – knallen ihn ab!

Mesrine, der liebte wenigstens seine Familie und seine Frau. Mein Vater dagegen wünscht nur unser Unglück.

Ich bin nicht die einzige, die ihn gefährlich findet. Ein Gutachten vor Gericht hat ihn für ›möglicherweise gefährlich‹ erklärt. Das hat ihm nicht gefallen. Er hat gesagt, er verteidige sich nur, wenn er angegriffen würde. Er lügt, ohne rot zu werden. Er ist es, der den Streit sucht, vor allem mit den Schwachen. Er macht sich auf die Jagd nach Arabern in Tourcoing. Diese Leute haben ihm nichts getan, er kennt sie nicht einmal persönlich.

Ich verstehe das nicht.

Mein Vater holt sich aus *Mein Kampf* die judenfeindlichen Phrasen, aber die Araber sind es, die er tätlich angreift. Er sagt, die Araber seien die neue Gefahr. Er ist der Meinung, Claude Cornilleau, der Vorsitzende seiner Partei, sei ein Märtyrer, weil man ihn im Rahmen einer Ermittlung über die Attentate gegen die Sonacotra-Immigrantenheime in Cannes und in Cagnes-sur-Mer, bei denen es mehrere Tote gegeben hat, wegen Anstiftung einer kriminellen Vereinigung verurteilt hat.

Mein Vater stellt ihn auf eine Stufe mit Adolf Hitler, der zunächst wegen seiner Überzeugungen eingesperrt und dann zu einem Volkshelden geworden sei. Er wiederholt immer wieder, *Mein Kampf* sei im Gefängnis geschrieben worden. Er glaubt, sein Parteivorsitzender werde eines Tages noch größer sein als Hitler.

Meine Vereinsamung schreitet mit jedem Tag voran, denn die Leute sind mißtrauisch uns gegenüber. Um mich herum ist nichts als Leere. Der Vater Beaussart ist in Salomé nur allzu bekannt. Das fällt auf die ganze Familie zurück. Aber ich habe das Gefühl, daß die Nachbarn zu mir am freundlichsten sind. Sie sehen oder ahnen zumindest, was ich leide.

Was Kiki und ich Tag für Tag erleben, ist viel zu schrecklich, um es anderen mitzuteilen. Ich habe nicht die Probleme der Mädchen meines Alters. Ihre Sorgen kommen mir geringfügig vor, ich wünschte, ich hätte sie auch – Liebeskummer, Heimlichkeiten, Eifersucht.

Ich kenne nur die Angst in allen ihren Schattierungen.

Ich kann mich nicht mit den anderen vergleichen. Ich bin nicht auf ihrem Niveau. Zum Beispiel das Wort ›Jugendliche‹ – ich weiß nicht, was es genau bezeichnet. Ich werde niemals jung sein. Und möglicherweise auch nie erwachsen. Ich denke immer häufiger an den Tod.

Die Gewalt meines Vaters schwärzt mein ganzes Leben ein. Die Hoffnung auf eine Besserung habe ich aufgegeben. Ich bin nicht mehr fähig, das Schöne im Alltag zu sehen. Ich fühle, daß es Schönes gibt, aber ich bin nicht mehr in der Lage, es wahrzunehmen. Mein Vater hat gewonnen.

## Ausflug in die Sologne

Es ist beschlossen. Wir fahren in die Sologne und nehmen an einem großen Fest im Schloßpark teil. Uff! Eine kleine Verschnaufpause. Ich bin dankbar für jede Gelegenheit, das Haus in der Rue Saint-Michel verlassen zu können. Dort wird mein Vater uns nicht nach Belieben schlagen können. Und eine kleine Reise, die lehnt man nicht ab!

Im Schloß von Corvier bei Lamotte-Beuvron in Vouzon finden zweimal jährlich die großen nationalistischen Feste statt, zur Sommersonnenwende und zur Herbst-Tagundnachtgleiche. Sofort hebt sich die Laune meines Vaters. Bei diesen Feiern fühlt er sich anerkannt. Man weiß sein Organisationstalent zu schätzen. Er trifft Parteimitglieder, die er kennt. Mehrere Splittergruppen wie die PNFE sind vertreten.

Mein Vater nennt die PNFE niemals ›Splittergruppe‹, er zieht den Ausdruck ›die Partei‹ vor. Als wäre es eine ganz bedeutende Partei. Wir glauben ihm übrigens. Wir haben mit jenen Leuten keinen Umgang. Und wir sehen ständig neue. Es haben sogar Versammlungen im Ausland stattgefunden, in verschiedenen europäischen Ländern. Mein Vater rekrutiert englische *Skinheads*. Sie kommen bandenweise. Für diese jungen Leute ist Gewalt das große Vergnügen. Rockgruppen wie *Legion 88* und *Bunker 84* stehen der PNFE nahe. Wir müssen uns die Kassetten mit ihren Liedern anhören: *La race des seigneurs, Terroristes, Révolte blanche, Victimes des démocraties*. Was für Titel: Die Herrenrasse, Terroristen, Weiße Revolte, Opfer der Demokratie.

Der Name *Legion 88* hat einen Sinn. Die doppelte Acht,

weil der achte Buchstabe des Alphabets das H ist. Achtundachtzig gleich HH, wie Heil Hitler.

Es gibt auch Namen wie *Brutal Combat* oder *Evil Skins*. Diese Gruppen treten bei Festen und in Clubs auf. Es gibt Leute, die nicht wissen, daß das Nazi-Rock ist, und sie für normale Hard-Rock-Bands halten.

Die jungen Neo-Nazis organisieren auch Aktionen in Fußballstadien oder als Strafaktionen gegen Ausländer. Sie sorgen dafür, daß sie im Fernsehen gesehen werden und Reklame für sich machen. Mein Vater jedoch sieht nicht gern Fußballspiele.

Die Ankunft im Schloß in der Sologne wird streng überwacht, weil die Einheimischen sich über diesen Aufmarsch der Rechten beschwert haben. Diese Feste werfen ein ungünstiges Licht auf die Sologne. Die Parteimitglieder schockieren die Bevölkerung, wenn sie in den Cafés und Restaurants der Umgebung über Nazismus reden. Vereinigungen von ehemaligen Kriegsteilnehmern und Deportierten haben ein Verbot dieser Treffen gefordert, darum wird an den Eingängen gefiltert. Die Organisatoren fürchten Spione.

Wir haben eine schöne Einladungskarte mit der Fassade des Schlosses, das über dreiundzwanzig Zimmer und zwölf Bäder verfügt. Der Text lautet: ›Wir schützen und bewahren das heilige Feuer unserer Rasse‹.

Eine kleine Straße führt zu dem Schloß aus rosafarbenen Backsteinen, wie man sie in der Sologne häufig sieht. Noch gehört es einem bekannten Parteigenossen. Es soll aus Mangel an finanziellen Mitteln für den Unterhalt an eine Vereinigung zur Wiedereingliederung von drogenabhängigen Jugendlichen verkauft werden. Danach werden die Feste in einem anderen Schloß in dem Departement La Creuse stattfinden.

Bewaffnete Parteimitglieder weisen Jäger und Pilzsammler ab, die sich als ein wenig zu neugierig erweisen könnten. Einige sind als Wanderer verkleidet und sprechen in ihre Walkie-talkies, um die Beschreibung von verdächtigen Individuen durchzugeben, die Polizisten sein könnten. Die Nachbarn des Schlosses haben Angst und bleiben lieber fern.

Artikel in der Zeitung *La Nouvelle République du Centre-Ouest* mißbilligen diese Versammlungen. Die Parteigenossen wettern gegen die Journalisten, aber sie sind ganz zufrieden, daß man über sie redet. Ausnahmsweise! Denn während der Wahlen, wo sie gegen das Wahlrecht für Immigranten demonstrieren, beklagen sie sich darüber, daß das Fernsehen sie ignoriert und es vorzieht, die Bande von Le Pen zu filmen. Sie kritisieren Le Pen andauernd, aber sie zitieren ihn auch ständig. Sie haben gar nicht so viel gegen ihn. Sie finden ihn nur zu bürgerlich und zu weich.

Das große Schloßportal ist mit einer schwarz-weiß-roten Fahne geschmückt. Die Ordner tragen Schwarz. Mein Vater findet, daß das wirklich was hermacht. Normale Feste wie Weihnachten mag er nicht, aber diese ›heidnischen, nationalistischen Feste‹ begeistern ihn. Er weist darauf hin, daß Menschen aller Art daran teilnehmen: junge Leute, Leute mit kahlrasierten Schädeln, *Skinheads*, Leute vom SS-Typ, Damen mit ziemlich klassischem Gehabe, elegante alte Herren, junge Frauen, Kinder – die Schäferhunde nicht zu vergessen. Die Atmosphäre ist gleichzeitig familiär und erschreckend.

Man ehrt die ehemaligen Kollaborateure von Vichy und die Überlebenden der Waffen-SS. Im Sonnenlicht funkeln die Kelten- und Hakenkreuze. Man feiert die Wikinger, Wotan und Thor. Für die Kinder wird das Comicbook *Erick le Ving* verkauft. Und für die Erwachsenen die Bücher, wie mein Vater sie liest. Und *Berlin, Hitler et moi* von Abel Bonnard, der Erziehungsminister in der Regierung von Marschall Pétain und ein Bewunderer von Hitler gewesen war. Man zitiert ihn als Vorbild für die Jugend. Man macht ihn zu einem nach dem Krieg zum Tode verurteilten Märtyrer, der dann aber nur für zehn Jahre verbannt wurde.

Die große braune Messe ist in vollem Gange. Junge Leute in Kampfanzügen, Träger von Blankwaffen und Dolchen, defilieren und singen die Hymne der PNFE: ›Frankreich, erwache‹,

*Frankreich, erwache,*
*solange noch Zeit ist,*
*denn die Angreifer sind da,*
*Kamerad, schließ dich uns an!*

Der Schrei ›Sieg Heil‹, dieser Siegesschrei, den die SS Hitler zurief, hallt durch den Park. Jetzt beginnt das Bogenschießen, gefolgt von anderen Wettspielen. Ein großer, mit glitschiger Seife eingeschmierter Mast ist aufgerichtet worden. Man muß hinaufklettern, um die Gewinne zu ergattern. Mein Vater drängt uns und brüllt uns an. Er will, daß wir für ihn das Luftgewehr gewinnen. Er wäre ja so stolz auf seine Töchter!

Es gibt auch Champagner zu gewinnen und Keltenkreuze, Armbinden, Wimpel. Die Leute amüsieren sich. Ich selber, ich habe Angst, und ich weiß, daß ich die geforderten körperlichen Leistungen nicht bringen kann. Aber zwischen den Wettkämpfen spiele ich ein wenig mit anderen Kindern. Wir rennen unter den Bäumen herum und toben uns nach Herzenslust aus.

Ich schnappe mit einem Ohr böse Witze auf. Die Leute

lachen über jene, die in den Gaskammern gestorben sind, oder sie sagen, Tote gäbe es auch auf dem Père-Lachaise-Friedhof in Paris.

Ein Rätsel, das in einem Informationsbrief der Partei veröffentlicht wurde, hat großen Anklang gefunden. Ich verstehe es nicht.

Der Besitzer des Schlosses von Corvier wacht über den reibungslosen Ablauf des Festes. Er trägt Lederhosen und Kniestrümpfe.

Andere Parteigenossen halten endlose, stinklangweilige Reden. Sie fordern ein ›Nazi-Europa von Brest bis nach Sibirien‹, wollen ›Europa von der Rassenmischung befreien‹, gegen die ›internationale Verjudung‹ kämpfen. Sie halten ihre Vorstellungen für äußerst zeitgemäß und richtungsweisend. Sie sagen, sie hätten Anhänger außerhalb ihrer Gruppen und sogar in der extremen Linken Freunde.

Eine Sonderbotschaft von Léon Degrelle, dem berühmten Faschisten, der mit der Waffen-SS gekämpft hat, wird über Lautsprecher ausgestrahlt. Er lebt in Spanien, wo er Mitglieder verschiedener rechtsextremer Gruppen empfängt. Degrelle bedauert zutiefst, nicht anwesend zu sein. Man applaudiert heftig.

Es folgen weitere Aufmärsche. Einem Kind wird ein Schwert überreicht. Das Kind ist natürlich stolz und zufrieden. Und dazu erklingt der ›Ritt der Walküre‹ von Richard Wagner.

Mein Vater kennt den Park und das Schloß sehr gut und macht den Aufseher. Am Abend findet ein Fackelzug statt, und es gibt ein großes Feuer. Vier Gruppen, die die vier Himmelsrichtungen symbolisieren, gehen auf den Scheiterhaufen zu. Das riesige Feuer wird entzündet. Wieder ›Sieg-Heil‹-Geschrei und SS-Lieder.

Etwas mag ich bei diesem Fest, nämlich eine lokale Spezialität, die *Tarte Tatin*. Sie schmeckt sehr gut. Auch komme ich mal mit anderen Kindern zusammen, mit denen ich spiele. Zeitweilig ist es für mich wie in einer Ferienkolonie.

Aber bald müssen wir nach Salomé zurück. Mein Vater wird aus großer Höhe auf den Boden der Tatsachen zurückkommen und sich mit einer Frau und fünf Töchtern wiederfinden. Er wird sich wieder selbst als Pechvogel bemitleiden und uns tyrannisieren.

## Badefreuden

Nach diesem Ausflug, der trotz der politischen Indoktrination für uns Kinder doch eine Abwechslung darstellt, erscheint mir das Leben in Salomé noch viel härter. Unser Sozialbau-Häuschen aus Backsteinen hat nichts von einem Schloß, aber das ist es nicht, was mich stört. Ich mag unser Haus. Mama hat es verschönert, indem sie bunte Tapeten an die Wände geklebt hat. Im Winter friert man in den Schlafzimmern, aber unten gibt es einen Ofen. Es ist sauber, und es ist von Feldern umgeben, und dann ist da noch der Kanal in der Nähe.

Mein Vater arbeitet noch eine Weile als Aufseher des Schlosses, aber er versteht sich nicht mit dem Besitzer, obgleich der auch ein Nationalist ist. Was immer mein Vater anfängt, endet übel. Entweder wird er schlecht bezahlt, oder er erhält sein Geld mit ein oder zwei Monaten Verspätung.

Wir bekommen Kartoffeln von der Gemeinde, aber manchmal fehlt es an Eiern, und die müssen wir dann in den Hühnerställen der Nachbarschaft stehlen. Wir trösten uns, indem wir ›der gute Lohn‹ spielen. Wir stellen uns vor, mein Vater hätte ihn bekommen. Wir träumen. Auch mein Vater träumt. Er ist sicher, daß Claude Cornilleau Präsident von Frankreich werden und ihm zu einem hohen Posten verhelfen wird.

In der Zwischenzeit sind unsere Schuhe völlig verschlissen. Wir fragen Papa, ob wir neue haben können. Er sagt nein. Nein bleibt nein. Mama kann uns nichts geben, sie hat keine Schecks.

Überdies brauchen Kiki und ich noch Geld für die Drogen. Die teuersten Drogen rühren wir nicht an, aber mal hier hundert Francs, mal da hundert Francs, das ist viel für uns. Selbst die zehn Francs für die Gummilösung haben wir oft nicht in der Tasche. Wir verkaufen alles, was wir können. Wir versuchen uns durchzuschlagen. Das Rennen nach dem Geld.

Ich werde bald siebzehn, sehe aber nach wie vor viel jünger aus, als ich bin. Aber ich habe einen großen Busen. Das bekümmert meinen Vater. Er fürchtet, seine Kollegen könnten meine Brüste sehen. Zu meinem vierzehnten Geburtstag hatte Kiki mir heimlich einen rosa Büstenhalter geschenkt, den man vorne zumacht. Lange durfte ich ihn nicht anziehen. Später ja, um meine Brust plattzudrücken. Und darüber muß ich einen weiten Pullover tragen.

Einmal frage ich meinen Vater, der friedlich scheint, ob er mir erlaubt, mich zu schminken, nur ein bißchen. Er sagt: »Ja, versuch's nur, wenn du willst.« Ich male einen dünnen schwarzen Strich auf meine Augenlider und trage ganz vorsichtig goldenen Puder auf. Außerdem mache ich von einem sehr blassen rosa Lippenstift Gebrauch. Mir gefällt es. Als mein Vater mich sieht, wird er wütend und verprügelt mich.

Andere Male schminke ich mich heimlich. Manche Frauen benutzen leuchtend blau und rosa auf den Wangen, wie Clowns, aber das ist mir zu aufdringlich.

Ich weiß jetzt, daß eine der Leidenschaften meines Vaters darin besteht, seinen Kindern jede Freude zu verderben.

An einem Samstag bin ich mit Kiki im Schwimmbad. Mama durfte nicht mitkommen, obwohl sie schwimmen kann. Aber in den Augen ihres gestrengen Ehemannes hat sie nicht das Recht, einen Badeanzug zu tragen.

Ich selbst kann nicht schwimmen. Mein Vater hat versucht, es mir beizubringen, aber in seiner Gegenwart will mir nichts gelingen. Im Schwimmbad bringt Kiki es mir bei. Sie ermutigt mich.

»Schwimm. Papa wird zufrieden sein, wenn er dich sieht.«

Sie hält mich fest, und unter ihrer Anleitung habe ich keine Angst. Hin und wieder tauche ich ein bißchen unter, aber ich komme wieder an die Oberfläche. Es ist eine wahre Lust zu schwimmen. Ich fühle mich wie ein Fisch. Ich habe kein Gewicht mehr. Ich vergesse alles, meine Furcht und meine Ängste. Kiki ermutigt mich, weiterzumachen.

Aber dann höre ich plötzlich eine laute Stimme. Es ist mein Vater. Ich drehe mich um. Er steht am Beckenrand. Ich bekomme es so mit der Angst, daß ich untergehe. Ich komme wieder an die Oberfläche.

Er brüllt mich an:

»Komm her, Mongolin! Du weigerst dich, mit mir zu schwimmen, und hier tust du es! Dumme Ziege! Komm sofort her!«

Ich bleibe im Schwimmbecken. Ich habe zu viel Angst.

Er brüllt: »Mathilde, schaff die Mongolin an den Rand!«

Ich schäme mich, denn die übrigen Badegäste hören alles mit und starren uns verwundert an. Mathilde kommt ganz schnell herangeschwommen.

»Tauch sie unter!« schreit mein Vater

Mathilde verliert die Nerven. Es gelingt ihr nicht, mich unterzutauchen. Kiki bringt mich dazu, mit ihr unter Wasser zu gehen, und wir ziehen Mathilde am Bein. Sie kreischt.

Die Beaussarts fallen wieder einmal unangenehm auf.

Wenn ich denke, daß Kiki mir prophezeit hat, Papa wäre

stolz, mich schwimmen zu sehen – ganz genau das Gegenteil ist geschehen. Er verlangt sportliche Leistungen von mir, aber wenn mir etwas gelingt, ist er auch wütend.

Wie kann ich ihn verstehen?

Er ist verrückt.

Er schikaniert und demütigt uns ständig.

Ich muß mich von ihm Nutte nennen lassen, nur weil ich es gewagt habe, Strumpfhosen anzuziehen. Ich darf nur Strümpfe aus dicker Wolle tragen. In Lille habe ich richtige Prostituierte am Straßenrand gesehen – die trugen gelbes Haar, hohe Absätze und waren wie Clowns geschminkt. Wie kann er mich mit ihnen vergleichen?

Ich werde ständig heruntergemacht. Vielleicht liegt es daran, daß ich mich nicht weiterentwickele. Ich habe die Kraft, die Vorstellungen meines Vaters abzulehnen, aber ich habe noch immer den Geist eines Kindes. Eines Kindes, das schon alles durchgemacht hat. Ich werde bald siebzehn, und ich mache noch immer Kinderzeichnungen. Ich spiele mit der Puppe. Ich mache Seilchenspringen.

Meine Gesundheit verschlechtert sich weiter. Inzwischen leide ich auch an Asthma.

Kurz darauf erwischt mich eine Darminfektion, und ich werde ins Krankenhaus eingeliefert. In einem Jahr habe ich dreiundzwanzig verschiedene Medikamente genommen, darunter auch Rémifon.

## Mütze

Bei meiner Entlassung aus dem Krankenhaus erwartet mich eine freudige Überraschung. Ich werde ans Meer fahren. Und nicht nach Dunquerque! Ich werde das Mittelmeer sehen. Ich wage es nicht zu glauben.

Vor der Abreise darf ich noch meinen Geburtstag feiern. Mama backt einen Kuchen mit Erdbeeren und Himbeeren. Kiki schenkt mir ein Paar Jeans, einen grauen Pullover und einen Gürtel mit Golfspielern drauf, Mathilde einen schwarzen Badeanzug mit einem gelben Dreieck darauf. Sie spricht freundlich mit mir. Mein Vater schenkt mir einen roten Drachen. Er hat ihn selber gemacht, mit Pergamentpapier und Weidenruten. Er hat ihn mit Mercurochrom und dem roten Zeug, was man für die Popos von Babys benutzt, angemalt. Wir lassen den Drachen auf dem Feld hinter dem Haus steigen.

Ich bin glücklich. Ich weiß nicht mehr, ob ich lachen oder weinen soll.

Ich halte die lange Schnur. Sie zerreißt. ›Lahmarsch‹, kann mein Vater sich nicht verkneifen zu sagen. Ich darf den Drachen nicht mehr anfassen. Wo es ausnahmsweise mal einer war, der nicht mit Nazisymbolen bemalt war.

Dennoch darf ich ans Meer fahren. Eigentlich sollte Kiki diese Reise machen, aber sie hat mir ihren Platz überlassen. Mathilde und Edwige kommen auch mit. Mama hingegen muß zu Hause bleiben.

Unglaublich! Mein Vater gerät bei der Abfahrt nicht in Wut. Er hat sogar gute Laune. Er bereitet uns auf den Anblick des azurblauen Meeres vor und der Palmen. Und ich werden den Badeanzug tragen dürfen, den mir Mathilde geschenkt hat.

Unser Reiseziel ist Carqueiranne, in der Nähe von Toulon. Papa gibt Mama Befehle: Ausgangsverbot außer zum Einkaufen, mit niemandem sprechen, sonst setzt es was, wenn er zurückkommt.

Ich bin traurig, daß ich Mama und Kiki in Salomé zurücklasse.

Die Reise ist lang. Im Auto singen wir aus vollem Hals nationalistische Lieder, aber ich vergesse den Sinn der Worte und fühle mich wie ein Mädchen, das mit seinem Vater in die Ferien fährt. Endlich einmal ein Erlebnis, von dem ich meinen Mitschülerinnen nach den Ferien erzählen kann!

Papa denkt nur ans Fahren und nicht daran, mich zu schlagen. Mathilde ist so freundlich. Das gute Klima! Nachts schlafen wir im Auto.

Endlich kommen wir in Carqueiranne an. Es ist so, wie mein Vater gesagt hat. Alles ist blau, der Himmel, das Meer ... Azurblau.

Sein Freund hat ein großes Haus, das gut eingerichtet ist. Der Blick durch die Fenstertüren ist großartig. Die Zweige von Aprikosenbäumen ragen über das Gitter. Ich habe noch niemals einen solchen Ort gesehen.

Der Herr ist ein Parteigenosse, aber er spricht weder über Hitler noch über andere Politiker. Auch seine Frau ist sanft und still. Sie haben einen großen Sohn. Er und Mathilde küssen sich heimlich am Strand.

Mathilde und Kiki finden leicht Verehrer; ich hingegen habe sehr große Angst vor den Jungen. Ein bißchen mit ihnen reden, wenn sie freundlich sind, das ist alles, was ich schaffe.

Am Strand ist es immer schön. Wir fahren mit einem

kleinen Motorboot zum Fischen hinaus oder schwimmen mit Schwimmringen. Ich durfte mir tatsächlich den Badeanzug anziehen. Es ist alles unglaublich, als würde jetzt ein neues, schönes Leben anfangen.

Mathilde taucht, um Seeigel zu fangen. Das ist verboten. Man schert sich nicht darum. »Los. Wir biegen nach links«, sagt mein Vater. Das soll heißen: »Wir tun, was man nicht tun soll.« Ausdruck von ihm.

Im Haus bringt mir die Dame bei, einen kleinen Beutel zu häkeln, in dem man Lavendel verstaut.

Ich würde am liebsten immer hier bleiben. Ich denke nicht mehr an Drogen. Ich kann plötzlich lachen, ohne Kleber schnüffeln zu müssen. Ich begehe nur einen ganz kleinen Diebstahl: eine Postkarte. Sie zeigt einen rosa Pierrot mit einer Rose in der Hand. Die schicke ich an meine Kiki. Natürlich sage ich meinem Vater nichts davon, weil er will, daß wir nur für seinen Bedarf stehlen.

Jeden Tag am Strand. Ich ziehe mir eine Tauchermaske über und beobachte die Fische. Wir träumen davon, in diesem Paradies zu leben! Wenn ich mich auf einen Felsen setze, frage ich mich: Wo hört das Meer eigentlich auf?

Ich stelle mir gern Fragen, die schrecklich naiv sind. Ich wage es nicht, sie Papa zu stellen. Er war stolz gewesen, mir etwas über die Sterne zu erklären, aber wenn er die Antworten über das Meer nicht weiß, dann könnte er wütend werden und mich schlagen.

Während des Aufenthalts kriege ich nur eine Tracht Prügel, weil ich mich mit Mathilde geschlagen habe. Dem Hausherrn gefällt das nicht. Er sagt zu meinem Vater, es sei sinnlos, seine Kinder zu schlagen.

Aber das Glück am Meer dauert fort. Mir ist warm, ich kann freier atmen.

Nach einer Woche ruft Papa zu Hause in Salomé an.

Niemand antwortet. Er dreht durch. Er meint, wenn Mama nicht da ist, betrügt sie ihn. Er ist fest davon überzeugt.

Wir fahren auf der Stelle heim.

Auf der Rückfahrt ist die Stimmung nicht mehr die gleiche. Er brüllt mich an, weil ich die Wörter der deutschen Lieder durcheinanderbringe. Er schimpft vor sich hin. Er ist sicher, daß Mama ihm in diesem Moment Hörner aufgesetzt hat. Es macht ihn wahnsinnig. Er stellt sich lauter Sauereien vor. Dabei war er es, der vor ihren Augen auch noch mit seinen Affären geprahlt hat.

Er fährt irrsinnig schnell, beinahe hätte er einen schweren Unfall verursacht. Die ganze Fahrt über mißhandelt er den kleinen schwarzen Mann, den er an die Windschutzscheibe gehängt hat. Er bricht der Figur einen Arm, ein Bein. Er schikaniert uns. Mathilde frohlockt, wieder Macht über uns zu haben. Edwige schweigt.

Völlig erschöpft erreichen wir Salomé. Er parkt in aller Hast. Mama hat das Auto gehört. Sie öffnet die Haustür, um uns zu empfangen. Sie freut sich, uns zu sehen.

Papa geht als erster hinein und versetzt ihr einen Fausthieb.

»Wo warst du?«

»Ich bin hier. Ich war immer hier.«

»Wo warst du, als ich angerufen habe?«

»Hier.«

»Warum hast du dann nicht geantwortet?«

Peng! Fausthiebe und Fußtritte. Ich halte mir die Ohren zu, um Mama nicht weinen zu hören. Sie hat Mühe zu sprechen. Sie versucht, zu erklären, daß sie hinten im Garten war und das Klingeln des Telefons nicht hören konnte. Ein Nachbar eilt herbei und bezeugt, daß sie viel im Garten gearbeitet hat, aber mein Vater glaubt es nicht.

Das Drama fängt wieder an.

Er hat wieder alles verdorben. Offenbar ist es unerträglich für ihn, wenn wir glücklich sind, wenn es uns gutgeht. Es ist ein Jammer, ich werde die Erinnerung an diese schönen Ferien am Meer nicht bewahren können.

An den folgenden Tagen ist das Leben noch schlimmer als zuvor. Geschirr fliegt durch die Luft. Und wenn wir Töchter aus Versehen ein Glas zerbrechen, müssen wir es ersetzen. Er schießt mit dem Luftgewehr auf den Gasherd.

Es ist Sommer, draußen glüht die Sonne, aber wir müssen nach wie vor Diktate schreiben.

Er stößt auf die Seite zweihundertsechsundachtzig in *Mein Kampf*, und die gefällt ihm.

›Zusammengefaßt ist das Ergebnis jeglicher Rassenmischung immer das folgende:

a) Absinken des Niveaus der überlegenen Rasse.

b) Körperlicher und intellektueller Verfall, und in der Folge das Erscheinen einer Art von Auszehrung, die langsam, aber unaufhaltsam fortschreitet.‹

Und auf Seite sechshunderteinundzwanzig geht es auch gegen Frankreich.

›Frankreich ist und bleibt der Feind, den wir am meisten zu fürchten haben. Dieses Volk, das immer mehr auf das Niveau von Negern herabsinkt, gefährdet durch die Unterstützung, die es den Juden zur Erreichung ihres Ziels der universellen Herrschaft gewährt, die Existenz der weißen Rasse in Europa …‹

›In Europa gibt es für die gesamte überschaubare Zukunft nur zwei mögliche Verbündete für Deutschland: England und Italien.‹

Ich habe die Nase voll von diesem langweiligen, bösartigen Buch. Mein Vater wiederholt uns ständig, daß Hitler die Franzosen, die Komplizen der Juden, nicht genug habe büßen lassen, aber daß sein Buch *Mein Kampf* alles vorausgesehen habe. Und zwar schon lange vor dem Krieg.

Ich sage mir, die Franzosen hätten es lesen und mehr auf der Hut sein müssen.

Mein Leben ekelt mich an. Ich denke wieder ans Sterben. Lieber sterben, ehe mein Vater mich umbringt. Kiki fleht mich an, keinen Selbstmord zu begehen. Sie macht ebenfalls viel durch. Als sie zehn Jahre alt war, hatte er ihr schon mit Fußtritten eine Hüfte ausgerenkt.

Mein Vater wird immer brutaler.

Er hat eine neue Geschichte am Hals. Es heißt, er betreibe Waffenhandel für Gruppen von Neonazis zwischen Frankreich und Spanien.

Eines schönen Morgens fährt er wieder in die Sologne. Wir haben wieder ein bißchen Ruhe vor ihm. Aber für wie lange? Wir sind deprimiert. Sogar Kiki. Sie will abhauen, das Haus verlassen. Ich habe solche Angst, daß sie mich allein läßt. Sie ist neunzehn. Volljährig. Sie hat das Recht, ihr Elternhaus zu verlassen. Papa sagt ihr immer, daß sie sich verdrücken solle. Aber ich, ich bin erst siebzehn. Ich bin minderjährig. Ich sitze fest.

Kiki vertraut sich mir an.

»Weißt du, Ida, ich habe nämlich einen Freund.«

»Toll! Hast du ihn lieb? Wie heißt er?«

»Marcel, aber man nennt ihn Mütze, weil er immer eine Mütze trägt.«

»Ist er dein Verlobter? Ist er hübsch?«

»Ja, und sehr zärtlich.«

Kiki zögert einen Augenblick. Sie will mir noch etwas sagen.

»Mütze ist Jude.«

»Ja?«

»Schockiert dich das nicht?«

»Warum sollte es? Wenn die Leute nett sind, mag ich sie alle.«

Ich bin glücklich: Meine Kiki ist kein Rassist. Sie hat Mütze geliebt, ehe sie wußte, daß er Jude ist, aber sie liebt ihn noch immer, nachdem sie es erfahren hat.

Mützes Mutter ist nett. Sie weiß, daß Kiki die Tochter eines Rassisten ist, aber sie hat nichts dagegen, sie zu empfangen. Meine Kiki wird glücklich sein. Wenigstens eine der Beaussarts!

Kiki sagt zu mir: »Meine Dada, meinst du, ich bin fähig, mit einem Jungen zusammenzuleben? Ich bin neunzehn. Hältst du mich für reif genug?«

»Ja, meine Kiki. Du bist reif genug. Mach es! Du kannst mit Mütze zusammenleben!«

Sie stellt ihn mir vor. Er ist fünfundzwanzig. Er ist schön und lieb, und er trägt tatsächlich immer eine Mütze. Er wohnt in Tourcoing. Wie viele junge Leute in dieser Region ist auch er arbeitslos. Kiki und er haben sich in Lille auf der Straße kennengelernt.

Mütze spricht freundlich mit mir.

»Weißt du, Ida, ich bin Jude.«

»Na und? Ich weiß es, und es ist mir egal.«

Von diesem Zeitpunkt an behandelt er mich wie seine Schwester. Wenn ich daran denke, was mein Vater Leuten wie ihm antun möchte, krampft sich in mir alles zusammen. »Dein Vater spinnt«, sagt Mütze.

Sie hat Mütze nicht hintergangen. Sie hat ihm Papas Überzeugungen gestanden. Er hat ihr versichert, daß das nichts an seinen Gefühlen für sie ändern würde.

Während wir am Meer in Carqueiranne waren, hat Kiki

Mama erzählt, daß Mütze Jude ist, und sie hat nicht negativ reagiert.

Mein Vater verbringt jetzt die Woche in der Sologne, wo er Aufseher ist. Am Wochenende kommt er heim. Das ist dann die Hölle. Er erträgt uns nicht mehr. Er schläft schlecht.

Mathilde muntert ihn auf, indem sie ihm alle Dummheiten erzählt, die wir während seiner Abwesenheit begangen haben. Sie erfindet noch welche dazu. Er hat sie darauf dressiert, ihm alles zu petzen.

Es heißt, er schlage uns zu unserem Besten.

Aber ich, ich sage, es ist zu unserem Schaden.

## Der Verrat

Kiki trägt sich immer ernsthafter mit dem Gedanken, zu Hause auszuziehen. Papa bestraft sie wegen der Drogen. Aber je mehr er sie schikaniert, desto größer ist ihr Bedürfnis, wieder anzufangen.

»Mama, wenn Kiki eines Tages ausziehen sollte, dann gehe ich mit ihr. Du würdest mir das doch nicht übelnehmen?«

Sie seufzt traurig.

»Meine Dada, du bist minderjährig. Er würde dich suchen lassen.«

Ich bin gefangen. In einem Jahr werde ich achtzehn. Aber was wird mir bis dahin widerfahren? Wie soll ich alle diese Traurigkeit und dieses Unglück ertragen? Ich weiß, daß ich festsitze. Ich werde niemals loskommen.

Wenn Kiki glücklich sein kann, dann um so besser. Hier hält sie es immer weniger aus. Sie wird immer häufiger verprügelt, weil sie nicht genug ißt. Sie möchte abnehmen, also stopft sie sich nicht mehr mit Kartoffeln voll. Mein Vater erträgt das nicht. Und außerdem verlangt er, daß sie ihm ihren ganzen Lohn aushändigt, seit sie bei den *Papillons Blancs*, einer Organisation für Behinderte, arbeitet.

Einmal hat sie ihm gestanden, daß sie am Bahnhof von Lille mit einem Algerier gesprochen hat. »Bist du dir darüber im klaren«, hat er sie angebrüllt, »was passiert wäre, wenn ich vorbeigekommen wäre oder jemand von der Partei dich gesehen hätte?« Er war so fassungslos über ihr Bekenntnis, daß er vergessen hat, sie zu verprügeln.

Während seiner Abwesenheit verteilt Kiki keine Flugblätter mehr und sprüht auch keine Sprüche mehr auf die Brücken von Lille und Tourcoing. Wenn er das wüßte – was für eine Tracht Prügel!

Eines Nachts weckt Kiki mich ganz leise auf. Sie macht mir Zeichen, keinen Krach zu machen.

»Diesmal ziehe ich wirklich aus, meine Dada. Sag niemandem was davon.«

»Du ziehst aus?«

»Ja, aber ich werde dich besuchen kommen. Meine Dada, schwör mir, daß du mich nicht verrätst. Ich ziehe zu Mütze nach Tourcoing.«

»Ehrenwort, ich werde nichts sagen.«

»Auch nicht zu Mama?«

»Auch nicht zu Mama!«

»Ich werde dich wissen lassen, wo ich bin. Du wirst mich besuchen kommen Und ich werde nach der Schule vorbeikommen.«

Sie zieht sich ganz in Schwarz an. Das steht ihr gut. Sie gibt mir einen dicken Kuß. Dann weint sie in meinen Armen. Sie ist traurig, mich zurückzulassen, aber sie hat es satt. Sie hat einen Abschiedsbrief geschrieben.

Ich gehe ihre Sachen aus dem Schrank holen, ganz vorsichtig, um Mathilde nicht aufzuwecken. Papa weilt noch in der Sologne, aber Mama würde Kiki zweifellos daran hindern auszuziehen. Ich bin traurig, daß meine Schwester fortgeht, aber ich weiß, daß sie mich nicht vergessen wird und daß sie geht, um ihr Glück zu finden.

Nachdem sie fort ist, kann ich nicht wieder einschlafen. Ich stelle mir ihr neues Leben vor, in Freiheit, ohne Streit und ohne Schläge. Ein Traum!

Am nächsten Morgen kommt Mama in unser Zimmer, weckt mich und findet Kiki nicht in ihrem Bett.

Sie wundert sich:

»Ist deine Schwester schon aufgestanden, Ida?«

»Ich weiß es nicht.«

Sie geht nach unten und ruft noch mal vergeblich nach Kiki.

Es ist mir unangenehm, meine Mutter zu belügen, aber ich habe meiner Schwester mein Ehrenwort gegeben. Lieber würde ich sterben, als es zu brechen und Kiki zu verraten.

Mama findet den Brief, den meine Schwester hinterlassen hat, und liest ihn lauf vor:

*Meine innig geliebten Eltern.*

*Ich mache eine Reise, oder so was Ähnliches.*

*Ich habe meine Ehre zu verteidigen.*

*Mein lieber Vater, ich will auf keinen Fall, daß Du Dir irgendwelche Gedanken machst.*

*Sei gewiß, daß ich bisher und auch in Zukunft dem nationalistischen Gedanken treu bleiben werde.*

*Mein Kampf heißt siegen oder zugrundegehen.*

*Ich werde immer für mein Ideal kämpfen, dem meiner Rasse.*

*Ich werde der PNFE beitreten, und wenn wir uns an unserer heiligen Stätte wiedersehen, bewahre bitte einen klaren Kopf.*

*Papa, ich erinnere mich, daß Du mir gesagt hast, ich könne ausziehen. Du würdest mich nicht zurückhalten, also bin ich Deinem Rat gefolgt.*

*Ich habe sehr große Angst vor Deiner Reaktion.*

*Ich, die Tochter meines geliebten Vaters und meiner geliebten Mutter, ich bin nicht die Art von Mädchen, die sich mit den Untermenschen einläßt, wie Ihr vielleicht glauben könntet.*

*Papa, du hast es mir als Schande angekreidet, weil ich am*

*Bahnhof mit dem Gesocks geredet habe, dem ich eine Falle stellen wollte.*

*Rasse, Familie, Vaterland!*
*Frankreich zuerst!*
*Weiß immer!*
*Ich schenke Ida meine Katze.*

*Danke.*
*Bis bald,*
CHRISTINE

Ich weiß, daß Christine in ihrem Brief lügt. Sie ist fortgegangen, weil sie es nicht mehr aushält und weil sie mit dem netten Mütze zusammenleben will. Mit ihrem Lügen will sie Papa besänftigen. Sie hofft, es würde seine Wut beschwichtigen, wenn sie von der PNFE spricht.

Mama begreift den Brief überhaupt nicht. Sie fragt sich, ob Kiki fortgegangen ist, um mit jemandem abzurechnen, oder ob sie vergewaltigt worden ist. Sie gerät in Panik und ruft im Laufe des Vormittags Papa in der Sologne an.

Was wird uns widerfahren? Ich bin bereit, alles zu ertragen, mich zu Tode prügeln zu lassen, um das Geheimnis zu wahren.

Am Abend nach dem Essen hören wir draußen das Knattern eines Motors. Es ist mein Vater. Mama geht ihm entgegen. Er versetzt ihr einen Fausthieb mitten ins Gesicht. Der Tanz geht bis vier Uhr in der Früh. Ich kriege Fußtritte, Fausthiebe und Schläge mit einem Stuhl. Wir rufen um Hilfe, aber niemand kommt.

Er brüllt mich an: »Wo ist Christine? Du weißt es.«

»Nein, Papa, ich habe keine Ahnung.«

»Du steckst immer mit ihr zusammen, du mußt wissen, wo sie ist. Mit wem ist sie gegangen? Wohin?«

»Ich habe keine Ahnung, Papa.«

Er schlägt mich mit aller Kraft. Fußtritte in den Bauch. Mama versucht, mich zu verteidigen. Er schlägt sie ebenfalls. Sie flüchtet in die Küche.

So brutal wie in dieser Nacht bin ich noch nie verprügelt worden. Es ist grauenhaft. Mein Kopf knallt auf den Boden. Die Fußtritte mit den schweren Ranger-Stiefeln hören nicht auf. Ich hoffe, ohnmächtig zu werden. Aber nein, der Schmerz nimmt kein Ende. Diesmal wird er mich umbringen.

Meine Schwestern haben sich oben versteckt. Die kleine Erika weint.

Mama kommt zurück und legt mich aufs Sofa. Wütend stellt er mich wieder hin. Dann wirft er mich zu Boden und stellt sich mit seinen Rangers auf meinen Bauch. Die Schmerzen sind unerträglich. In meinem Kopf wiederhole ich immer wieder: »Nichts sagen, nichts sagen.«

Wimmernd liege ich am Abgrund der Verzweiflung.

Bei jedem Hagel von Schlägen glaube ich, das sei jetzt das schlimmste. Aber es kommt immer noch schlimmer.

Er beruhigt sich nicht. Die ganze Nacht und den nächsten Tag bedroht er uns. Er wird Christine das Essen vorenthalten, wird ihr die Glieder brechen, sie in Stücke schneiden. Er schwört beim Kopf seines in Indochina gefallenen Bruders, daß er uns alle umbringen wird. Eine Kugel in den Nacken für Mama und mich, wenn wir Kiki nicht in die Beine schießen, wenn sie heimkommt. Wir sind sicher, daß er es tun wird. Wenn er schwört, dann macht er es auch.

Er stößt uns in den Keller.

Er macht die umfunktionierte Gasflasche auf, die ihm als Waffenversteck dient, und holt seine 22er Long Rifle heraus. Ich kenne sie. Er hat uns beigebracht, damit zu schießen. Kiki hatte sie einmal mit in die Schule genommen. Nur so, ohne Grund. Wir leben mit den Waffen, wir sind daran gewöhnt.

Er fuchtelt mit der Pistole und brüllt: »Hiermit werde ich Christine umlegen.«

Er steckt sie in Mamas Tasche.

»Wir fahren nach Lille. Wenn ich eure Schwester auf der Straße sehe, schieße ich auf sie. Beim Kopf meines Bruders Paul!«

Mama wird geschlagen und gewaltsam gezwungen, ins Auto zu steigen. Sie hat die 22er Long Rifle in der Tasche auf dem Schoß. Sie suchen alle Straßen von Lille ab, wo junge Leute sind. Zum Glück ist Kiki nirgends zu sehen.

Aber während er am Bahnhof den Ordnern ein Foto von Christine zeigt, entdeckt Mama meine Schwester mit ihrem Freund Mütze. Beinahe hätte sie gerufen: »Christine!« Aber sie hat es sich verbissen. Sonst hätte er auf meine Schwester geschossen, das ist sicher. Er zielt gut. Er hätte sie an den Beinen getroffen. Wenn er in Wut ist, hält nichts und niemand ihn zurück.

Und ich warte zu Hause in panischer Angst.

Nach der Rückkehr aus Lille macht er sich erneut über mich her, verprügelt mich, um mich zum Reden zu bringen. Ich bleibe standhaft und verrate nichts.

Mehrmals packt er die Pistole ein und sucht in Lille nach meiner Schwester. Von jeder erfolglosen Suche kehrt er noch wahnsinniger zurück und schlägt mich wieder.

Seit den brutalen Fußtritten mit den Rangers ist mein Bauch sehr geschwollen, und ich leide an Inkontinenz. Mama macht sich Sorgen. Sie wagt, Papa von meinen Beschwerden zu berichten. Er antwortet, das ginge vorüber, und anschließend würde er mir genau die gleichen Tritte wieder geben.

Am 14. Juli hat er eine Idee.

Seiner Meinung nach könnten nur die Bullen Christine wiederfinden. Und da sie volljährig ist, muß man die Bullen mit einem guten Motiv in Gang setzen. Also zerrt er mich an den Haaren ins Polizeikommissariat.

»Du wirst sagen, deine Schwester habe dich verprügelt und sei dann abgehauen.«

»Nein, Papa, nein!«

Er schwingt aufs neue die Fäuste. Aber da ich schon mit blauen Flecken übersät bin, hört er auf und zwingt mich, ins Auto zu steigen.

An diesem 14. Juli ist im Kommissariat in Lille nicht viel los. Schließlich nimmt ein Polizist meine Aussage zu Protokoll. Ich wiederhole die Lüge, die mein Vater mir vorher eingetrichtert hat. Jetzt werde ich doch noch zur Verräterin. Es schnürt mir die Kehle zu, meine Schwester zu Unrecht anzuschuldigen.

Der Polizist notiert meine Aussage.

*Ich heiße Ida Beaussart. Ich bin am 30. Juni 1972 in La Bassée (Nord) geboren. Ich bin Schülerin.*

*In der Nacht vom 10. auf den 11. Juli habe ich Geräusche im Zimmer von Christine gehört. Ich weiß nicht, wie spät es war, aber es war finster. Ich bin aufgestanden, um zu sehen, was vorging. Christine packte ihre Koffer. Sie hat zu mir gesagt: »Weck Mama nicht auf.« Sie hat mich gegen die Wand gedrückt und mir die Hand über den Mund gehalten: »Wenn du Mama was sagst, komme ich dich vor der Schule töten.« Sie hat mir einen Fußtritt in den Bauch gegeben. Ich bin in Ohnmacht gefallen. Meine Schwester, die den orangenen Karate-Gürtel hat, hatte einen entsetzlichen Blick …*

*Ich erstatte Anzeige wegen Körperverletzung gegen meine Schwester Christine.*

Anschließend hat mein Vater seine Aussage gemacht.

*Ich bin Idas Vater.*

*Ich erstatte Anzeige gegen meine Tochter Christine wegen vorsätzlicher Körperverletzung. Sie ist ein gewalttätiges Mädchen, aber ich hätte es niemals für möglich gehalten, daß sie sich über eine ihrer Schwestern hermachen würde, vor allem, weil Ida ihre Vertraute und die ihr am nächsten stehende Schwester war.*

*Wenn Sie sie finden, verhören Sie sie nicht, sondern lassen Sie sie laufen. Denn sie ist sonst aufgrund dieser Anzeige imstande, Ida zu töten.*

*Ich erbitte im Interesse der Familie, nach ihr zu suchen.*

Es ist widerwärtig. Ich empfinde Ekel vor mir selbst. Mein Bauch schmerzt so heftig, daß ich davon ganz benommen bin.

Am nächsten Tag sagt mein Vater, er werde mich zum Arzt bringen und das Attest zur Polizei tragen, um Christine ordentlich in Schwierigkeiten zu bringen.

Der Arzt notiert alle Wunden an meinem geschundenen Körper.

Mama weiß, daß ich eine falsche Aussage gemacht habe und daß Kiki mich nie geschlagen hat, aber sie muß den Mund halten, die Arme. Ich nehme es ihr nicht übel. Ich selber schäme mich für meine falsche Aussage. Aber ich weiß, daß ich Kiki eines Tages alles erklären kann. Sie wird mir glauben. Sie wird es verstehen.

Jeden Tag beschreibt uns mein Vater die Foltern, die er für Christine vorgesehen hat. Die Ideen entnimmt er dem grauenhaften Buch, das ich im Bücherschrank gefunden habe. Dort steht es immer noch, aber ich fasse es seit der Lektüre nicht mehr an.

Um meine Schwester aufzuhängen, hat er ein Seil mit einer Schlinge an der Kellertreppe befestigt. Er wird sie zunächst an einem Fuß aufhängen. Den anderen Fuß wird er ihr abschneiden.

Vor Mama und mir lädt er die 22er Long Rifle und legt sie schußbereit auf die große Standuhr im Wohnzimmer.

»Die erste, die Christine zu sehen bekommt, schießt ihr in die Beine. Verstanden? Und du, Mathilde, wenn deine Mutter dich daran hindern will, dann stößt du sie weg und nimmst die Waffe. Einverstanden?«

Sie nickt zufrieden. Er hat sie erfolgreich den Haß gelehrt. Sie ist davon wie berauscht, und in ihren Augen ist ein unheimliches Leuchten.

Er holt uns in den Keller, um uns noch mal seinen Plan der Folterungen zu erläutern.

Wenn er Christine an einem Fuß aufgehängt hat, wird er ihr Holzstückchen unter die Nägel rammen. Die Holzteilchen wird er anzünden, das wird wie ein Feuerwerk sein, verkündet er. Dann braucht er nur noch an den Nägeln zu ziehen, die sich wie von selbst vom Fleisch lösen werden. Anschließend will er ihr eine Bierflasche in die Scheide rammen und sie mit Fußtritten malträtieren – und zwar so, daß sie niemals Kinder haben wird. Und um ganz sicher zu gehen, wird er ihr in den Bauch treten, damit das Glas im Inneren ihres Leibes zersplittert.

Mama und mich wird er auf Stühle fesseln, damit wir das Schauspiel aus der Nähe verfolgen können. Und wenn einer von uns beiden den Kopf auch nur ein wenig zur Seite dreht, um die Marter nicht anschauen zu müssen, wird er uns das gleiche antun wie Christine. Das schwört er bei seinem toten Bruder.

Und wenn Christine dann abgekratzt ist, wird er mich

auf ihr Grab werfen. Wie um seinen aberwitzig brutalen Visionen mehr Nachdruck zu verleihen, fängt er seine Vorbereitungen wieder von vorn an. Wieder und wieder. Mathilde hilft ihm beim Proben. Ja, sie läßt sich sogar im Keller an einem Fuß aufhängen. Sie hat keine Angst, sie ist sein Geschöpf, er hat sie nach seinem Willen geformt. Oft kann ich nicht glauben, daß sie meine Schwester ist. Ich kann sie nicht ausstehen.

Wenn Christine im Grab liegt, wird er uns alle ins Auto pferchen und sich dazusetzen. Er hat einfach genug. Er wird eine Granate im Auto explodieren lassen. Wir werden alle zusammen sterben.

Die Familie Beaussart vereint bis ans Ende!

Rasse, Familie, Vaterland!

Während der folgenden Tage habe ich noch immer starke Bauchschmerzen. Ich leide noch immer unter Inkontinenz. Ich schäme mich meines Blasenleidens. Und wenn das für immer so bleibt?

Mein Vetter Pié-Pierre stattet uns einen Besuch ab. Er merkt sofort, daß sich die Lage in unserem Haus dramatisch zugespitzt hat. Er fährt entsetzt wieder fort, ohne daß es ihm gelungen ist, meinen Vater zu besänftigen. Auch er spürt, daß mein Vater fähig ist, seine wahnsinnigen Strafphantasien in die Wirklichkeit umzusetzen.

Es ist Montag, die Schmerzen in meinem Bauch haben sich ein wenig gelegt. Nach dem Abendessen spiele ich vor dem Haus Seilspringen mit den Nachbarskindern, die jünger sind als ich. Das Springseil aus fluoreszierendem gelbem Gummi dreht sich surrend durch die Luft. Aber in

Gedanken bin ich ganz woanders. So kann es mit unserem Vater nicht weitergehen. Meine Schwester darf nicht sterben. Ich habe sie viel zu lieb.

Das Leben ist mir eine schwere Last geworden. Unerträglich. Mein Vater ist in meinen Augen verrückt. Niemand kann ihn mehr zur Vernunft bringen.

Ich kann aus dieser Hölle nicht entfliehen. Er würde mich ebenfalls töten. Aber wenn wir hierbleiben, wird er uns so oder so umbringen. Wo ist die Lösung? Es ist zu schrecklich. Der Tod erwartet uns.

Ich gehe so spät wie möglich schlafen.

Ich kann nicht einschlafen. Ich denke zu viel.

Ich suche eine Lösung, damit er Kiki nicht umbringt. Ich finde keine. Er ist bewaffnet. Er ist zu stark.

Niemals werde ich meine Schwester verraten. Ich habe ihr mein Wort gegeben. Aber was kann ich tun, daß er sie eines Tages nicht doch in Lille aufspürt?

Ich suche während der ganzen Nacht nach einer Lösung. Schlafen ist unmöglich. Ich muß etwas finden.

Ich grübele und grübele und finde keine Lösung. Meine Kiki wird sterben. Es ist nur eine Frage der Zeit, bis er sie gefunden haben wird.

Und dann ganz plötzlich habe ich die Lösung. Es kommt mir einfach in den Sinn: Ich werde ihn töten.

Ich werde meinen Vater töten.

Das ist die einzige Lösung. Es gibt keine andere.

Ich habe Angst, es zu tun. Aber es muß sein.

Ich werde die 22er Long-Rifle-Pistole von der Standuhr herunterholen und ihn damit töten. Und wenn er aber aufwacht? Wenn er mich mit der Waffe sieht?

Ich werde aufpassen. Ich werde mir vorher für alle möglichen Zwischenfälle Ausreden ausdenken.

Die Stunden ziehen sich in die Länge. In dieser Nacht

schlafe ich nicht eine Sekunde. Ich habe Angst, aber ich bin zuversichtlich. Ich werde es tun.

Das ist die Lösung.

Meine Entscheidung ist getroffen.

## Vatermord

Am Morgen gegen sieben Uhr höre ich, daß Mama wie immer aufsteht. Als erstes wird sie Mathilde wecken. Ich stehe ebenfalls auf und frühstücke mit den beiden.

Mathilde fährt mit ihrem Fahrrad los, um den Zug nach Béthune zu nehmen, wo sie inzwischen arbeitet. Mama geht mit der kleinen Erika in den Hof, um die Mülleimer an den Straßenrand zu stellen.

Mein Blick wandert immer wieder zu der Pistole, die auf der Standuhr liegt. Ich stehe auf, nehme den Stuhl und stelle ihn unter die Uhr. Ich steige darauf und nehme die Pistole. Sie ist bereits entsichert. Der rote Punkt ist sichtbar, die Waffe ist also schußbereit. Ich verstecke sie unter meinem T-Shirt.

Ich steige die Treppe hinauf. Die Tür zum Elternschlafzimmer ist leicht angelehnt. Ich stoße sie auf und trete in das Zimmer, in dem mein Vater schläft. Er liegt auf der Seite in einer kindlichen Haltung. Es sieht beinahe so aus, als würde er am Daumen lutschen. Auf Zehenspitzen schleiche ich mich näher heran. Ich gehe um das Bett herum auf die andere Seite und hole die Pistole unter meinem T-Shirt hervor. Ich halte sie in beiden Händen, wie mein Vater es uns beigebracht hat. Eine Kugel ist schon im Lauf. Ich trete noch ein kleines Stück näher ans Bett heran. Ich bleibe einen Meter vor meinem Vater stehen und ziele auf seinen dicken roten Nacken. Ich drücke ab. Ein Schuß. Ich habe ihn nicht verfehlt. Blut rinnt aus seinem Ohr. Er sagt: »Ei! jei jei!« Das ist alles. Er ist tot.

Langsam und wie benommen gehe ich wieder die

Treppe hinunter. Der Knall hallt immer noch in meinen Ohren.

Einsam und verlassen stehe ich im Wohnzimmer. Mama ist wohl immer noch mit Erika draußen. Endlich kommt sie herein, in der Hand den Korb, in dem Erika liegt. Sie sieht die Pistole in meiner Hand und schüttelt den Kopf. »Ida, was machst du denn damit?«

»Ich habe Papa getötet.«

Sie verzieht spöttisch die Lippen. Natürlich glaubt sie mir nicht. »Erzähl keinen Quatsch.«

»Ich habe Papa getötet.«

Ihre Stirn kräuselt sich in Falten. Diesmal hat sie Zweifel. Sie läßt sich verdattert auf einen Stuhl fallen und starrt mich verwirrt an. Nach einer Weile steht sie auf und steigt langsam die Treppe hinauf. Dann höre ich ihre Stimme, die wie ein Schwert die Luft durchschneidet: »O mein Gott!«

Heulend rennt sie die Treppe wieder herunter – sie ist völlig aufgelöst. »Vielleicht lebt er noch?«

»Nein, Mama, er hat Blut im Ohr. Er muß tot sein.«

Sie klammert sich am Tisch fest und sinkt in sich zusammen. Sie will nicht glauben, daß ich es getan habe.

»Doch, Mama. Ich habe es getan. Ich habe ihm eine Kugel in den Nacken geschossen.«

Ich drücke ihr die Waffe in die Hand und hole einen weißen Lappen unter dem Spülbecken in der Küche. Sie wickelt die Waffe darin ein, und ich lege sie wieder auf die Standuhr.

»Und jetzt, Mama, was muß jetzt getan werden?«

»Ich werde die Gendarmen anrufen.«

Aber das Telefon ist abgestellt: Wir haben die Rechnung nicht bezahlt. Sie rennt zu unseren nächsten Nachbarn.

Sie schreit: »Jean-Claude Beaussart ist tot! Meine Tochter hat ihren Vater getötet.«

Ich setze mich an den Tisch im Eßzimmer und warte auf die Gendarmen. Ich fühle mich wie ein Eisklumpen.

Die Nachbarn treten ein, mit Tränen in den Augen. Sie nehmen mich in die Arme. Ich spüre, daß sie Angst um mich haben.

Mama kommt zurück. Inzwischen ist Edwige aufgestanden.

»Ida hat Papa getötet«, sagt Mama ihr und nimmt sie tröstend in die Arme. Nach einer Weile kommt Edwige auf mich zu und gibt mir eine Ohrfeige. Zum Glück hatte sie noch geschlafen. Sie hat nichts gehört oder gesehen. Die kleine Erika ist in ihrem Weidenkorb, der auf dem Boden steht, wieder eingeschlafen.

Kurz darauf treffen die Gendarmen ein, mindestens zwanzig an der Zahl. Einige kommen ins Haus, andere bleiben draußen und umzingeln das Haus. Nachbarn kommen, einer nach dem anderen, um zu sehen, was los ist, denn die Nachricht von der Tat hat sich in Windeseile verbreitet.

Die Gendarmen stürmen in die obere Etage. Ich folge ihnen. Einer von ihnen, der meinen Vater findet, legt mir die Hand vor die Augen, damit ich dieses Grauen nicht sehe.

»Schau nicht hin.«

Ich sage mir, daß mein Vater wirklich tot sein muß, aber gleichzeitig begreife ich es noch nicht.

»Warst das wirklich du?« fragte mich einer der Gendarmen.

»Ja, ich war es. Ich habe meinen Vater getötet.«

Wir gehen wieder nach unten. Ich zeige ihnen die 22er Long-Rifle-Pistole. Sie nehmen die Waffe an sich, um sie zu versiegeln. Sie machen Fotos.

»Warum bist du nicht abgehauen?« fragte mich der Gendarm.

»Abhauen? Warum? Wenn ich abgehauen wäre, hätten Sie mich geschnappt, und Sie hätten mich getötet.«

Meine Antwort scheint ihn zu überraschen. Er starrt mich fassungslos an und sagt nichts.

Man erlaubt mir, mich umzuziehen. Ich ziehe die Jeanshose an, die Kiki mir geschenkt hat, den Gürtel mit den Golfspielern und einen großen Pullover mit einem Hard-Rock-Emblem. Die Sachen, die ich zur Tatzeit getragen habe, werden in Plastiktüten gestopft und von der Polizei beschlagnahmt.

Ein Gendarm legt mir Handschellen an.

Ich kenne ihn. Er ist ein Freund von meinem Vater.

Ich sage zu ihm: »Ausgerechnet du bist es, der mir die Handschellen anzieht? Der Tochter von deinem Freund?«

Er senkt den Kopf. Man könnte meinen, er schämte sich.

Dann läßt man mich in einen R4 einsteigen, der sofort losfährt.

Das Verhör findet im Kommissariat von La Bassée statt. Ich berichte ganz genau, was ich getan habe. Ein Gendarm hält meine Worte mit der Schreibmaschine fest.

*Ich heiße Ida Beaussart.*

*Ich bin am 30. Juni 1972 in der Geburtsstation von La Bassée geboren.*

*Ich bin die dritte von fünf Töchtern.*

*Ich wohne bei meinen Eltern in der Rue Saint-Michel-sur-Loire 50 in Salomé. Ich gehe in das LEP im ersten Jahr Industrie-Schneiderei …*

Ich beschreibe ihnen, welche Ängste ich um das Leben meiner Schwester ausgestanden habe. Woran ich die ganze Nacht gedacht habe. Wie ich verzweifelt nach einer Lösung gesucht habe. Wie ich mir gesagt habe, daß die einzige Lösung darin bestand, meinen Vater zu töten, bevor er meine Schwester Christine tötet. Denn das, das hätte ich nicht ertragen.

Ich schildere ihnen sämtliche Einzelheiten der Tat.

Natürlich ist mein Vater ihnen hinlänglich bekannt. Sie haben ihn oft überprüft und festgenommen. Als ich von den Waffen, dem Nazi-Training, den unerträglichen Schlägen, den grauenvollen Drohungen spreche, glauben sie mir, weil sie darüber schon unterrichtet sind. Sie machen mir keine Vorwürfe. Sie beschimpfen mich nicht. Sie können es nur nicht fassen, daß ich mit meinem Fliegengewicht gewagt habe, diesem Koloß, der ihnen selbst über all die Jahre Angst eingejagt hatte, die Stirn zu bieten. Und sie wundern sich auch, daß ich jetzt so ruhig bin.

Ich weiß recht gut, daß sie mich als ein kleines Mädchen ansehen und völlig verblüfft sind. Sie haben fast alle Kinder in meinem Alter. Sie können es nicht fassen.

Ich habe keine Angst vor ihnen. Sie sind nett zu mir. Ich fühle mich in der Gendarmerie endlich in Sicherheit.

Kurz darauf teilt man mir mit, daß der Tod meines Vaters von Doktor Loy aus Salomé festgestellt worden sei. Ich bin nicht im geringsten überrascht. Aber ich habe den Eindruck, daß ich mitten in diesem Drama stecke und doch auch gar nichts damit zu tun habe. Ich weiß, daß mein Vater tot ist, aber ich begreife es nicht. Alles ist so unwirklich in diesen Augenblicken.

Man macht einen Test mit mir, um festzustellen, ob ich unter Drogen- oder Alkoholeinfluß stehe – aber das Ergebnis ist negativ.

»Scheiße! Und sie hat nicht einmal getrunken!« ruft ein Gendarm aus.

Die Männer brechen in Gelächter aus.

Gegen Mittag kommt Mama und bringt mir etwas zum

Essen. In dem Eßgeschirr befindet sich ein Omelett mit Kartoffeln und Bohnen. Alles ist kalt, und ich habe keinen Hunger. Absolut keinen.

Meine Großmutter ist auch da.

Mama ist in Tränen aufgelöst, macht mir jedoch keine Vorwürfe. Ihr wird schlecht, und sie wirkt völlig erschöpft und mit den Nerven am Ende. Diese Geschichte übersteigt ihre Kraft, die Gendarmen trösten sie.

Dennoch beantwortet sie die Fragen ganz ruhig, sie sagt die ganze Wahrheit: Daß mein Vater uns viel geschlagen hat, daß das Leben im Haus seit Christines Auszug die Hölle geworden sei, daß er mich gezwungen habe, eine falsche Aussage gegen sie zu machen, damit sie festgenommen und wegen Körperverletzung verhaftet werde. Sie sagt ihnen, daß sie gezwungenermaßen die Ideen ihres Mannes, d. h. die der PNFE, teile. Sie sagt ihnen auch, daß sie ihren Mann für imstande hielte, seine Tochter zu töten und sogar seine ganze Familie umzubringen.

Mama ist nicht als einzige davon überzeugt. Alle, die unsere Familie kennen und nach ihren Eindrücken befragt werden, stimmen dieser Einschätzung zu. Was übrigens die Gendarmen nicht im mindesten überrascht.

Zum Abschied nimmt Mama mich wieder in die Arme.

In diesem Moment erscheint Mathilde. Voller Wut brüllt sie in der Gendarmerie herum. Sie heult und beschimpft mich. Sie stürzt sich auf mich und will mich verprügeln.

»Ida! *Du* hast eine Kugel im Nacken verdient!«

Die Gendarmen halten sie zurück, aber sie brüllt weiter.

»Ich krieg dich noch! Das wirst du mir büßen! Ich werde dir eine Kugel verpassen, wie du es mit meinem Vater gemacht hast!«

Sie erzählt den Gendarmen, daß die Familienatmosphäre gut war und daß mein Vater und meine Mutter sich sehr gut verstanden haben. »Ein sehr glückliches Paar.« Sie erinnert sich nicht an Papas politische Überzeugungen. Ihrer Ansicht nach war unsere Familie vorbildlich.

Ein Gendarm zeigt ihr ein Foto, wo sie in PNFE-Uniform zu sehen ist. Sie antwortet, das Mädchen da, das kenne sie nicht. Und was die Prügel angeht, da gibt sie nur einen kleinen Klaps auf den Hintern zu, wie bei Kindern.

Die Waffen? Sie schwört, zu Hause niemals welche gesehen zu haben. Die Abzeichen? Sie sagt, das sei nur das Wappen von Monte-Carlo.

Und schließlich betrachtet sie Christine als am Tod ihres Vaters schuldig, aber sie erstattet Anzeige gegen mich, Ida.

Beim Weggehen nimmt sie im Hof Habachtstellung ein. Sie salutiert mit dem Hitlergruß und schreit:

»Ich schwöre, daß ich meinen Vater rächen werde. Ich werde Ida töten.«

Die Gendarmen stecken mich hinter Gitter.

»Nur um dich zu schützen. Deine Schwester ist gefährlich.«

Kurz darauf erscheint wieder ein Polizist, der mit mir sprechen will: »Sag uns, ob bei dir zu Hause noch weitere Waffen sind. Es besteht das Risiko, daß deine Schwester sich ihrer bedient.«

»Im Keller befindet sich eine umgebaute Gasflasche. Sie ist voll mit Waffen. Und dann gibt es noch ein anderes Versteck.«

»Noch mehr? Nach allem, was wir schon konfisziert haben?«

Sie beeilen sich, unser Haus zu erreichen, bevor Mathilde eintrifft, die zu Fuß gegangen ist.

Als sie ein wenig später wiederkommen, breiten sie das, was sie gefunden haben, auf einem Tisch aus und machen eine Liste:

- eine Pistole mit tschechischem Fernglas
- eine 22er LR
- einen Schalldämpfer
- eine Granate
- 58 Parabellum-Patronen 9 mm
- 15 Patronen in einer Niveadose
- Schwarzpulver in einer Plastiktüte
- 2,85 m Zündschnur

Wenn ich nur daran denke, daß Mama glaubte, diese Flasche nicht anfassen zu dürfen, weil es Propan- und nicht Butangas sei!

Die Gendarmen sagen mir, daß sie sogar in der Hundehütte Waffen gefunden hätten. Als die Untersuchungsrichterin später die Gendarmen bittet, das ›Buch der Folterungen‹ zu beschlagnahmen, sind mehrere Mitglieder der nationalistischen Partei im Haus und hindern sie, ins Haus zu gehen. Sie erklären den Polizisten, gut informiert, daß sie nicht ohne Durchsuchungsbefehl hineindürfen. Die Gendarmen kehren um und rufen die Richterin an. Sie erscheint an Ort und Stelle, begleitet von ihrer Urkundsbeamtin, um festzustellen, daß mitten im Juli Papiere und Bücher im Kamin brennen …

Mein Vetter Pié-Pierre erscheint völlig verwirrt in der Gendarmerie. Er sieht mich auf meinem Stuhl, während ich noch einmal von einem Gendarmen verhört werde. Er macht mir ein kleines Zeichen und sagt:

»Ida, was hast du denn jetzt wieder angestellt?«

Ich möchte ihn beruhigen. Er ist so lieb zu mir.

»Keine Sorge, Pié-Pierre. Ist nicht schlimm.«

»Ich bin froh, daß du dich nicht unterkriegen läßt.«

Er ist ein bißchen weniger beunruhigt, als er fortgeht.

Die Gendarmen finden es ungewöhnlich, daß ich so entspannt erscheine.

Ich antworte, das sei einfach so.

Es stimmt, ich fühle keine Reue in bezug auf meine Tat. Ich mußte sie durchführen. Ich hatte keine Wahl.

»Meistens geraten die Leute nach einer solchen Tat in Panik«, sagt mir einer der Gendarmen. »Manche heulen. Und sogar Männer, die viel robuster sind als du.«

»Heulen soll ich?« antworte ich.

Er versteht, was ich sagen will.

Warum soll ich Tränen vergießen? Ich bin erleichtert, meine Tat vollendet zu haben. Ich habe meiner Schwester das Leben gerettet. Mama und ich werden nicht mehr zusammengeschlagen werden. Er wird uns nicht mehr damit drohen können, uns im Auto mit einer Granate in die Luft zu jagen.

Aber ich weiß, daß ich ins Gefängnis kommen werde. Ich habe meinen Vater ermordet.

Ich sage zu einem Gendarmen: »Eigentlich hätten Sie das tun müssen, nicht ich.«

Er schaut mich an und schüttelt mit dem Kopf. »Du weißt genau, daß wir das nicht tun konnten.«

Selbst der Kumpel meines Vaters, der den gleichen Ideen anhängt wie er, ist recht nett zu mir.

Einmal will ein Gendarm Vorsichtsmaßnahmen treffen. Er mißtraut mir.

»Du rührst dich nicht!«

Ich gebe zurück: »Du brauchst keine Angst vor mir zu haben. Ich bring' dich schon nicht um.«

Ich habe *du* zu ihm gesagt. Wenn ein Erwachsener mich duzt, dann duze ich ihn auch.

Am Nachmittag bin ich mit einem Gendarmen allein. Einem gutmütigen, dicken Rotblonden von ungefähr dreißig Jahren. Plötzlich verspürt er Hunger und bekommt Lust, zur Bäckerei zu gehen, aber er darf mich nicht allein lassen. Er überlegt, dann beschließt er, mich mitzunehmen.

Bei der Bäckerei angekommen, ist es ihm peinlich, mich mit Handschellen hineingehen zu lassen.

»Nimm sie mir ab, wenn du willst.«

Er zögert.

Ich ermutige ihn.

»Ja doch, kannst du ruhig.«

»Und du haust nicht ab?«

Was denken die bloß alle, daß sie fürchten, ich könnte ihnen im ersten unbewachten Moment davonlaufen? Ich habe nicht die geringste Lust dazu. Ich fühle mich in Sicherheit bei ihnen, denn sie sind nett zu mir. Solange ich in ihrer Nähe bin, brauche ich keine Angst zu haben.

Ich verspreche dem Gendarmen, ruhig zu bleiben, und er nimmt mir die Handschellen ab.

Gemeinsam betreten wir die Bäckerei. Er kauft sich ein Sandwich mit Tomaten, Ei und Thunfisch, und ich nehme eine Tafel Schokolade.

Draußen legt er mir die Handschellen wieder an.

»Ich bedanke mich bei dir, meine Kleine.«

»Wieso?«

»Weil du nicht abgehauen bist. Du bist brav gewesen. Wenn nicht, dann hättest du mich gezwungen, hinter dir herzurennen, und ich hätte eins auf die Finger gekriegt.«

Dann, als er hinter seinem Schreibtisch sitzt, zwirbelt er die Enden seines großen Schnurrbarts. Ich finde das komisch. »Hast du es nicht satt, dauernd deinen Schnurrbart zu zwirbeln?«

»Nein, das ist ein Tick.«

Ich, ich kann nicht mehr stillsitzen. Ich laufe im Büro hin und her, und er schimpft ein bißchen.

»Hör auf rumzuzappeln. Hast du Würmer, oder was ist los?«

Als ob er mit einem Kleinkind redete.

Ich setze mich an den Schreibtisch auf seinen Platz, spiele mit den Büroklammern und falte Papiervögel.

Der Gendarm zeigt mir, wie man auf der Schreibmaschine schreibt. Aber die Vorstellung, daß seine Kollegen ihn hier so locker mit mir sehen könnten, beunruhigt ihn.

Tatsächlich kommt ein anderer Gendarm herein und entdeckt mich am Schreibtisch.

»Na so was!« ruft er aus. »Da ist ja ein neuer Gendarm!«

Ich lächele ihn an.

Natürlich weiß ich, daß ich ein schweres Verbrechen begangen habe: Ich habe meinen Vater getötet. Aber ich bin nach wie vor überzeugt, daß ich nicht anders konnte.

Für mich ist er tot und doch nicht tot. Ich kann es noch nicht glauben. Aber die Stunden vergehen, und ich bereue es nicht. Ich bin erleichtert.

Hier fühle ich mich verstanden. Die Gendarmen kümmern sich um mich, ohne mich anzuschreien oder mich zu schlagen. Sie reden mit mir, als ob ich ihre Tochter wäre.

Ich bekomme noch mal von meiner Schwester Edwige Besuch, die mir ein Sandwich bringt. Sie hat keine Lust mehr, mich zu ohrfeigen.

Eines erleichtert mich unheimlich: Ich kann meine falsche Aussage gegen Christine zurückziehen. Ich erkläre, daß ich unter Gewaltandrohung meines Vaters falsch ausgesagt habe und daß er mir Fußtritte in den Bauch gegeben, mich zu Boden geworfen und an den Haaren gezogen hat. Mit dem Ziel, daß meine Schwester angezeigt würde und man sie suchen ginge.

Die Nacht verbringe ich nicht in La Bassée. Die Gendarmen fürchten, daß Mathilde mit einer Bande von Wildgewordenen zurückkommen könnte. Daher bringt man mich in das Kommissariat in Lille.

Ich finde keinen Schlaf. Es ist meine zweite schlaflose Nacht. Ich laufe wie ein Tier in meinem Betonkäfig im Kreis. Das Bett ist aus Zement und ohne Decken. Es ist kalt, und das mitten im Hochsommer.

Ich denke an die Fotos, die die Gendarmen gemacht haben, als sie an den Tatort kamen. Man hatte mich vor eine Tür gestellt, schön gerade und mit hängenden Armen. Ich kam mir komisch vor. Wie festgenagelt.

Der Gendarm hat auch Aufnahmen von dem Haus gemacht. Die vordere Fassade mit der Fichte und dem Wagen meines Vaters. Die Rückseite mit dem Hundezwinger, dem Hühnerstall und der Wäscheleine. Dann eine Ansicht der Leiche meines Vaters mit dem Buchstaben ›A‹ auf einem kleinen Schild, das man auf seinem Rücken befestigt hatte. Er liegt auf der Seite, umgeben von Kopfkissen und den geblümten Laken. Er sieht wirklich aus, als lutsche er am Daumen – es fehlt nur noch der Teddybär.

Auf einem anderen Foto sieht man zwei Hände in Gummihandschuhen, die das Loch zeigen, durch das die Kugel in den Schädel eingedrungen ist.

Es gibt Aufnahmen von der Patrone, die in das Kinderbettchen von Erika gefallen ist. Und von der Waffe, die in den weißen Lappen gewickelt auf der Standuhr liegt, neben einer Statue eines sich aufbäumenden Pferdes auf einem Spitzendeckchen. An der Wand ein Porträt von meinem Vater.

Ein Foto zeigt die 22er Pistole Long Rifle. Auf anderen

Bildern sieht man die Wände meines Schlafzimmers, Mathildes Wand mit allen ihren Nazi-Postern und Abzeichen. Dort hängt auch das Wahlplakat, das meinen Vater zeigt, als er für die PNFE für die Gemeindewahlen kandidiert hat.

Im Hauseingang hängt ein weiteres Porträt, das ihn mit dem nationalistischen Symbol, dem Kreuz in einem Kreis, zeigt.

Auf einem Foto ist Mathilde in Uniform zu sehen, wie sie den Nazi-Gruß vollführt. Ein anderes zeigt die Ecke des Eßzimmers mit den Waffen an der Wand: Äxte und Handwaffen, die mein Vater selbst angefertigt hat.

Am Morgen holt man mich aus meiner Zelle und bringt mich vor den Richter in Lille.

Endlich sehe ich meine Schwester Kiki wieder. Sie steht mit ihrem Freund Mütze vor der Tür des Kommissariats und schreit: »Das ist meine Schwester Ida! Laßt sie frei!«

Aus dem Polizeiwagen mache ich den beiden ein kleines Zeichen mit den Handschellen.

Daraufhin dreht sie völlig durch: »Diese Schweine! Sie haben ihr Handschellen angelegt!«

Der Polizist wird nicht wütend. Er schaltet einen Gang langsamer, kurbelt das Fenster herunter und sagt ihr, daß ich zum Gericht gefahren würde, wo sie mich sehen könnte.

Kiki rennt los, so schnell sie kann. Mütze folgt ihr.

Im Gericht warte ich auf dem Flur. Wenig später kommt Kiki völlig außer Atem an.

»Danke! Danke, meine Dada! Du hast mir das Leben gerettet!«

Ich bin so glücklich, sie wiederzusehen. Sie versucht, mich aufzumuntern, aber man holt mich ab.

Sie fleht: »Bitte, lassen Sie sie los! Ida, ich will nicht, daß du ins Gefängnis kommst!«

Ich drehe mich um.

»Keine Sorge, Kiki. Ich werde nachher mit dir nach Hause gehen.«

Sie bricht in Tränen aus.

Ich versuche, sie zur Vernunft zu bringen.

»Bleib nicht hier. Geh nach Hause und versuche, Mathilde zu beruhigen. Sie will mich umbringen.«

Sie läuft zu mir, umarmt mich und zieht bedrückt davon.

Man läßt mich in einem kleinen Zimmer warten.

Natürlich ist mir bewußt, daß ich ins Gefängnis kommen werde, aber diese Vorstellung bereitet mir keine große Angst. Immerhin werde ich dort nicht geschlagen und bedroht werden, solange ich keine Dummheiten mache. Was ist schon das Gefängnis, verglichen mit der Angst, die ich seit meiner Kindheit jeden Tag auszuhalten habe?

Schließlich werde ich in das Büro des Richters gerufen.

Es ist eine Frau, Madame Françoise Mascaut. Sie ist jung und spricht mit sanfter Stimme. Sie hört mir genau zu. Ich denke, sie muß Kinder haben.

Sie fragt mich, ob ich die Tat zugebe.

Ich sage ja. Ich bestätige alles, was ich den Gendarmen gesagt habe. Ich gebe meine Schuld zu, aber ich füge hinzu, daß ich nur die Wahl hatte: er oder Christine. Oder meine ganze Familie. So oder so, es hätte Tote gegeben. Davon bin ich überzeugt.

Die Richterin sagt mir, daß ich vorübergehend inhaftiert werde und daß es einen Haftbefehl gegen mich gebe.

Ich bin des Vatermordes beschuldigt und angeklagt.

Es ist nicht das erste Mal, daß ich meine Personalien aufsage, und es wird auch nicht das letzte Mal bleiben. Ich habe mich schon daran gewöhnt.

Die Richterin fragt mich, ob ich einen Anwalt haben möchte.

Ja, das möchte ich.

Da Mama kein Geld hat, wird mir einer von Amts wegen zugewiesen.

Als mir bewußt wird, daß ich tatsächlich ins Gefängnis komme, breche ich schließlich doch noch zusammen. Ich bin erschöpft. Ich habe seit zwei Nächten nicht geschlafen. Um mich herum fühle ich große Leere. Ich weiß nicht mehr, wo ich bin.

Die Richterin versucht mich zu trösten. Ich weiß, daß sie eine strafrechtliche Voruntersuchung gegen meinen Vater durchgeführt hat. Sie kennt ihn, sie weiß von seinen nationalistischen Überzeugungen und seinem ausgeprägten Hang zur Gewalttätigkeit.

»Ida, mir ist es selber unangenehm, dich ins Gefängnis zu schicken. Es tut mir wirklich leid, aber ich kann dich nicht nach Hause gehen lassen. Deine Schwester Mathilde nimmt es dir zu sehr übel.«

Sie sagt mir auch, daß ich nicht ins Gefängnis gehöre, und daß sie mich herausholen werde, sobald sie könne. Sie erklärt mir, daß ich nur so lange im Gefängnis bleiben werde, bis ein Heim für mich gefunden wird. Sie wird eine Lösung für mich suchen.

Ich bin sicher, daß sie es versuchen wird.

## Zelle 102

Die Ankunft im Gefängnis von Loos in der Nähe von Lille ist einschüchternd. Es ist ein großes, tristes Gebäude an der Autobahn. Als erstes fallen mir die vielen Aufseherinnen ins Auge. Ich habe oft von ihnen reden gehört, und ich habe auch welche in den Gefängnissen gesehen, in denen mein Vater inhaftiert war.

Ich bekomme eine Haftnummer: 033327 F.

Ich behalte die Ziffern gleich beim ersten Mal. Sie sind für immer in meinen Kopf geschrieben, zusammen mit einem ganzen Haufen unangenehmer Erinnerungen, die ich niemals vergessen werde.

Eine Aufseherin gibt mir ein Handtuch, einen Waschlappen, eine Zahnbürste, einen Kamm und Seife. Sie legt noch Monatsbinden dazu. Die werde ich nicht brauchen. Mit siebzehn Jahren habe ich noch keine Regelblutungen. Aber davon sage ich nichts.

Im Gefängnis von Loos gibt es keine Abteilung für Minderjährige, also werde ich eine Zelle mit drei Frauen teilen, die Zelle 102.

Die Richterin hat persönlich im Gefängnis angerufen, damit man mich nicht in eine Zelle mit brutalen Frauen oder mit aggressiven Lesbierinnen steckt, denen ich wegen meines Alters und meiner Unerfahrenheit nichts zu entgegnen wüßte.

Sobald mir irgend etwas zustößt, soll ich die Richterin benachrichtigen, denn für sie bin ich noch ein Kind und muß beschützt werden.

Kaum betrete ich die Zelle, fixiert mich eine der Frauen und sagt:

»Du brauchst uns deine Story nicht zu erzählen, wir haben dich im Fernsehen gesehen!«

Schlagfertig gebe ich zurück: »Ich habe gar nicht die Absicht, meine Story zu erzählen.«

»Also, du nimmst das Bett dort.«

Ich lege meine Sachen darauf ab.

»Hör mal, Kleines, du hast ja wirklich Schneid gehabt!«

»Halt den Mund und schlaf!« antworte ich.

Sie lacht laut los.

»Na so was! Sie schnauzt mich an, und dabei ist sie noch ein Kind!«

»Wir reden morgen darüber. Gute Nacht!«

Sie sehen aus, als seien sie über mein Auftreten mehr als überrascht.

In der Zelle gibt es vier Betten, einen Fernseher, ein Waschbecken und ein Klo hinter einem Vorhang. Das wird merkwürdig sein, vor Leuten, die man nicht kennt, aufs Klo zu gehen. Wie soll ich das hinkriegen?

Eine Aufseherin in einem grauen Kostüm kommt mit einem großen Schlüsselbund herein. Sie wirkt streng, aber sie ist nett.

»Das wird hart für dich werden, mein Kleines.«

Ich beruhige sie.

»Oh, es geht schon, es ist nicht zu hart.«

Sie lächelt mich freundlich an und geht wieder. Ich höre, wie sich der Schlüssel dreht.

Es hallt. Im Gefängnis hallt alles. Die Geräusche werden vervielfacht.

An diesem Abend bin ich müde. Ich habe schon lange

nicht mehr geschlafen. Ich lege mich ins Bett und schlafe sofort ein.

Als ich am Morgen gegen acht Uhr aufwache, sind die drei anderen schon lange auf.

Die Aufseherin kommt herein.

»Aufgestanden! Geh dir dein Frühstück holen!«

Sie kommen zu mir.

»Alles okay?«

»Ja, ja.«

Eine von ihnen macht mir mein Frühstück.

Soviel Freundlichkeit treibt mir die Tränen in die Augen. Ich bedanke mich mehrmals.

»He, Kindchen! Du wirst uns doch nichts vorweinen!« sagt sie zu mir.

Danach machen sie Wasser heiß, weil es kein Warmwasser gibt, und zeigen mir, wie man sich ohne Dusche wäscht. Man füllt die Schüssel mit Wasser und stellt sie auf ein Brett, das man auf das Klo ohne Deckel gelegt hat. Man zieht den Vorhang zu. Man wäscht sich.

Ich tue alles, was sie sagen. Es ist, als ob sich drei Mamas um mich kümmerten.

Sie geben mir Papier und Stifte. Um ihnen zu danken, schenke ich jeder eine Zeichnung. Ganz zufrieden hängen sie sie mit Reißzwecken an ihre Wand.

Unter den drei Frauen ist eine Prostituierte, die seit acht Monaten hier einsitzt. Sie sieht ganz und gar nicht aus wie eine Prostituierte. Sie ist eine schöne Frau mit blonden Haaren und einer dicken Strähne und gut angezogen.

Die zweite ist wegen Drogenhandels hier.

Die dritte wegen Verkaufs von Medikamenten per Telefon. Vermutlich von Medikamenten, die als Drogen dienten.

Die Tage kommen mir hier kurz vor. Ich schlafe unheimlich viel. Ich habe keine Angst vor Prügel. Es ist fabelhaft, nicht mehr in Angst leben zu müssen.

Ich weiß weder, wie lange ich hier bleiben werde, noch, was anschließend geschehen wird. Ich werde für meine Tat bezahlen. Ich bin bereit, die Strafe zu akzeptieren.

Wir hatten in der Hölle gelebt. Das mußte ein Ende haben. Mein Vater war am Ende wirklich zu böse und brutal. Er ist zu weit gegangen, und er ist in seinem Haß durchgedreht. Ich habe überlegt und überlegt. Ich wollte eine Lösung finden. Und die einzige Idee, die mir kam, war, ihn zu töten.

Wenn er wenigstens noch, wie in früheren Jahren, von Zeit zu Zeit nett gewesen wäre, dann hätte ich es nicht getan.

Meine drei Zellengefährtinnen behandeln mich, als wäre ich ihre Tochter. Sie sind unheimlich aufmerksam.

»Kannst du deine Wäsche waschen?«

»Ich kann Wäsche waschen, aber ich habe es noch nie mit der Hand gemacht.«

»Dann machen wir das für dich.«

So ist es mit allem. Was ich ihnen vor allem hoch anrechne, ist, daß sie mir keine Fragen stellen.

Heute haben wir Duschtag. Das darf ich nicht versäumen, wir haben nur zweimal in der Woche Gelegenheit. Ich träume davon, ein richtiges Bad mit ganz viel Schaum zu nehmen. Das wäre das wahre Glück! Na ja, ich werde mich mit der Dusche begnügen.

Bevor man unter den Wasserstrahl tritt, wird man allerdings gründlich durchsucht.

Der Duschraum ist trist, aber vor allem hatte ich nicht gewußt, daß jede von uns nur zehn Minuten Zeit hat. Für mich zu wenig, mir die langen Haare zu waschen. Und dabei bin ich so reinlich und nehme mir gern Zeit beim Waschen. Nach dem Duschen muß man sich abermals untersuchen lassen.

Meine Gefährtinnen haben einen Eimer mit heißem Wasser mitgebracht, um den Fußboden in der Zelle zu wischen.

Ich will ihnen helfen, doch sie lassen es nicht zu.

»Wißt ihr, zu Hause habe ich auch den Fußboden gewischt.«

»Setz dich auf dein Bett und mucks dich nicht.«

Sie wollen mir alle Haushaltspflichten ersparen. Und jedesmal bringt mich ihre Freundlichkeit zum Weinen. Sie haben mir erklärt, wie man in der Gefängnis-Kantine einkaufen kann. Sehr wichtig. Vor allem für Zigaretten. Ich rauche drei Päckchen pro Tag. Die ersetzen ein bißchen das, was ich genommen habe, um die Prügel meines Vaters auszuhalten. Am meisten fehlt mir die Gummilösung, die mich lachen machte. Wenn ich kein Geld habe, schenken mir meine Gefährtinnen ihre Zigaretten.

Man braucht Geld im Gefängnis! Es ist eine ständige Sorge. In der Kantine einzukaufen, das hilft durchhalten. Alles ist teuer. Zum Beispiel kostet ein Feuerzeug für vier Francs im Gefängnis siebzehn Francs. Mütze, Kikis Freund, hat mir fünfhundert Francs geschickt.

Im Gefängnis wird viel getauscht. Den Frauen fehlt es immer an Monatsbinden. Diese Sorge taucht in den Gesprächen auf. Ich brauche keine und tausche die, die man mir gegeben hat, gegen Stoffsandalen. Sie haben bemerkt, daß ich in meinen Plastikschuhen vor Hitze umkam.

Bei der Arztvisite hat mir der Doktor gesagt, daß das Familientrauma der Grund sei, warum ich meine Regel noch nicht bekommen hätte. Ich sei völlig blockiert gewesen. Er meint, wenn alles besser geht, werde ich meine Regel bekommen.

Und ich, ich habe Angst, ganz plötzlich alt geworden zu sein und mit siebzehn Jahren die Menopause zu haben.

Ich habe einen Aids-Test gemacht. Er ist negativ. Ich weiß nicht viel über Aids, aber ich weiß, daß diese Krankheit tödlich ist, und vor dem Tod habe ich Angst.

Die Häftlinge, die Aids haben, werden getrennt gehalten, sogar beim Spaziergang. Man weiß, daß sie krank sind. Es ist hart für sie, ausgesondert und wie Pestkranke angesehen zu werden.

Bei dem Spaziergang renne und renne ich. Gleich im Flur starte ich los.

»Rennen verboten!« ruft die Aufseherin hinter mir her.

Ich gehorche nicht, sondern laufe weiter.

»He da! Paß auf!« sagt sie zu mir.

Aber sie hat gesehen, daß es keine Bosheit ist.

Ich renne so schnell ich kann. Das tut mir gut.

Heute habe ich keine Zeit, die ganze Runde zu laufen. Mehrere Frauen umringen mich. Was wollen sie von mir? Ich kriege Angst. Ich fange an zu schreien.

»Schrei nicht«, sagt eine von ihnen. »Wir wollen mit dir reden. Wir sind Araberinnen, und wir wollen dir danken, daß du einen gefährlichen Rassisten getötet hast. Danke, Ida!«

Ich habe noch immer Angst. Sie sind zu viele. Sie reden zu laut. Ich habe das Gefühl, sie überrumpeln mich.

»Ich will in die Zelle zurück. Ihr macht mir angst.«

Die Aufseherin kommt und treibt sie auseinander. Sie bringt mich in die Zelle zurück.

Dieses Ereignis ist mir in die Knochen gefahren. Ich weiß, daß mir diese Frauen nichts antun wollen, ganz im Gegenteil. Aber es waren zu viele. Ich konnte nichts dagegen tun, ich habe Angst gekriegt.

An den darauf folgenden Tagen wage ich es nicht mehr zum Spaziergang zu gehen. Ich bleibe in der Zelle und sehe fern. Meistens surreale Pop-Video-Clips und Zeichentrickfilme. Einmal habe ich meinen Lieblingschauspieler gesehen, Pierre Richard.

Mist, man kommt mich holen.

»Beaussart Ida! Besuch!«

Ich stehe auf.

Im Gefängnis weiß man nie, wann man Besuch haben wird. Ausgerechnet an dem Tag, da man sich darauf freut, kommt niemand. Das macht Streß. Manche Frauen, die Kinder haben, geraten ganz außer sich. Sie wiederholen ständig die gleichen, nervtötenden Fragen: »Wann kann ich meine Kinder sehen? Meinen Mann? Hat der Richter es genehmigt?«

Es wird unheimlich viel gegrübelt im Gefängnis. Es brodelt nur so in den Köpfen!

Man darf nicht glauben, daß die Aufseherinnen verrohte Charaktere seien. Manche sind im Gegenteil sehr menschlich und einfühlsam. Ein freundliches Wort, ein Trost, eine kleine Gunst … Sie wissen, wie man die Häftlinge ein wenig aufmuntern kann.

Mit mir reden sie wie mit einem Kind. Man könnte meinen, sie haben ständig Angst, mir könnte was zustoßen.

An diesem Tag bringt mich die Aufseherin ins Besuchszimmer, einen großen, karg möblierten Raum. Wir warten in der Schlange, bis wir aufgerufen werden, jede an einen anderen Tisch.

Endlich bin ich an der Reihe.

Es ist Mama, die mich besuchen will. Sie wirkt müde und traurig. Sie flößt mir Mitleid ein. Mein Vater war immerhin ihr Ehemann. Aber sie wirft mir nichts vor, nimmt mich statt dessen liebevoll in die Arme. Kiki ist auch gekommen. Meine Kiki!

Sie haben mir Plätzchen mit Marmelade mitgebracht. Ich danke ihnen, aber ich weiß, daß ich davon keine essen werde. Ich habe nie Hunger.

Eigentlich haben wir uns so viel zu sagen, aber wir sind befangen, weil wir wissen, daß wir nur eine halbe Stunde haben.

»Du riechst nach Zigarettenrauch«, sagt Mama. »Wie viele rauchst du am Tag? Beinahe zehn?«

»Meine arme Mama, ich rauche nicht nur ein paar Zigaretten, ich rauche drei Pakete am Tag!«

Sie fängt an zu weinen.

»Ida, du ruinierst dir deine Gesundheit.«

»Wie ist es im Gefängnis?« fragt Kiki. »Ich würde das gerne mal sehen.«

»Vertritt mich hier, und ich nehme dafür deinen Platz draußen.«

Wir müssen beide lachen. Sie drückt mir einen Kuß auf die Wange und läßt mich während der halben Stunde ihre Zigaretten rauchen. »Dann kannst du deine noch in der Zelle rauchen.«

Wenn ich erst einmal aus dem Gefängnis raus bin, werden Kiki und ich unzertrennlich sein. Ich bereue nicht, was ich für sie getan habe.

Schon ist die halbe Stunde zu Ende gegangen – es kam mir vor wie fünf Minuten. Ich habe das Gefühl, nur guten Tag gesagt zu haben. Es ist schrecklich hart. Ich versuche, ein bißchen länger zu bleiben. Aber die Aufseherinnen kennen den Trick und zwingen mich, aufzustehen.

»Meine Damen! Zurück in Ihre Zellen!«

Eine Frau bricht in Tränen aus. Sie klammert sich an den Tisch. Sie bettelt. Zwei Aufseherinnen kommen sie holen und führen sie freundlich zum Ausgang.

Jetzt kann auch Kiki die Tränen nicht länger zurückhalten. Zum Abschied gibt sie mir noch einen Kuß.

»Meine Dada, ich will dich nicht im Gefängnis lassen.«

Ich versuche sie zu trösten. »Weißt du, Kiki, eines Tages komme ich raus. Dann verwirklichen wir unsere Träume.«

Als ich das Besuchszimmer verlasse, zwinge ich mich, nur an diesen schönen Plan zu denken. Aber ich kann nicht umhin, mich noch einmal zu Mama und meiner Schwester umzudrehen. Mamas Gestalt flößt mir jetzt noch mehr Mitleid ein als bei der Ankunft. Sogar im Hochsommer trägt sie ihren Regenmantel. Sie hat nicht viele Kleider zum Anziehen. Eitelkeiten ist sie nicht gewöhnt.

Ich kämpfe gegen die Tränen an. Die meisten Häftlinge jedoch weinen auf dem Rückweg in ihre Zellen. Zurück in meiner Zelle 102, fühle ich eine große Leere.

Mama besucht mich noch ein weiteres Mal. Kiki kommt öfter, ein paarmal sogar in Begleitung ihres Freundes Mütze. Ich erfahre, daß das der Richterin Mascaut zu verdanken ist.

Kiki berichtet mir, daß Mathilde nicht mehr die Absicht hat, mich umzubringen. Aber sie nimmt es Mama übel, daß sie mich im Gefängnis besucht.

Ich erfahre auch, daß mein Vater auf dem Friedhof seines Geburtsortes, in Haubourdin, beerdigt worden ist. Er hatte sich ein Keltenkreuz auf seinem Grab gewünscht, und er hat es bekommen. Seine Parteifreunde haben dem Leichenbegängnis in Uniform beigewohnt und den Nazi-Gruß vollführt. Die Grabstätte soll von Blumen übergequollen sein. Vermutlich wäre er zufrieden gewesen mit dieser guten Organisation.

Man sagt, daß alte Kumpel meines Vaters mir an den Kragen wollen und daß Mama bei einer Parteiversammlung meinen Tod gefordert habe. Ich nehme es ihr nicht übel. Sie ist hin- und hergerissen. Aber ich weiß, daß sie mich lieb hat. Sie wird immer meine Mutter bleiben.

Nachts denke ich oft an die Brutalitäten, die ich erlitten habe, und an die Unternehmungen der Parteimitglieder. Manche, nicht alle, sind echt gefährlich. Ihnen würde ich durchaus zutrauen, daß sie einen Unfall arrangieren, bei dem ich ums Leben komme.

Ich sitze auf dem Gefängnishof und male mit den Fingern meinen Vornamen in den Sand: IDA. Damals am Kanal, als ich einen Frachtkahn namens ›Ida‹ vorbeiziehen sah, da war mir das ganz komisch erschienen. Als würde meine unbedeutende Person ein wenig aufgewertet. Die Erinnerung führt mich auf die Frage, ob ich denn eines Tages nach Salomé zurückkehren oder gar wieder in dem selben Haus wohnen werde? Wie würden meine Mutter und meine Schwestern bei meiner Rückkehr reagieren?

Auf dem Gefängnishof rede ich eigentlich nie mit jemandem. Ich starre auf den Sand und kratze darin herum. Plötzlich habe ich das Gefühl, beobachtet zu werden. Ich hebe den Kopf und fange den Blick eines Mädchens auf, das ich noch nie gesehen habe.

Sie kommt ganz langsam näher und lächelt mich an. Ich spüre sofort Vertrauen zu ihr. Ich sage mir, daß sie mindestens fünfundzwanzig sein muß, vielleicht siebenundzwanzig, aber sie schüchtert mich nicht ein.

Sie stellt sich vor.

»Ich heiße Florida.«

»Und ich Ida.«

Sie setzt sich in meine Nähe.

»Stört es dich, wenn ich dich anspreche? Ich bin extra aus meiner Zelle gekommen, um mit dir zu sprechen. Du könntest meine kleine Schwester sein.«

Ich erfahre, daß auch sie ein trauriges Leben hat. Sie ist ganz allein: Keine Eltern, keine Freunde. Niemand. Und außerdem nehmen ihr auch manche übel, daß sie Araberin ist.

Sie weiß, daß ich die Tochter eines Rassisten bin, der alle Araber haßte, aber sie sucht dennoch meine Freundschaft.

Ich überlege, was wohl mein Vater gedacht hätte, wenn er eine so nette Araberin wie sie gesehen hätte. Oh! Er war zu haßerfüllt und zu verbissen, um sich von seinem Vorurteil abbringen zu lassen.

An diesem Tag kommt mir der Spaziergang im Gefängnis viel zu kurz vor. Wir verabreden uns für den nächsten Tag um die gleiche Zeit. Als ich in meine Zelle zurückgehe, sage ich mir, daß ich eine Freundin habe. Und am Abend schreibe ich ein Lied für sie: »Man hat nur eine Mama.« Aber ich verstecke den Text, ich will nicht, daß jemand ihn liest.

Eine wahre Freundin – hat man davon auch nur eine einzige?

Wenn ich doch die Zelle mit Florida teilen könnte! Wie

kann man das anstellen? Unmöglich. Im Gefängnis darf man nicht wählen. Es ist eine Lotterie. Die Frauen sind übrigens bei ihrer Ankunft im Gefängnis ganz ungeduldig zu erfahren, mit wem sie zusammenkommen. Zu viert in einer kleinen Zelle ohne Komfort, da muß man sich gegenseitig ertragen.

In meiner Zelle hat sich die Situation für mich ein wenig verschlechtert. Die Prostituierte und die Frau, die die Medikamente per Telefon verkauft hat, sind nach wie vor nett zu mir. Aber die Drogenhändlerin steht mir mittlerweile feindselig gegenüber, sie ist eifersüchtig auf mich, weil ich von den anderen verwöhnt werde. Überdies ist sie ungepflegt und macht ständig Dreck.

Sie will auch nicht, daß ich fernsehe, weil ich meinen Anteil nicht bezahle. Die beiden anderen haben ihn mir erlassen. In ihren Augen bin ich ein Kind und darf gratis von den Programmen profitieren.

»Behalt dein Geld«, sagen sie zu mir.

Die Drogenhändlerin beginnt zu toben, wird aber von der Prostituierten in ihre Schranken verwiesen.

»Das Mädchen ist minderjährig. Gib endlich Ruhe!« Die beiden netten Frauen interessieren sich nicht fürs Fernsehen, aber sie stimmen ab wie ich: Für die Pop-Video-Clips. Die Böse mag nur die Spielsendungen. Mit einer Stimme gegen drei hat sie das Nachsehen.

Das Fernsehen vertreibt einem die Zeit, schafft indes auch Zwietracht bei der Auswahl der Programme und verurteilt einen zur Passivität.

Mein Lieblingsclip ist ›Mirador‹ von Johnny Halliday. Das Lied erzählt das Leben eines Häftlings. Johnny steht im Gefängnis hoch im Kurs. Bei den Frauen wie bei den Männern. Wenn er singt, dann wissen wir, daß er uns versteht.

An einem Morgen, während ich meine Toilette mache, klaut mir ›Drogenhandel‹ meine Fernbedienung und versteckt sie. Daraufhin stürzen sich die beiden anderen auf sie und packen sie im Schwitzkastengriff. Es geht brutal zu, und die Rauferei ruft seltsame Erinnerungen in mir wach.

Die Aufseherin hat das Geschrei gehört und eilt in unsere Zelle.

Am nächsten Tag bringt man ›Drogenhandel‹ in eine andere Zelle, und ein Wunder geschieht: Florida zieht an ihren Platz. Ich kann es nicht fassen!

Sie kommt herein, sanft und hübsch mit ihren beiden schwarzen Zöpfen. Sie umarmt mich und summt: »Man hat nur eine Mama«, das Lied, das ich nur für sie geschrieben und ihr inzwischen gezeigt habe.

Meine beiden Zellengefährtinnen akzeptieren Florida spontan. Für sie ist entscheidend, daß ich zufrieden bin.

Mit der Zeit erfahre ich etwas mehr über Florida. Sie hat keinen Beruf. Um zu überleben, hat sie Drogen verkauft, aber sie selber nimmt keine. Das sieht man ihr auch an, denn ihr Gesicht strahlt vor Gesundheit. Sie hat schöne Haut und lebhafte Augen. Sie ist immer hellwach und aufmerksam, aber nicht zu nervös und auch nicht überdreht. Genau die Art von Mensch, bei der ich mich sicher fühle.

Wir sprechen über Drogen im Gefängnis. Ich sehe viele Frauen hier, die drogenabhängig und am Ende sind. Ich werde die Grenzen zur Sucht und Selbstaufgabe niemals überschreiten, das weiß ich.

Die Aufseherinnen nehmen ständig Leibesvisitationen vor, um Drogen zu finden. Es kann einem jeden Augenblick passieren, daß man überprüft und während des Spaziergangs zu einer Durchsuchung in die Zelle gerufen wird. Auch mit Alkohol wird im Gefängnis viel gehandelt.

Ich selber trinke nicht, aber ich kann verstehen, daß man Lust hat, sich einen anzutrinken und die Probleme zu vergessen. Denn im Gefängnis, da scheinen sich sämtliche Probleme der Menschheit wie in einem Brennspiegel zu sammeln und zu bündeln.

Eines Tages führt ein Streit im Besuchszimmer zu einer Prügelei. Die Aufseherinnen schicken alle in die Zellen, während eine Inhaftierte kreischt. Ihr Geschrei hallt grauenhaft durch die Korridore. Ihr Mann hat ihr gerade eröffnet, daß er sie verläßt. Das macht sie wahnsinnig. Sie hat Kinder, und sie hat natürlich erkannt, daß bei der schweren Strafe, die sie abbüßen muß, das Risiko besteht, sie nicht wiederzusehen. Das ist für sie nicht zu ertragen.

Überhaupt ist die Trennung von den Kindern für die meisten das schlimmste hier. Manche versinken in Apathie und Verzweiflung.

Bei den Spaziergängen habe ich auch sehr junge Häftlinge gesehen: Kinder. Sogar Babys. Das kommt mir seltsam vor. Sie sind im Gefängnis geboren. Sie haben nichts verbrochen und sind dennoch eingesperrt. Ob sie sich dessen bewußt sind? Sich später daran erinnern?

Eine Gefangene hat mir gesagt, daß diese Kinder im allgemeinen keine Väter haben und dem Sozialamt übergeben werden, das sie dann in Familien unterbringt.

Ich habe die Kinderwagen im Flur der Mütter aufgereiht gesehen. Das war ein niederschmetternder Anblick.

Es kursieren Gerüchte im Gefängnis, denen zufolge die Schwangeren gezwungen werden, auf dem nackten Boden liegend zu gebären. Wenn das wahr ist, dann ist das grauenhaft. Es heißt auch, daß die Gefangenen, die im Krankenhaus gebären, ihre Handschellen dabei anbehalten müssen. Als ob sie in einer solchen Situation fliehen könnten!

An einem Nachmittag auf dem Rückweg vom Spaziergang sah ich Blut unter einer Tür herausfließen. Die Lache breitete sich schnell aus. Die Aufseherinnen haben uns ganz schnell in die Zellen geschickt. Niemand wollte auf meine Fragen antworten. Die Aufseherin hatte Angst, daß das Blut mich an den Tod meines Vaters erinnern könnte. Nicht ohne Grund. Ich bin tatsächlich einen ganzen Tag krank gewesen.

Später erfuhr ich, eine Gefangene habe Selbstmord begangen.

An einem Nachmittag singe ich ganz laut das Lied vom ›Mirador‹ am Zellenfenster.

»Sei still«, rät mir ›Medikamentenverkauf‹, sonst stecken sie dich in Einzelhaft.

Ich fange immer wieder an. Ich muß mich austoben. Unten im Hof fangen Häftlinge an mitzusingen. Es gibt einen kleinen Skandal. Verhör und alles. Meine Zellengefährtinnen weigern sich, mich anzuschwärzen. Sogar die Aufseherin tut so, als hätte sie nichts gehört. Ein netter Zug von ihr.

Dennoch werde ich in Einzelhaft geschickt. Allerdings nur für zehn Minuten. Das läßt mich völlig kalt. Im Vergleich zu den Schlägen meines Vaters und der grauenhaften Angst, die ich davor hatte, erscheint mir das Leben im Gefängnis beinahe normal. Ich weiß, daß mir hier nichts passiert. Man schlägt mich nicht. Man kümmert sich sogar um mich.

Nur Kiki fehlt mir sehr. Ob sie wohl an mich denkt? Ob sie mich wieder besuchen kommt? Oder wird sie mich im Stich lassen, wenn ich freikomme? Nein, ich bin sicher, daß wir unsere Pläne verwirklichen werden. Wir werden zusammen wohnen, wir werden arbeiten und frei und glücklich sein.

Es kommt vor daß ich im Gefängnis Dummheiten mache, ohne es zu wollen. Zum Beispiel stellen wir eines Mittags beim Schneiden von Fleisch fest, daß unsere Messer ganz stumpf sind. Es sind kleine Messer mit Plastikgriffen. Also schleife ich mein Messer an der Wand.

»Du bist gar nicht auf den Kopf gefallen«, sagt die Medikamentenverkäuferin zu mir. »Wo hast du das gelernt?«

»Von meinem Vater.«

Sie geben mir ihre Messer. Ich schleife sie ebenfalls.

Bei der Durchsuchung stellt eine Aufseherin fest, daß unsere Messer gut schneiden.

»Wer hat das gemacht?«

Ich melde mich.

»Ich war das. Die Messer schnitten nicht.«

»Das darfst du nicht.«

»Aber wir mußten doch das Fleisch schneiden.«

Sie ist völlig verblüfft.

»Du hast nicht das Recht, die Messer zu schärfen.«

Sie nimmt sie uns weg und gibt uns andere, die überhaupt nicht scharf sind. Wie Spielzeugmesser.

Florida will mich zum Gitarrenunterricht mitnehmen, um an meinem Lied *Man hat nur eine Mama* zu arbeiten.

Mitten im Unterricht kommt mich eine Aufseherin holen.

»Mademoiselle Beaussart, Sie haben Besuch.«

Sie bringt mich in das Sprechzimmer der Anwälte. Unterwegs nehme ich mir vor, daß ich, wenn es der junge

Anwalt mit der trockenen Stimme ist, der neulich hier war, gleich wieder umkehren werde. Lieber lasse ich mich überhaupt nicht verteidigen, als mitanzusehen, daß sich ein Mensch, der mir nicht gefällt, in mein Leben einmischt.

Ich betrete den Raum. Es ist nicht er. Es ist eine Frau. Sie ist jung. Sie ist mir auf Anhieb sympathisch. Sie hat kurze, ganz blonde Haare. Richtig gut. Ich hätte nie geglaubt, daß eine Anwältin so draufsein könnte, ganz natürlich und direkt. Ich dachte, Anwälte seien immer strenge Männer oder Frauen. Jedenfalls nicht eine so hübsche Frau wie sie.

Sie spricht mich leise an.

»Guten Tag, ich bin Anwältin. Ich heiße Blandine Lejeune. Ich bin von Amts wegen zu Ihrer Verteidigung bestellt worden.«

Ich brauche nicht nachzudenken. Ich bin überzeugt, daß sie die richtige ist. Ich habe Vertrauen. Ich werde keine Angst haben, mich ihr anzuvertrauen.

Sie interessiert sich für meinen Fall, für das Leben, das ich geführt habe, für meine Familienprobleme. Sie sagt mir, daß sie die Überzeugungen meines Vaters berücksichtigen werde. Für sie ist der Zusammenhang offensichtlich. Sie wird mich verteidigen, mich, Ida, ein junges Mädchen, deren Leben in Gefahr war, so wie das ihrer Schwester und ihrer Familie. Sie versteht, daß ich keine Wahl hatte.

Sie hält weder lange Reden, noch hat sie irgendwelche Allüren.

Sie schaut mich an, als wäre ich ihre kleine Schwester. Auch sie scheint zu finden, daß ich sehr jung wirke. Sie macht sich große Sorgen, ob ich auch im Gefängnis zurechtkomme.

Ich verlasse sie ungern.

Man bringt mich in meine Zelle zurück.

Ich setze mich auf mein Bett. Jetzt fühle ich mich schon

ein wenig besser. Ich habe eine Anwältin – und schöpfe neue Hoffnung.

Am nächsten Tag verlangt man mich schon wieder im Sprechzimmer. So ein Mist, noch ein Anwalt? Vorher interessierte sich kein Mensch für mich, weil Mama kein Geld hatte. Und jetzt, seit mein Fall durch Fernsehen und Presse bekannt geworden ist, wollen sich alle um mich kümmern. Das gefällt mir nicht besonders.

Aber vielleicht ist es die nette Blonde, die wiedergekommen ist? Wenn sie es ist, dann okay! Ich trete voller Hoffnung ins Besuchszimmer

Nein! Schon wieder neue Leute: zwei Frauen. Zwei Anwältinnen? Nein, danke, ich habe, was ich brauche.

Diese beiden da wirken streng und traurig.

»Guten Tag, Mademoiselle, wir sind gekommen, um Ihnen die Beichte vorzuschlagen und Sie den Katechismus zu lehren.«

Ich verziehe nur mißmutig das Gesicht.

Wenn Oma einst mit mir ›Gegrüßet seist du, Maria‹ betete, gefiel mir das. Weil es Oma war. Aber diese zwei da, die haben unaufrichtige Allüren.

»Mademoiselle Beaussart, Sie müssen sich Ihrer Sünde entledigen.«

»Nein danke, nicht nötig.«

»Aber hören Sie mal, Sie sind doch nicht ohne Grund hier, oder?«

Ich schaue sie an, direkt in die Augen, und sage:

»Also, meine Damen, ich bin hier, weil ich einen Mord begangen habe.«

Sie beharren auf der Notwendigkeit der Buße.

»Mademoiselle, Sie müssen die Beichte ablegen.«

Ich, beichten? Wozu? Ich rede auch so schon genug über meine Tat. Mit den Polizisten, dem Richter, der Anwältin, dem Psychiater usw. So viele Leute wollen, daß ich ihnen meine Geschichte erzähle!

Diese beiden Frauen mißfallen mir. Ich bitte darum, wieder in meine Zelle gehen zu dürfen. Meine Gefährtinnen informieren mich, daß ich das Recht habe, Besuche abzulehnen.

Am nächsten Tag geht es wieder los.

»Mademoiselle Beaussart, Besuch!«

Ich schöpfe Verdacht.

»Wer ist da? Die beiden Frauen von der Kirche?«

»Ja, die von gestern.«

»Dann gehe ich nicht. Ich lehne den Besuch ab.«

Diese Geschichte läßt mich wieder an die weiße Oma denken. Bei ihr habe ich mir gern die Geschichten aus der Bibel angehört. Und mit ihr hätte ich sogar an Wunder glauben können.

Maître Lejeune ist wieder zu Besuch gekommen. Ich habe sie sofort Blandine genannt. Sie hat es mir angeboten. Und ich duze sie. Und dabei beeindruckt sie mich. Sie versteht sich so gut auszudrücken! Ihre Bildung schüchtert mich ein bißchen ein, aber im guten Sinn: Ich bewundere sie.

Eine Frau wie sie habe ich noch nie zuvor kennengelernt. Sie ist intelligent, sie hat studiert und ist weder eingebildet noch selbstgefällig. Ihre Stimme ist ruhig und sanft. Vor allem gefällt mir ihre Fröhlichkeit.

Sie meint, daß ich bald rauskommen werde. Ich werde sie in ihrem Büro in Lille wiedersehen.

Während dieses Gefängnisaufenthaltes passiert mir etwas ganz Sonderbares.

Eines Tages bekomme ich mit der gefängnisinternen Post einen Brief aus dem Männerhaus. Na so was! Wer mag mir schreiben?

Ich denke an die Briefe, die mein Vater mir aus dem Gefängnis schrieb. Die Erinnerung verursacht mir Unbehagen.

Ich öffne den Brief und lese: »Ich habe Dich im Fernsehen gesehen. Du gefällst mir. Willst Du mich heiraten?«

Unglaublich! Das ist der Junge, der von meinem Vater dazu angestiftet wurde, den jungen Karim zu ermorden. Er ist für mehrere Jahre im Gefängnis, in der Männerabteilung in dem selben Gefängnis wie ich.

Ich soll einen Nationalisten heiraten? Niemals!

Ich antworte ihm kurz und bündig, daß ich ihn nicht heiraten werde.

Aber der Brief hat mich aufgewühlt. Zu viele Sachen kommen mir wieder in Erinnerung. Diese Briefe meines Vaters aus dem Gefängnis! Er hatte mich mit seinen netten, anhänglichen Worten betrogen. Was habe ich nicht an ›meine kleine Ida‹ und ›Dein Dich innig liebender Vater‹ geschrieben bekommen. Mit Zeichnungen von Blumen, Vögeln und Herzen. Ach! Ich war nicht mehr ›die Mongolin‹ und auch nicht ›der Irrtum der Natur‹!

Wie hätte er reagiert, wenn er mich im Gefängnis gesehen hätte? Hätte er Mitleid empfunden?

Er hatte dort lauter kleine Handarbeiten gefertigt. Er stellte Schachteln aus Zahnstochern her. Sein Spieltrieb war an die Oberfläche gekommen.

Er hatte eine andere gute Seite: Er kannte die Geheimnisse der Natur. Zum Beispiel: Moos am Fuß eines Baums zeigt den Norden. Oder auch, wie man am Sonnenstand die Zeit ablesen kann.

Die guten Seiten meines Vaters bekam man nur selten zu sehen, und in der letzten Zeit überhaupt nicht mehr.

Ich hätte so gerne Augenblicke der Ruhe gehabt. Dann hätte ich ihm manchen Gewaltausbruch verzeihen können.

Es gibt noch einen Jungen, der mich im Fernsehen gesehen hat und mit mir reden will. Es ist irre: Sobald man im Fernsehen war, fangen die Leute an, sich für einen zu interessieren, es imponiert ihnen, ganz gleich, aus welchem Grund man im Fernsehen war.

Dieser Junge, Laurent, hat mir ins Gefängnis geschrieben. Unsere Wege hatten sich im Polizeiwagen gekreuzt. Wir waren beide mit Handschellen an das Gitter gefesselt worden. Wir haben uns angeschaut und gelächelt.

Gefesselt zu sein, das macht mich einfach furchtbar nervös. Das ist unerträglich.

Man ruft mich schon wieder ins Sprechzimmer.

Ein Herr und eine Dame erwarten mich. Er ist Arzt, sie psychologische Gutachterin.

Ich werde untersucht. Ich bin ein Meter sechzig groß und wiege fünfunddreißig Kilo. Mein Körper ist der einer Dreizehnjährigen. Ich beantworte Fragen über meine Jugend. Aber das Wort Jugend paßt nicht auf mich. Ich gehöre nicht dazu. Meine Kindheit war zu ungewöhnlich, zu bedrückend und traurig.

Eines Tages werde ich mit einem Schlag alt sein. Daran denke ich oft.

Die Psychologin befragt mich über meine Ausbildung: Kindergarten in Salomé, dann die fünfjährige Grundschule und die sechste, achte und neunte Klasse. Und schließlich das LEP von La Bassée in der Schneiderei. Das LEP ist nichts Großartiges als Ausbildung, dorthin schickt man den ›Ausschuß‹.

Es stimmt, daß ich nicht besonders gut in der Schule bin. Aber man hat mich die siebte Klasse überspringen lassen. Ich war ein Jahr zu alt, also hat man mich direkt in die achte gesteckt, weil dort Platz war. Und dann wußte ich nicht, was die anderen in der siebten gelernt hatten.

Die beiden Ärzte sind nett. Seit ich im Gefängnis bin, hören die Leute mich an und versuchen, mich zu verstehen. Ich muß immer die gleichen Fragen beantworten, aber das stört mich nicht allzusehr.

Um mich herum scheint man sich zu wundern, daß ich keine Angst vor meiner Bestrafung habe. Ich frage mich, ob sie wirklich begreifen, welche Qualen ich früher ausgestanden habe. Im Vergleich dazu erscheint mir alles erträglich.

Eines Tages öffnet die Aufseherin die Tür und sagt: »Ida Beaussart, Sie können entlassen werden.«

Entlassen? Das heißt, ich kann raus? Ich werde meine Schwester und meine Mutter wiedersehen.

Mama hat mich nicht sehr oft besucht, aber ich verstehe ihre Probleme. ›Man hat nur eine Mama‹.

Ich packe meine Sachen und umarme meine Zellengefährtinnen. Ich bin traurig, daß ich sie zurücklassen muß. Vor allem Florida wird mir fehlen.

Aber ich muß fort, und ich frage mich, wo ich hingehen werde. Nach Salomé oder woanders hin? Ich bin ja nur eine Woche im Gefängnis gewesen.

Man bringt mich vor die Richterin. Sie stellt mir zwei

Erziehungshelfer vor, die gekommen sind, um mich in ein Heim zu bringen.

Ein Heim? Davon hatte ich früher geträumt, wenn mein Vater mich schlug! Ich bin auch jetzt dazu bereit. Aber nach Salomé heimzukehren und meine Schwestern und meine Mutter wiederzusehen, das hätte mich mehr gefreut. Nun ja, ich habe keine Wahl.

## Sehnsucht nach dem Knast

Im Erziehungsheim in Lille werde ich wieder von einer Psychologin befragt. Sie ist verwundert, daß ich jeden Gegenstand auf ihrem Schreibtisch anfasse, während ich rede. Ich zeichne mit ihren Stiften. Ich nehme das Telefon auseinander. Ich muß verstehen, wie die Gegenstände funktionieren. Auch eine Art von Ablenkung.

Ich darf nicht unbegleitet nach draußen gehen. Nur Christine hat das Recht, mich zu besuchen, aber sie kommt selten. Und trotzdem bin ich überzeugt, daß sie mich noch immer lieb hat und ich ihre Dada bin.

Meine Mutter und meine Großmutter schreiben mir lange Briefe.

Mama hat in der Küche in dem Schloß der Partei in der Sologne eine Anstellung gefunden.

Hier im Heim fühle ich mich vom ersten Tag an einsam und im Stich gelassen. Ich habe keinen guten Kontakt zu den Mädchen meines Alters. Und dabei versuche ich, mit ihnen zu sprechen, ihnen zu erklären, was ich getan habe und wie mein Leben ausgesehen hat. Am Anfang hören sie mir zu und können es nicht fassen. Dann lehnen sie mich ab. Manche sagen, ich sei eine Mörderin. Sie verstehen nicht, daß ich mich nicht schäme. In den Augen dieser Mädchen habe ich meinen Vater feige ermordet, also eine ganz besonders verwerfliche Tat. Ich sehne mich nach meinen Zellengefährtinnen, vor allem nach Florida. Dort hat man sich nicht moralisch über mich erhoben.

Nach vierzehn Tagen im Heim stelle ich den Antrag, ins Gefängnis zurückgehen zu dürfen.

Abgelehnt.

Man geht nicht einfach ins Gefängnis, wie es einem paßt. Aber ich lasse nicht locker und bitte noch einmal um eine Rückkehr. Niemand ist bereit, mich zu der Richterin zu bringen, damit sie mir erlaubt, wieder nach Loos zurückzukehren.

Dann ein letzter Lichtblick. Wir fahren ins Lager in den Alpen. Zwei Mädchen und sechs Jungen mit den Erziehern. Ich freue mich riesig auf die Tage. Wir werden Kanu und Kajak fahren.

Die Landschaft verzaubert mich, aber sehr bald fühle ich mich unbehaglich. Ich vertrage mich nicht mit den Gleichaltrigen.

Ach, wenn ich doch ins Gefängnis zurückgehen könnte! Ich träume davon, während ich die hübschen Wanderwege entlanggehe.

Ich denke an meine Anwältin. Mit ihr kann ich in aller Offenheit sprechen, ohne daß es gleich Probleme gibt. Genauso wie mit der Richterin.

Ich würde Blandine gerne wiedersehen. Aber wann?

Endlich gibt mir die Rekonstruktion des Mordes, die für den 5. Oktober vorgesehen ist, die Gelegenheit dazu.

Bevor ich mich in die Rue Saint-Michel-sur-Loire 50 in Salomé begebe, frage ich mich, was es wohl für eine Wirkung auf mich haben mag, das Haus und das Schlafzimmer meines Vaters wiederzusehen.

Ich komme in die Straße und fühle gar nichts.

Polizisten mit Hunden umzingeln das Haus. Ich erkenne die Gendarmen wieder, die mich festgenommen hatten. Blandine ist da. Genauso sympathisch wie in Loos. Sie sagt, ich solle mir keine Sorgen machen, alles würde gut laufen. Die Nachbarn tauchen auf. Einige haben mir geschrieben, um mich zu trösten. Sie dürfen sich nicht nähern, aber einigen gelingt es, mich zu begrüßen.

»Wir stehen zu dir, meine kleine Dada!«

»Wir werden vor Gericht aussagen!«

Ich heule vor Freude.

Meine geliebte Oma kommt auf dem Fahrrad. Sie nimmt mich fest in die Arme.

»Weißt du was, ich werde die Erlaubnis bekommen, dich im Heim zu besuchen.«

Ich umarme sie noch mal.

Ich muß ins Haus gehen. Ich fühle noch immer nichts. Die Zimmer stehen leer, weil Mama die Möbel hat entfernen lassen. Das ist seltsam.

Man erklärt mir, daß ich ganz genau die gleichen Bewegungen und Gesten machen muß wie am Tag des Mordes, am Morgen des 18. Juli.

Ob ich mich an alles erinnere?

Ja, ich erinnere mich an alles. Die Ereignisse dieses Tages werden für immer in meinen Kopf gebrannt sein. Ich leugne nichts. Ich habe es getan.

Ich trage nicht das T-Shirt wie an jenem Tag, sondern ein Sweatshirt mit langen Ärmeln über den Jeans.

Die Rekonstruktion beginnt.

Ich muß in mein Zimmer gehen. Ein Polizist fotografiert mich. Ich sage, daß es dieses Zimmer war, aus dem ich nach einer schlaflosen Nacht gekommen bin. Ich gehe die Treppe hinunter ins Wohnzimmer, wo sich die 22er Long Rifle befand. Ich nehme einen Stuhl mit geblümtem Bezug und stelle ihn unter die Standuhr.

Bei jeder neuen Bewegung werde ich fotografiert.

Ich erkläre, daß die Pistole von meinem Vater mit mehreren Kugeln geladen und entsichert worden und schußbereit war. Daß wir für den Fall, daß Christine nach Hause gekommen wäre, den Befehl hatten, ihr in die Beine zu schießen, um ihr jeden Fluchtversuch unmöglich zu machen.

Ich steige auf den Stuhl und nehme die Waffe. Sie trägt ein großes Etikett mit der Zahl Eins. Ich verstecke sie unter meinem T-Shirt und gehe in das obere Stockwerk.

Ich betrete das Schlafzimmer meiner Eltern; an den Wänden hängen noch die Fotos meines Vaters. Ein Gendarm in Zivil, groß und stark, nimmt die Stelle meines Vaters ein. Er liegt auf der linken Seite mit angewinkeltem Arm.

Ich gehe um das Bett herum, hole die Pistole unter meinem T-Shirt hervor und halte sie mit beiden Händen ganz fest.

Man bittet mich, zu präzisieren.

»Ich habe die Pistole genommen und ihm ohne zu zögern eine Kugel verpaßt.«

Ich ziele auf den Nacken und drücke ab.

Ich gehe wieder um das Bett herum und dann die Treppe hinunter.

Eine Frau, Expertin am Gericht von Douai, spielt meine Mutter, die vom Müllraustragen zurückkommt. Ich bestätige, daß ich zu ihr gesagt habe: »Ich habe Papa getötet.« Ich überreiche ihr die Pistole und hole einen Lappen unter der Spüle hervor, in den ich die Waffe einwickle. Dann lege ich sie auf die Standuhr.

Man bittet mich, alles noch einmal von vorn anzufangen, aber ohne mich zwischendurch unterbrechen zu lassen. Ich gehorche.

Ein Polizist macht wieder Fotos. Ein anderer stoppt die Zeit, die ich gebraucht habe.

Da finde ich meine Schultasche wieder. Ich bitte um die Erlaubnis, sie mitnehmen zu dürfen. Genehmigt. Es sind noch immer die Buntstifte drin, mit denen ich früher meine Zeichnungen gemacht habe.

Draußen nimmt Oma mich in die Arme. Auch die Nachbarn begrüßen mich wieder. Mir wird ganz warm ums Herz.

Aber ich bin enttäuscht. Ein mir sehr wichtiger Mensch fehlt: Meine Schwester Kiki. Und Mama ist auch nicht da. Sie muß verhindert sein.

Meine Anwältin, Blandine Lejeune, sagt mir »Bis bald.« Die Gespräche mit ihr beruhigen mich immer ungemein. Ich habe die Gewißheit, daß sie sich sehr gut um mich kümmern wird.

Diese Rekonstruktion meiner Tat hat mich nicht durcheinandergebracht. Man kann darüber schockiert sein, aber ich war wieder sehr kühl. Ich bereue nicht, was ich getan habe. Und ich werde die Strafe akzeptieren.

Im Heim wird das Leben immer schwieriger für mich. Ich fühle mich nicht wohl. Ich räume meine Sachen in meinem Zimmer nicht in die Schränke. Ich muß das Gefühl haben, jederzeit ausziehen zu können. Man könnte mir ja sagen: »Ida Beaussart, Sie wechseln das Heim«, oder vielleicht auch: »Sie gehen zurück zu Ihrer Mutter.« Ich muß jederzeit abreisebereit sein. Für den Fall, daß …

Zu Hause pflegte ich immer schon am Sonntag meine Sachen für die Schule am Montag zusammenzupacken. Ich legte sie auf das Sofa, weil ich es gar nicht erwarten konnte, dort zu sein.

Hier habe ich grauenhafte Alpträume, in denen ich meinen Vater wiedersehe, der mich bedroht und verprügelt.

Ich leide unter Kopfschmerzen, Schwindelanfällen und Erbrechen. Die Medikamente helfen nichts. Es ist die Angst. Ich habe gewaltige Angst – jetzt nicht mehr vor meinem Vater, sondern vor dem Leben.

Mag sein, daß ich den Mord, den ich begangen habe, begreife, aber ich kann mich dafür nicht schämen. Ich mußte Christine retten und meinen Vater daran hindern, uns mit ihm zusammen im Auto in die Luft zu jagen. Er war so brutal und so depressiv, daß er nicht gezögert hätte, uns alle auszulöschen.

Ich gehe wieder in die Schule, ins LEP Sonia-Delaunay in Lille, aber ich kann mich nicht aufs Lernen konzentrieren. Ich bin nicht motiviert. Wenn ich ins Heim zurückkomme, werde ich ausgeschimpft, weil ich über den Kirchenvorplatz von Saint-Maurice gegangen bin, um alte Freunde wiederzusehen. Dort treffen sich die Außenseiter, die jungen Stadtstreicher und die Drogensüchtigen. Die meisten von ihnen haben zu Hause kein Glück gehabt. Arbeitslosigkeit, sitzengelassene Kinder, Eltern, die sich prügeln, Alkoholiker ... nichts Erbauliches. Aber unter ihnen fühle ich mich wohler als im Heim.

Am liebsten würde ich wieder ins Gefängnis zurückgehen. Ich weiß, es klingt unglaublich, aber dort fühlte ich mich geborgen. Ich würde vielleicht meine Freundin Florida wiedertreffen, und diese Frauen in meiner Zelle, die so nett zu mir waren.

Die Erzieher verweigern mir diese Möglichkeit, also versuche ich alles, um aus dem Heim geworfen zu werden.

An einem Tag gehe ich nicht ins LEP. An einem anderen verlasse ich am Abend ohne Erlaubnis das Heim und bleibe die Nacht über weg. Ich gehe zu einem Freund. Ich bin wie auf der Flucht. Ich muß mich unbedingt meiner Anwältin anvertrauen.

Den Weg zu ihrem Büro gegenüber dem Justizpalast von Lille weiß ich mittlerweile auswendig. Es ist ein Gebäude mit mehreren Anwaltsbüros.

Blandine rät mir in Freundschaft, zurückzugehen, denn ich lebe nicht in einem einfachen Mädchenheim, sondern in einem Erziehungsheim. Es gibt Regeln, die ich beachten muß. Aber ich habe Angst, geschlagen zu werden, wenn ich zurückkomme. Blandine versichert mir, daß das nicht geschehen wird. Sie ruft dort an.

Ich bin traurig, als ich sie verlassen muß. Ich frage, ob ich sie wiedersehen werde. Sie sagt ja. Aber auf meinen Prozeß, da wird man noch eine Weile warten müssen. Meine Akte ist in der Voruntersuchung. Die Richterin wird mich auch wiedersehen wollen.

Als ich weggehe, fühle ich mich ein bißchen besser.

Sobald ich ins Heim zurückkomme, werde ich eingesperrt. Verstärkte Überwachung. Sie haben die Polizei benachrichtigt. Aber geschlagen werde ich nicht.

Endlich bekomme ich einen Brief von Kiki. Welche Freude! Ich zittere, während ich den Umschlag aufreiße. Ich lese in aller Hast.

Sie sagt, sie fahre nach Deutschland, nach Düsseldorf, um die Skulpturen von Arno Breker, Hitlers großem Künstler, anzuschauen. Anschließend führe sie nach Spanien zu Léon Degrelle, Hitlers geistigem Sohn. Sie fügt hinzu, daß ihre Schuppenflechte besser geworden sei.

Kiki ist nicht mehr mit Mütze zusammen. Der Arme hat geweint, als er sitzengelassen wurde. Er hatte meine Schwester so lieb! Jetzt reist sie mit ihrem neuen Freund, einem aktiven Mitglied der PNFE. Sie ist ganz selig vor Bewunderung für ihn.

Er hat einen freundlichen Gruß an mich dazugeschrieben.

Seit Kiki auf Reisen ist, fühle ich mich noch einsamer. Ich weiß nicht, wann ich sie wiedersehen werde.

Ich reiße wieder aus.

Ich beschließe, abzuhauen, um meine Mutter in der Sologne in dem Schloß zu besuchen. Selbst wenn es dort alte Kumpel von meinem Vater gibt, die mir meine Tat nicht verzeihen können.

Ich weiß, daß Mama mit einem Parteimitglied zusammenlebt, aber er schlägt sie wenigstens nicht. Wenn er nach Salomé kam, machte er meinem Vater Vorhaltungen, daß er uns mißhandele. Er hatte bemerkt, daß ich immer der Sündenbock war.

Ich hatte nicht gedacht, daß Mama wieder mit einem Mann zusammenleben wollte. Nach all dem, was sie durchgemacht hat ... Aber ich glaube, sie mag ihren Neuen. Er hat meine Schwestern akzeptiert. Edwige, eine brillante Schülerin, ist im Internat und erhält stets ausgezeichnete Noten. Erika ist ein richtig niedliches Kind geworden.

Ich bleibe nicht lange in der Sologne. Nur lange genug, um ein bißchen von der neuen Familienatmosphäre zu schnuppern.

Ende November schicken mich die Erzieher, die die Nase voll von meinen Streichen haben, in ein Heim in Laon. Sie wollen mich von der schlechten Gesellschaft fernhalten, die ich so oft auf dem Kirchenvorplatz von Saint-Maurice suche und finde.

Aber auch in Laon habe ich bald Schwierigkeiten. Immer noch hoffe ich auf eine Rückkehr ins Gefängnis.

Ich erhalte keine Neuigkeiten über meinen Prozeß. Ich mache mir Sorgen und rufe ständig in Blandines Büro an. Sie erklärt mir, daß es immer so lange dauert und daß die Dinge ihren normalen Lauf nehmen. Man muß Geduld haben. Meine Akte muß erst einmal von der Staatsanwaltschaft untersucht werden.

Inzwischen fürchte ich den Prozeß. Ich habe Angst vor einer langjährigen Gefängnisstrafe.

Und wenn im Laufe der Zeit die Richterin weniger Verständnis für mich hat? Wenn sie es satt hat, zu viele Fälle wie meinen zu kriegen, die Probleme machen?

Je mehr junge Leute ich treffe, die Schwierigkeiten haben, desto mehr fürchte ich für mich. Es kommt zu Gewalttätigkeiten zwischen ihnen und mir.

Einmal beschimpft mich ein Mädchen wieder als Mörderin. Zehnmal reiße ich mich zusammen, um sie nicht zu verprügeln. Sie ist es, die mir ein ›Veilchen‹ verpaßt, ein großes blaues Auge. Ich versetze ihr auch eins. Sie hat wirklich den Tropfen geliefert, der das Faß zum Überfließen bringt.

Ein andermal spüre ich irgendwas in meinem Rücken. Es ist ein Schild mit der Aufschrift ›Die Mörderin‹.

Wo immer ich hinkomme, gibt es immer jemanden, der mich nervt oder den ich nerve. Oder vielleicht bemerke ich vor allem die, die mich nicht mögen. Die sind am auffälligsten.

Eines Tages werde ich vielleicht imstande sein, nur die wahrzunehmen, die mir wohlgesonnen sind. Eins ist sicher, mir sind Erwachsene wie die Richterin oder meine Anwältin weit lieber als Gleichaltrige.

Von Zeit zu Zeit gehe ich in Blandines Büro. Häufig ist

sie abwesend, im Gericht von Douai oder auf Visite im Gefängnis. Ich warte. Manchmal mehrere Stunden. Dann zeichne ich. Die Sekretärin ist nett. Sie erlaubt mir zu warten. Wenn Blandine zurückkommt, dann ist das die große Freude. Allein ihr Anblick beruhigt mich ein wenig.

Aber ich muß ins Heim zurückkehren.

Meine Sorgen wachsen. Viele behalte ich für mich. Sobald ich kann, schließe ich mich in meinem Zimmer ein, um im Dunkeln zu sein. Ich will niemanden sehen. In völliger Finsternis lege ich eine Kassette von Jean-Michel Jarre oder die Trompetenmusik von Jean-Claude Borelli auf. Letztere hat meine Mutter für mich entdeckt.

Am liebsten würde ich nie wieder mein Zimmer verlassen. Ich hätte schön meine Ruhe, wie in Zelle 102.

Das Leben macht mir höllische Angst.

Schließlich gewöhne ich mich nach und nach an dieses Heim. Die Erzieherinnen Isabelle und Catherine gehen sehr verständnisvoll mit mir um. Manchmal bewundere ich die Geduld, die sie mit mir aufbringen.

Ich willige ein, mein Zimmer öfter zu verlassen. Ich schaue mir im Gemeinschaftsraum mit den anderen zusammen die Trickfilme an.

Ich mache ein Praktikum in einem Hundesalon. Die Methode, Hunden die Haare zu stutzen, ist die gleiche wie bei Menschen. Man muß ein Auge dafür haben und eine geschickte Hand. Ich war begeistert.

Eines Tages bekam ich überraschenden Besuch.

»Mütze! Ich habe hier allen Leuten gesagt, du wärst mein Bruder. Stört dich das?«

Nein, es stört ihn nicht. Er freut sich darüber.

An diesem Tag schwänze ich die Arbeit.

Und werde gleich aus dem Hundesalon gefeuert!

Da ich nicht bezahlt wurde, dachte ich, es sei nicht schlimm, einen Tag zu fehlen. War es aber doch.

Ich entdecke lauter Sachen, die schwierig sind im Leben. Man muß sich immer richtig verhalten. Vor allem ein Mädchen wie ich. Mit meiner ›Vorgeschichte‹. Ich darf keinen Fehler machen. Schade, mir hatte es in dem Hundesalon gut gefallen.

Die Mädchen im Heim reden viel von ihren Freunden. Es ist sogar ihr Hauptgesprächsthema. Sie sagen, sie ›gehen mit ihnen‹. Für mich ist ›mit jemandem gehen‹ einfach nur ›spazierengehen‹. Ich verstehe nicht, warum sie so viel Aufhebens darum machen. Jedenfalls machen sie den Eindruck, viel Erfahrung zu haben. Ihre Geschichten klingen mysteriös und kompliziert.

Aber ich kenne Frauensachen, wie zum Beispiel die Angst, die meine Mutter jeden Monat hatte, wieder schwanger zu werden. Sie sprach auch von den Tricks der Frauen, mit denen sie versuchen, eine Schwangerschaft zu verhüten. Geheimnisse, die von der Mutter auf die Tochter weitergegeben werden. Aber in bezug auf Gefühle habe ich keine blasse Ahnung. Ich hatte kein Vorbild für Liebe. Mama lebte ohne Zärtlichkeiten.

Einmal wollte ein Junge mich küssen. Ich habe ihm mit der Faust direkt ins Gesicht geschlagen. Die Hand ist mir einfach so ausgerutscht. Peng!

Ein anderer hat mich gefragt: »Ida, willst du mit mir gehen?« Ich habe ihm geantwortet: »Ich kann jetzt nicht gehen, weil ich in die Schule muß.« Er hat gelacht. Ich habe nicht verstanden, warum.

Ich mag die Jungen nicht. Allein der Klang einer tiefen Stimme läßt mich zusammenschrecken. Es erinnert mich an meinen Vater. Ich glaube, ich werde nie einen festen Freund haben.

Als ich ganz klein war, sagte ich, mein Vater sei mein Bräutigam und ich würde ihn heiraten. Als ich ungefähr zwölf war, da war der Zauber vorüber.

Heute warte ich mit anderen jungen Leuten in einem Büro auf die Erzieherin Catherine. Es ist kein Stuhl mehr für mich frei.

Ein schöner, braunhaariger Junge mit kleinen Kulleraugen sagt zu mir:

»Du kannst dich auf meinen Schoß setzen.«

Ja, und ich, die ich solche Angst vor den Jungen habe, ich fühle mich von seinem Blick angezogen, und ich setze mich auf seine Knie. Ich kann meine Kühnheit gar nicht fassen und werde ganz plötzlich unheimlich schüchtern.

Ich hatte diesen Jungen übrigens schon bemerkt. Ich hatte mir ausgemalt, ihn anzusprechen, aber ohne es zu wagen. Diesmal wage ich es. Ich nähere mich seinem Ohr und sage:

»Möchtest du mit mir gehen?« Er scheint ein bißchen überrascht. Und er antwortet:

»Ja. Warum nicht?«

Aber wir sind übrigens nicht zusammen gegangen. Wir sind auch nicht zusammen spazierengegangen, weil die Erzieherin kam.

## Das allererste Mal

Am Tag nach dieser Begegnung schneit es, und die Bäume sind weiß. Ein Erzieher hat Lust, Fotos zu machen.

Ein Foto! Ich möchte, daß der Junge von gestern mit mir auf dem Foto ist. Ich klopfe an seine Zimmertür. Ich klopfe zweimal. Eine laute Stimme ruft »herein«. Ich gehe hinein.

»Möchtest Du mit mir aufs Foto?«

»Okay. Ich komme.«

Ich habe erfahren, daß er Louis heißt, aber ich wage nicht, ihn mit dem Vornamen anzureden.

Wir gehen auf den Hof. Der Schnee fällt in dicken Flocken. Es ist still. Wir versammeln uns und stellen uns auf.

»So ein Mist!« ruft der Erzieher. Er hat keinen Film in seinem Apparat.

Schade! Ich werde also nicht mit Louis zusammen auf einem Foto abgebildet sein. Ich hoffe, das Schicksal hat mir kein böses Vorzeichen geschickt.

Seit ich Louis kenne, fühle ich mich besser. Es ist nicht immer leicht, mich ihm zu nähern, weil die Jungen von den Mädchen getrennt sind. Aber ich finde eine Lösung. Da ich schwindelfrei bin, klettere ich aus dem Fenster und gehe über die Regenrinne bis zu seinem Zimmer. Ich sage ihm guten Tag und gehe auf dem gleichen Weg wieder zurück.

Mittlerweile weiß ich ein bißchen mehr über Louis. Er hat mit acht Geschwistern zusammen gewohnt, er hat drei Brüder und fünf Schwestern. Louis ist in Chicago geboren, einem heruntergekommenen Viertel mit Sozialwohnungen in einer kleinen Stadt im Norden.

Die Bullen haben dieses Viertel wegen der Gewalttätigkeit Chicago getauft, und weil es ein Elendsviertel ist. Es muß so voller Gewalt sein, daß die Polizei sich dort kaum hintraut. Kriminalität und Alkoholismus, aufgebrochene Türen, eingeschlagene Fensterscheiben, Dreck ... Die Hausbesetzer trinken Bier und nehmen Drogen. Manche fangen schon mit acht Jahren an, Bier zu trinken und Zigaretten zu rauchen. Louis hat nie etwas anderes als dieses Chicago kennengelernt. Mit vierzehn Jahren stand er schon voll auf Alkohol. Sein Vater trank ebenfalls. Seine Mutter ist vor kurzem gestorben, also kam er ins Heim.

Louis ist sanft zu mir. Er wirkt traurig. Ich fühle mich wohl in seiner Nähe. Er fordert nichts von mir.

Wenn die Mädchen mich fragen: »Magst du Louis? Gehst du mit ihm?«, antworte ich: »Ja.« Und sie fangen an zu lachen.

Das bin ich gewöhnt. Man hat sich immer über mich lustig gemacht.

Falls ich nicht gerade mit Louis zusammen bin, fühle ich mich nervös, sogar aggressiv. Die Erzieherin Anne-Marie versteht meine Probleme und rät mir: »Ida, beruhige dich. Beruhige dich, Ida.« Sie bringt mir das Stricken bei, damit ich mich ein bißchen entspanne.

Ich bin einem Erwachsenen begegnet, mit dem es überhaupt nicht funkte. Also wirklich ganz und gar nicht. Es handelte sich um einen Psychiater.

Und dabei war ich gern bereit, mit ihm zu reden. Ich war wirklich guten Willens.

Ich komme an die Tür zu seinem Büro und klopfe.

Er bittet mich, hereinzukommen.

»Guten Tag, Herr Doktor.«

Ich muß mich ihm gegenüber hinsetzen. Es geht, er sieht nicht allzu streng aus.

»Guten Tag, Mademoiselle Beaussart. Was führt Sie zu mir?«

»Herr Doktor, ich fühle mich nicht wohl in meiner Haut, weil ich einen Mord begangen habe.«

Er springt wütend auf. Was ist denn in ihn gefahren?

»Mademoiselle, verlassen Sie augenblicklich mein Büro. Ich will kein Wort mehr von Ihnen hören.«

Ich gehorche und gehe hinaus.

Auf dem Flur fühle ich mich völlig erledigt. Hat der Psychiater Angst gehabt, daß ich ihn umbringe? Ich bin doch kein Killer. Jedenfalls bin ich seit diesem Tag auf Psychiater nicht gut zu sprechen.

Seit einiger Zeit bereitet mir meine Situation große Sorgen. Man hat mir angekündigt, daß ich in fünf Monaten, wenn ich achtzehn werde, das Heim verlassen muß. Gerade jetzt, da ich anfange, mich an meine neue Umgebung zu gewöhnen!

Wo soll ich dann hin? Werde ich dann zur Stadtstreicherin wie die jungen Leute auf dem Vorplatz von Saint-Maurice?

Ich bin völlig ratlos. Ich werde gewiß nicht zu meiner Mutter zurückkehren. Sie lebt mit einem Mann zusammen, der mich nicht lieben kann. Weder er noch seine Freunde: Ich habe einen der Ihren umgebracht.

Ich verkrieche mich und will mit niemandem mehr reden. Nicht einmal mehr zum Essen gehe ich nach unten in den Gemeinschaftsraum.

Die Leiterin ruft mich zu sich, um mich aufzumuntern.

Ich versuche, sie zu überreden.

»Bitte, behalten Sie mich hier, ich flehe Sie an! Ich fühle mich hier im Heim so wohl!«

Sie ist gerührt.

Ich habe Angst, in die Wildnis entlassen zu werden. Die Freiheit erschreckt mich – ich habe in meiner Kindheit keine Chance erhalten, den Umgang mit ihr zu erlernen.

Die Schwierigkeiten gehen wieder los.

Bei Tisch sage ich einem Erzieher, daß er frißt wie ein Schwein. Es stimmt, und alle Welt sagt es. Nun ja, ich bin es, die dafür eine Ohrfeige einstecken muß.

Eines Morgens wache ich verzagt und kleinmütig auf. Ich sehe alles nur noch schwarz. Da kommt mir eine Idee: Ich werde nach Lille fahren und Mütze besuchen. Mit ihm kann ich über meine Schwester Kiki reden. Sie fehlt mir so.

Hastig schlüpfe ich in meine Kleider und verlasse das Heim, ohne irgendwem Bescheid zu sagen. Nicht einmal Louis. Er wird alles bei meiner Rückkehr hören. Er wird es verstehen.

Ich mache mich auf den Weg.

Ich fühle mich frei und beschwingt, als ich den Bahnhof von Laon erreiche. Aber kaum habe ich den Bahnsteig betreten, erklingt hinter mir lautes Geschrei: »Haltet sie! Haltet sie! Sie ist eine Mörderin! Sie hat ihren Vater umgebracht!«

Die Leute schauen sich entgeistert um und fragen sich, ob ich die Mörderin bin. Ich gerate in Panik und fange an zu rennen. Ein Erzieher verfolgt mich. Es ist der gehässigste aus dem Heim. Ich renne schneller als er. Ein Zug fährt gerade ab, und ich springe in letzter Sekunde hinein. Aber an der nächsten Station steigen Polizisten ein und nehmen mich fest.

Der Erzieher kommt dazu. Ich erkenne einen der Polizisten, der mich schon mal festgenommen hatte, als ich abgehauen war. Er erkennt mich auch. Um mich zum Lachen zu bringen, versteckt er sich hinter dem Rücken des Erziehers und macht mir Zeichen. Er zeigt mir die Handschellen.

»Ich bin leider gezwungen, dir diese hübschen silbernen Armreifen anzulegen, die du so gerne hast.«

»Nur zu!« sage ich.

Ich fürchte die Handschellen nicht. Ich selber hatte sie beim ersten Mal ›silberne Armreifen‹ getauft. Seltsam, die Gendarmen verstehen mich im allgemeinen besser als andere Leute.

Wieder im Heim, werde ich in mein Zimmer gewiesen. Ein striktes Ausgehverbot wird über mich verhängt. Aber da ich gut im Klettern bin, gehe ich über die Regenrinne Louis besuchen. Er ist noch immer sehr gutmütig zu mir und stellt keine Fragen.

Eines Tages habe ich Lust, mit ihm über meine Geschichte zu sprechen.

»Louis, weißt du, ich habe eine große Dummheit begangen. Ich werde vor Gericht kommen.«

Er lächelt mich an.

»Ich weiß. Ein Erzieher hat mir alles erzählt.«

»Und?«

»Was und?«

»Was hat er dir noch gesagt?«

»Daß ich nicht mit dir gehen solle, weil du eine Mörderin bist. Du hast deinen Vater umgebracht. Ich habe ihm geantwortet, daß mir egal ist, was du getan hast.«

Ich kann es nicht fassen. Louis hat es monatelang für sich behalten.

Später gesteht er mir, daß er hinzugefügt hat: »Ich liebe sie. Ich will mit ihr zusammenbleiben.«

Ich begreife, daß ich Louis etwas bedeute. Er ist nicht wie die anderen Jungen, er verlangt nicht von mir, mit ihm ›zu gehen‹. Er wartet einfach nur, bis ich ihn besuchen komme.

Eines Nachmittags passiert es einfach so. Gegen Ende meines Aufenthalts im Heim.

Ich besuche Louis in seinem Zimmer. Er sagt mir, daß er mich liebt.

Ich frage ihn, ob ich meine Kassette mit den Trompeten von Jean-Claude Borelli auflegen kann. Er ist einverstanden. Wir fangen an, uns zu küssen. Ich weiß nicht, wie es gekommen ist. Mit fast achtzehn Jahren habe ich noch nie mit einem Jungen geflirtet oder geküßt. Aber ich denke an gar nichts.

Louis überrumpelt mich nicht, sondern ist voller Zärtlichkeit. Ich sage mir: Wenn das die Liebe ist, dann hat sich das Warten gelohnt.

Es ist kaum zu glauben: Ich habe zum ersten Mal Liebe gemacht.

Aber die Freude währt nicht lange.

Da ist noch ein anderes Mädchen. Sie kennt Louis schon länger als ich und hängt sehr an ihm. Sie will ihn nicht aufgeben. Ich erfahre, daß Louis auch mit ihr geht. Eine eiskalte Dusche!

Der Tag, den ich so sehr fürchte, rückt unaufhaltsam näher. Ich muß das Heim verlassen. Ich verfluche meine achtzehn Jahre.

Es ist der 29. Juni, der Vorabend meines Geburtstages. Es wird ein kleines Fest für mich gegeben. Die Erzieherinnen, mit denen ich mich gut verstehe, sind auch da. Es gibt Punsch ohne Alkohol und einen großen Kuchen mit achtzehn Kerzen in leuchtenden Farben. Man schüttelt sie ein bißchen, und sie entzünden sich von selbst.

Gerade in dem Augenblick, da alle ›Happy Birthday‹ singen, platzt meine Mutter herein. Sie küßt mich und ißt dann auch ein Stück Kuchen mit.

Ich könnte heulen vor Glück und vor Kummer. Was wird aus mir werden, wenn ich dieses Heim verlasse?

Man überreicht mir ein Geschenk – eine Dose mit einem Stück Seife, Chanel Nr. 5. Ich habe noch nie etwas so Hübsches und Feines bekommen.

Am Ende wäre ich gern noch länger im Heim geblieben. Aber ich habe begriffen, daß das nicht möglich ist, also sage ich allen auf Wiedersehen und fahre mit Mama ab.

Mein neuer Stiefvater fährt den Wagen. Er ist ein sehr ordnungsliebender Mann mit einem Hang zur Pedanterie. Ich habe festgestellt, daß viele der Parteimitglieder geradezu zwanghaft pedantisch sind. Dieser ist es auf jeden Fall. Er besteht auf seiner eigenen Seife, die nur er benutzen darf.

Mein Vater hatte aus der Sauberkeit seiner Abzeichen

eine Besessenheit gemacht. Er duldete weder Staub noch Fingerabdrücke. Er hatte Ordnungssinn. Er hoffte, daß er eines Tages eine Machtposition erlangen würde, in der er allen Leuten seine Ordnungsvorstellungen aufzwingen könnte. Und dabei verursachte er mit seinen Diebstählen und seinen Aggressionen ständig Chaos.

Ich sitze auf dem Rücksitz des Autos und habe Angst. Ich habe keine Ahnung, was die Zukunft mir bringen wird.

Und mein Prozeß?

Niemand kann mir ein Datum angeben.

Man erklärt mir, daß die Geschworenen über mein Schicksal entscheiden werden.

## Von Salomé nach Chicago

Ich bin nach Salomé zurückgefahren, um im Rathaus eine Familienurkunde abzuholen. Die Frau des Bürgermeisters, Therese, hat einen freundlichen Gruß an mich dazugelegt. Sie wünscht mir viel Mut und viel Glück.

Nachbarn kommen auf die Straße und sagen: »Das ist das Mädchen, das ihren Vater umgebracht hat! Kommt her!«

Sie sind neugierig und schaulustig, aber nicht böse. Sie drängeln sich freundlich um mich und bieten mir eine Coca an.

»Wir sind froh, Ida.«

»Worüber?«

»Wir freuen uns, dich zu sehen, und wir sind froh, daß du deinen Vater getötet hast.«

Natürlich bin ich einigermaßen verwundert über diese Beifallsbekundung.

»Ihr seid froh, daß ich ihn umgebracht habe?«

»Ja. Wir alle hier in Salomé hatten übergroße Angst vor ihm. Du hast uns von diesem Tyrannen befreit. Man konnte hier nicht in Ruhe leben.«

Es ist schwer für mich zu unterscheiden, wo wahre Anteilnahme aufhört und Sensationslust beginnt. Früher mieden uns die Leute, und jetzt kommen sie auf mich zu und wollen mich sogar zusammen mit Louis beherbergen. Sogar Mitglieder der Kommunistischen Partei kommen, um mir zu sagen, daß es ein wahres Wunder sei, daß mein Vater uns nicht umgebracht habe.

Ich weine vor Rührung über all die freundlichen Worte.

Eine Nachbarin sagt mir: »Bleib nicht hier, meine kleine Ida. Geh nicht wieder ins Haus, das wird dir zu weh tun.«

Aber es war trotz allem unser Zuhause. Ich gehe in den Hof der Nachbarin und betrachte über den Zaun hinweg unseren früheren Garten, wo ich meine Meerschweinchen gehalten habe. Dort schlief die Hündin Eva Braun in ihrer khakifarbenen Hundehütte. Ich denke auch an das Schwein Grui-Grui, das so klug war.

Das Haus ist nicht wieder vermietet worden. Wer will denn auch die Nachfolge des ›Nazis von Salomé‹ und seiner Familie antreten?

Ich habe nur unerfreuliche Erinnerungen an dieses Haus, aber hier habe ich nun einmal die ersten prägenden Jahre meines Lebens verbracht. Ob ich wohl eines Tages meine eigene Bleibe haben werde? Ich bezweifle es, fürchte, daß man mich hin und her schubsen wird.

Meine Mutter, Louis, der inzwischen auch das Heim verlassen hat, und ich wohnen vorläufig bei Oma in La Bassée.

Kiki geht es gar nicht gut, sie nimmt immer mehr Drogen, verfällt in Depressionen und denkt an Selbstmord. Eines Tages stiehlt sie Omas Bankkarte, um sich eine kleine Menge Drogen zu kaufen. Meine Mutter ist überzeugt, ich sei es gewesen, und beschuldigt mich des Diebstahls. Ich will Kiki nicht noch größere Probleme aufhalsen und schweige.

Da ich bei meiner Mutter und ihrem neuen Mann unerwünscht bin, gehe ich mit Louis fort. Ich habe es meiner Anwältin zu verdanken, daß ich mit ihm zusammenleben kann. Ich habe sie so lange angebettelt, daß sie eingewilligt hat, mir zu helfen.

Wir wohnen bei Louis' Stiefvater in Chicago, dem erwähnten berüchtigten Viertel einer Stadt im Norden

Frankreichs. Die Leute in diesem Viertel sind fast alle arbeitslos. Die Arbeitslosigkeit vererbt sich hier vom Vater auf den Sohn. Übrigens sagt Louis, er habe einen Beruf erlernt: Stempeln gehen. Seine Freunde gehen der gleichen Beschäftigung nach. Alle erwarten den Tag, an dem die Sozialhilfe ausgezahlt wird. Elend überall. Da werden Keller aufgebrochen, Drogen genommen, Alkoholexzesse zelebriert, Häuser besetzt.

Die ›Bierleichen‹ liegen auf den Parkplätzen herum – man kauft sich das Bier in Zweiunddreißiger-Packs. Natürlich stillt das Bier auch den Appetit, so daß sie so gut wie nichts essen. Sie trinken meist ganze Nächte durch. Nur ein kleines Schläfchen, und dann machen sie wieder Bierflaschen auf, von sechs Uhr in der Früh an. Die leeren Flaschen werfen sie aus den Fenstern. Mir macht der Alkohol angst. Das ganze Geld der Armen geht in die Getränke.

Louis' Stiefvater ist ein anständiger, aber gebeugter Mann. Louis und ich schlafen auf einer dreckigen Matratze, die eigentlich nur für eine Person gedacht ist. Keine Laken. Nur eine alte, durchlöcherte Decke.

Im Zimmer nebenan haust ein Wurf Katzen im Unrat hinter einem schrottreifen Mofa. Der Gestank ist widerlich. Nicht einmal mehr für Schlösser an den Türen ist Geld da. Das Badezimmer ist so vollgestopft, daß man nicht mehr hineingehen kann, um sich zu waschen.

Wie gegen dieses Elend ankämpfen? Ich fühle mich dem nicht gewachsen. Ich habe Angst, in diesem Loch zu versacken.

Seit einiger Zeit fühle ich mich nicht gut. Mir ist übel. Da ich Mama schon von diesen Symptomen habe reden hören, frage ich mich, ob ich nicht schwanger bin. Schließlich suche ich einen Arzt auf.

Aufgrund meiner medizinischen Vorgeschichte und der

Fußtritte meines Vaters glaubt er, daß mir meine winzigen Eierstöcke nicht erlauben, ein Baby zu haben. Dennoch will er sich wenigstens mit Ultraschall ein genaues Bild machen.

Nun ja, doch, ich bin schwanger!

Ich bin die erste, die mein Kind auf dem Bildschirm erkennt. Ich wußte auf Anhieb, daß es das war.

»Mein Baby!«

»Das grenzt an ein Wunder!« ruft der Arzt aus.

Schwanger! Ich kann es gar nicht fassen!

Nach den Fußtritten meines Vaters hatte man mich gründlich untersucht, und der Arzt hatte mir danach gesagt, daß ich niemals Mutter werden würde.

Hat mein Vater mich also doch nicht ruinieren können? Werde ich eine Frau wie alle anderen auch sein? Ich hoffe, daß er es dort, wo er ist, erfährt. Ich bin kein ›Irrtum der Natur‹.

Ich werde ein Baby bekommen.

Louis, der noch nie von Ultraschallaufnahmen gehört hat, kann es kaum fassen. Er weint vor Glück. Wir sind alle beide glücklich. Wir vergessen für ein paar Augenblicke unser Elend.

Da meine Eltern mich niemals aufgeklärt haben, stelle ich dem Arzt jede Menge Fragen. Mama behauptete, die Babys würden in den Rosen oder in den Kohlköpfen, manchmal auch in der Baumwolle geboren. Einmal bin ich, obwohl ich schon gut fünfzehn war, in meiner grenzenlosen Naivität im Kohlbeet nachschauen gegangen, ob ein neues Baby angekommen sei. In der Schule haben wir auch keinerlei Sexualerziehung genossen. Ich bin unwissend und naiv. Und dabei kenne ich die blaue Gummispritze, die die unerwünschten Kinder abgehen läßt. Man füllt sie mit Seifenwasser. Man hofft ganz fest. Manchmal klappt es. Die Frauen wissen das.

Ich weiß nicht, wie Babys geboren werden, aber ich verstehe die Geheimnisse der Frauen. Meine Mutter hat solche Ängste ausgestanden. Zwischen mir und Edwige liegen fünf Jahre, und elf zwischen Edwige und der kleinen Erika. Mama hat also Zeit gehabt, sich Sorgen zu machen. Das ergibt viele Monate. Und außerdem, wenn sie noch ein Mädchen zur Welt bringen würde! Was für eine Enttäuschung für meinen Vater. Sein Zorn wäre entsetzlich gewesen.

Nun, auch ich erwarte eine Tochter, und das ist um so besser! Der Arzt erklärt mir, daß sich die Plazenta mit Wasser in einer Hülle befindet.

»Aber kann das Baby da nicht ertrinken?« frage ich ängstlich.

Er versichert mir, daß das keine Gefahr ist. Die Natur ist weise gestaltet.

Es ist verwirrend. Ich spüre, daß ich mit einem Schlag vom Kind zur Frau werde. Ich schwanger? Ich habe Befürchtungen, aber ich bin ja so glücklich!

Mein Bauch wird runder und runder.

Da ich noch so jung aussehe, sehen viele Leute auf der Straße mich komisch an. So jung und schon schwanger! denken sie. Man sagt sich: Was für eine Schande! Ein Kind, das schwanger ist!

Und dabei bin ich beinahe neunzehn.

Mein Körper verändert sich unaufhörlich. Ich habe das Gefühl, daß ein Fisch sich in meinem Bauch bewegt. Dieser Fisch zieht mich an. Ich habe wahnsinnigen Heißhunger auf Rollmöpse. Ich stopfe mich voll damit, mit Essig oder mit Zitrone. Das tut mir gut. Ich esse so viele, daß mir schlecht davon wird.

Ein Freund, den ich Karamel nenne, weil er Karamelbonbons auf dem Markt verkauft, schenkt mir Rollmöpse und gibt mir Bonbons.

Ich wundere mich, wie meine Tochter durchhält. Sie will leben. Meine kaputten Eierstöcke sind ihr egal.

Wie wir beide uns liebhaben werden!

## Denise

Louis und ich leben jetzt in Lille.

Ich hänge alle meine Hoffnungen an meine Anwältin. Ich gehe ständig in ihr Büro gegenüber dem Justizgebäude. Ihre Sekretärin muß mich langsam satt haben, ich wiederhole immer den gleichen Spruch: »Ist Blandine da? Wann kommt sie wieder? Kann ich auf sie warten?«

Ich warte. Manchmal mehrere Stunden. Besser im Wartezimmer, als auf dem Vorplatz von Notre-Dame herumzuhängen.

Wenn Blandine kommt, hört sie mir zu wie eine große Schwester. Eines Tages im Auto sage ich ihr, daß ich schwanger bin. Sie, die aus einer sehr kinderreichen Familie in Tourcoing stammt, erstaunt das nicht. Im Gegenteil, sie antwortet: »Ich bin auch schwanger.«

Komisch, gleichzeitig mit meiner Anwältin schwanger zu sein. Es bringt mich ihr noch näher.

Mein Prozeß läßt auf sich warten, aber angeblich ist das immer so.

In den Heimen fühle ich mich abgelehnt. Es gibt immer jemanden, der mich schlecht beurteilt. Oder ein anderes Mädchen geht mir auf den Wecker. Ich suche vielleicht den Konflikt, aber jedenfalls mache ich das nicht mit Absicht: Ich habe einfach Schwierigkeiten mit den Gleichaltrigen.

In meiner Umgebung herrscht die Droge. Aber ich widerstehe den Versuchungen, steige nicht auf die harten Drogen um. Manche fixen. Einmal bin ich haarscharf davor, es ihnen nachzumachen, aber allein der Anblick der Spritze läßt mich in Ohnmacht fallen. Ein Glück.

In einem Heim, wo man mir Injektionen für meine Gesundheit macht, klaue ich Spritzen, um Drogenabhängigen einen Dienst zu erweisen. Sicher ein zweifelhafter Dienst ...

Kiki fehlt mir ganz fürchterlich. Ich liebe meine Schwester über alles. Ich liebe sie mehr als Louis, und er weiß es. Ich habe es ihm gestanden. Er akzeptiert es.

Wenn meine Schwester für immer ginge, würde ich mir eine Knarre kaufen und mich abknallen.

Ich nehme alles, was ich kriegen kann: Medikamente und leichte Drogen. Eines Tages mische ich, die ich sonst nie trinke, Medikamente mit Alkohol und verfalle ins Koma. Louis findet mich und bringt mich ins Krankenhaus. Drei Tage im Koma. Sie haben angeblich echt Angst um mich gehabt.

Schließlich wache ich wieder auf.

»Bist du stolz auf dich?« fragt Louis.

Nein, ich bin nicht stolz. Ich schäme mich.

»Weißt du, Louis, ich wollte zu meinem Vater.«

Er versteht das nicht.

»Du hast ihn getötet, und jetzt willst du zu ihm?«

Ich weiß, das paßt nicht zusammen, aber ich sage mir, daß mein Vater dort, wo er ist, vielleicht nett ist. Ich habe so davon geträumt, einen normalen Vater zu haben, der seine Tochter liebt! Im Himmel, da würde er mich vielleicht akzeptieren?

Mehrmals habe ich schon daran gedacht, Selbstmord zu machen. In Salomé hatte ich mich von einer Brücke stürzen wollen, aber ein Kamerad ist herbeigerannt und hat mich festgehalten. Ohne ihn wäre ich vermutlich nicht mehr am Leben.

Seit dem Koma habe ich Angst vor mir selber. Ich wage mich nicht mehr im Spiegel anzuschauen, so schäme ich mich über mich selbst. Wenn ich einen Spiegel sehe, zerschlage ich ihn.

Als meine Mutter erfahren hat, daß ich Drogen nehme, hat sie geweint. Sie hat mich angefleht: »Meine Dada, meine Dada, tu das nie. Dein Herz könnte dich im Stich lassen.«

Ich habe den tiefsten Punkt des Elends erreicht. Louis und ich schlafen im Freien, auf dem Vorplatz von Saint-Maurice oder in einem besetzten Haus. Es gibt ein riesiges, sehr dunkles, wirklich finsteres Haus. Ein Priester hat sich dort aus lauter Verzweiflung aufgehängt.

Die jungen Stadtstreicher sind hart im Umgang miteinander und sehr selten großzügig. Aber zu uns sind sie nett, weil ich schwanger bin. Sie bringen mir bei, wie man bettelt. Am Anfang fällt mir das schwer. Klauen, das hat mein Vater mir beigebracht. Aber nicht das Betteln. Ich wage es nicht. Ich schäme mich.

Wenn wir ein bißchen Geld haben, schlafen wir im Hotel Paris-Nord, das von einer netten Chefin geführt wird, die Madame Rose heißt. Es gibt auch ein sympathisches Café, das ›La Rose‹ heißt. Auf diese Weise können wir sagen, daß wir ›La vie en rose‹ – das Leben in Rosa – sehen.

Eines Tages kommt ein Bulle auf mich zu. Ich erkenne den rothaarigen Bullen, der mich verhaftet hatte. Er erinnert sich an mich. Es scheint ihn ganz traurig zu machen, mich auf der Straße zu sehen.

»Ida, was tust du hier? Lebst du auf der Straße?«

»Ich habe Schwierigkeiten.«

»Hast du was gegessen?«

»Nein.«

»Komm. Ich habe hundert Franc bei mir, ich bezahle dir was zu essen.«

Er gibt mir den Schein und begleitet mich, um Sandwiches zu kaufen.

Es ist alles Geld, was er bei sich hatte, und damit hatte er mit seinen Kollegen in einem kleinen Restaurant essen gehen wollen. Er hat es sich verkniffen. Die Großzügigkeit dieses Gendarmen hat mich gerührt. Ich hatte Tränen in den Augen, als ich mich bei ihm bedankt habe.

Auf der Straße wird man oft kontrolliert. Notgedrungen kennen die Bullen mich. Sie scherzen mit mir. Wir lachen ein bißchen. Das tut gut. Sie telefonieren von einem Polizeiwagen zum anderen. Alles wird verschlüsselt gesagt. Ich kenne sehr bald ihre Kodes und zitiere sie an ihrer Stelle. Sie können es nicht fassen.

Ob ich vielleicht eine gute Polizistin geworden wäre? Ein Beruf hätte mir gefallen: Die Sternforschung. Aber es bringt mir nichts, jetzt von Berufen zu träumen, für die mir jede Qualifikation fehlt. Sogar um Krankenschwester zu werden, so erklärt man mir, sei es zu spät, ich hätte mich in der Schule mehr anstrengen müssen!

Ich bin schwanger und lebe seit dem dritten Monat auf der Straße. Ich habe oft Hunger. Louis verzichtet mir zuliebe oft auf seine Portionen.

Ich irre durch die Straßen und lungere auf dem Platz herum. Zum Anziehen habe ich nur einen lilafarbenen Trainingsanzug, den mir ein Schwager geschenkt hat. Ich schlage mich durch, indem ich von Zeit zu Zeit eine Nacht im Hotel verbringe oder in die städtischen Duschen gehe.

Louis hat eine Dummheit gemacht, ist im Gefängnis gelandet. Ich habe keinen Pfennig, um ihn zu besuchen, und frage einen Freund, wie ich es anstellen könnte. Er meint, die einzige Lösung sei, als Taschendieb auf Beutezug zu gehen. Aber in dieser zweifelhaften Kunst hat mein

Vater mich nicht unterrichtet. Sie verlangt einiges Geschick und vor allem äußerste Schnelligkeit. Ich versuche es in der Metro.

Eine kleine, brünette Frau mit cremefarbenem Mantel und Sonnenbrille träumt vor sich hin und hält ihre Handtasche in die Gegend. Ganz vorsichtig öffne ich den Verschluß und nehme einen Fünfhundert-Franc-Schein heraus. Ich stecke ihn in meine Tasche. Ich mache die Handtasche wieder zu und steige aus.

Am Ausgang der Metro habe ich noch immer Herzklopfen. Es macht mir wirklich keine Freude, ahnungslose Menschen zu bestehlen. Ich bin wahrlich nicht stolz auf diesen Coup. Andererseits habe ich meinem Vater so oft bei Diebstählen zugesehen, daß es fast schon alltäglich geworden ist.

Je länger mein Baby in mir heranwächst, desto weniger Lust habe ich zum Klauen. Manchmal, wenn die Not zu groß ist, zwinge ich mich dazu.

Schließlich werde ich in einem Heim in Tourcoing aufgenommen, um den Rest meiner Schwangerschaft in einer Wohnung zu verbringen. Aber dann wird Louis zum Militär einberufen, und es stört die Leute vom Heim, die Verantwortung zu haben, mich allein und ohne Telefon zu wissen. Daher muß ich wieder ausziehen.

Ich bin in so vielen Heimen gewesen, daß ich manchmal die Reihenfolge durcheinanderbringe.

Louis bleibt nicht lange beim Militär. Er hat versucht, sich die Pulsadern aufzuschneiden. Man erklärt ihn wegen psychischer Störungen für untauglich. Er wird P4 eingestuft, das heißt geistesgestört.

Wir sind wieder auf der Straße. Das fortwährende Elend verändert Louis. Er verroht, wird brutal, fängt plötzlich an, mich zu schlagen. Nach meinem Vater ist es der zukünftige Papa meiner Tochter, der mich nun prügelt. Habe ich diese Behandlung denn verdient? Und wenn ich ein ›Abfall der Gesellschaft‹ bin, wie mein Vater behauptete, bin ich dann vielleicht dazu geboren, geschlagen zu werden?

Ich nehme es Louis nicht übel. Auch er hat es in seiner Kindheit bei sich zu Hause nicht leicht gehabt. Von Kindheit an hatte er mit Alkohol zu tun. Der Alkohol ist es, der ihn an den Rand des Wahnsinns treibt. Er ist und bleibt der Papa des Babys, das ich erwarte. Er hat mich nicht überrumpelt. Ohne ihn hätte ich vielleicht niemals erfahren, was es heißt, ›mit einem Jungen zu gehen‹. Mein allererstes Mal ist eine schöne Erinnerung.

Eines Tages wird mir auf der Straße übel. Da ich im achten Monat schwanger bin, verstehe ich, was das zu bedeuten hat. Seit dem siebten Monat spüre ich schon Ansätze von Wehen; mein Baby wird ungeduldig und möchte das Licht der Welt erblicken.

Louis bringt mich ins Krankenhaus. Man läßt mich sofort ein Bad nehmen. Ein richtiges Bad! Ich weiß es zu schätzen, weil ich mich seit zwei Tagen nicht gewaschen habe. Man gibt mir saubere Kleider und alles, was ich für das Baby brauche. Hier ist alles sauber. Die Schwestern sind nett zu mir, ich kann ein bißchen verschnaufen.

Das Baby strampelt kräftig in meinem Bauch. Man schließt mich an den Wehenschreiber an, der kräftig ausschlägt. Schon werde ich in den Kreißsaal gebracht. Blutprobe und Transfusion. Die Periduralanästhesie funktioniert nicht richtig, also leide ich ziemlich. Die Schmerzen drohen mich zu zerreißen, aber ich beiße die Zähne zusammen. So viele Frauen vor mir haben das schon durchgestanden. Ich versuche mich auf die Freude zu konzentrieren, das Baby zu sehen.

Endlich kommt es. Es weint. Ich bin tief gerührt. Es ist ein Mädchen.

Man legt mir die Kleine auf den Bauch, damit sie sich beruhigt. Später wird sie untersucht. Sie mißt neunundvierzig Zentimeter und wiegt zweitausendsechshundertsiebzig Gramm, hat die Gelbsucht. Man legt sie in einen transparenten Kasten, der mit bläulichem Licht erhellt wird. Eine kleine graue Brille fällt ihr über die Nasenlöcher. Sie atmet heftig. Ich habe Angst um sie.

Man überreicht mir ein Büchlein, auf dem steht: ›Ich heiße Denise und bin am Samstag, dem 11. Mai 1991, um 18 Uhr geboren. Ich bin ein zartes Baby und möchte im Augenblick nichts anderes erfahren als die Zärtlichkeiten meiner Familie.‹

Im Krankenhaus vergeht die Zeit schnell. Ich habe Angst vor der Entlassung. Hier ist es so angenehm, so hell, sauber und still.

Nach einem Monat und zehn Tagen werde ich wieder auf die freie Wildbahn gejagt. Das ist mein Leben: Sobald ich irgendwo heimisch bin, muß ich wieder weg.

Louis holt mich ab, um mich in ein Heim zu bringen. Anschließend ziehen wir in die Creuse, wo Mama jetzt lebt. Man muß wissen, daß es in dieser Gegend mehr Bäume als Einwohner gibt. Es ist grün, unheimlich grün. Ich atme auf. Und wenn Louis anfängt, wild herumzubrüllen, nehme ich meine Tochter in den Arm und schmuse mit ihr. Ich flüstere ihr ins Ohr, daß alles gut werden wird.

Meine Anwältin fehlt mir. Ich rufe sie oft an.

»Blandine, muß ich wieder ins Gefängnis?«

Sie beruhigt mich.

»Nein, ich werde alles tun, damit du freigesprochen wirst.« Immer hat sie ein freundliches, aufmunterndes

Wort für mich. Ihr Mann hat Glück, eine so liebe Frau zu haben. Ich habe ihn auf einem Foto auf ihrem Schreibtisch gesehen. Er sieht sympathisch aus. Blandine ist eine junge Anwältin und ›von Amts wegen bestellt‹, aber ich bin sicher, daß sie für mich gewinnen wird. Meine Mutter wollte auch, daß sie den Fall übernimmt. Und dabei hat es verbissene Kämpfe gegeben. Mehrere Anwälte wollten meinen Fall übernehmen. Ich habe alle anderen abgelehnt.

Eines Tages gehen Louis und ich spazieren und heben die Köpfe. Da steht auf einem Schild geschrieben: ›Wohnung zu vermieten‹. Die ist für uns! Mama willigt ein, die Bürgschaft zu übernehmen, und wir richten uns ein. Es ist eine komfortable Unterkunft.

Aber sehr bald läuft es nicht mehr gut mit Louis. Es gelingt ihm nicht, den Alkohol zu besiegen. Der Alkohol verroht ihn immer mehr. Er schlägt mich, und manchmal wird er sogar brutal zu unserer kleinen Tochter.

Ob ich wohl jemals ohne Angst leben kann? Oder werde ich das traurige Leben meiner Mutter führen?

Wenigstens ihr geht es jetzt besser. Sie darf mit ihren Nachbarn reden und Freundinnen haben und ins Café gehen. Ich habe sie ins Cora, ein großes Warenhaus, mitgenommen. Sie ist aus dem Staunen nicht mehr herausgekommen. »Wo bin ich?«

Eines Morgens fragt sie mich: »Und wenn ich einen Rock tragen würde?«

Zu Zeiten meines Vaters hatte sie diese Bitte nie äußern dürfen. Ich ermuntere sie: »Tu das.« Ich habe ihr auch beigebracht, sich dezent zu schminken.

Ein anderes Mal habe ich sie mit ins Schwimmbad genommen. Sie hat es gewagt, einen Badeanzug anzuziehen. Und sie konnte sehr gut schwimmen.

Wenn ich an das Los meiner Mutter denke, stimmt mich das immer traurig. Sie hat zwanzig Jahre gelitten.

Eines Tages klopft ein Unbekannter an die Tür. Ich öffne und blicke in das ernste Gesicht des Gerichtsvollziehers. Er überreicht mir meine Vorladung vor das Tribunal von Douai, für meinen Prozeß vor dem Schwurgericht, der in einem Monat stattfindet.

Ich bin gleichzeitig erleichtert und von Panik ergriffen. Meine Mutter ebenfalls. Sie weint. Sie hat große Angst, daß ich ins Gefängnis zurückkehren muß.

»Hör auf, Mama, du untergräbst meine Moral.«

Alle wiederholen mir, daß ich vor das Schwurgericht komme. ›Schwurgericht‹, allein das Wort läßt mich schreckhaft zusammenzucken.

Ich habe große Angst. Jedesmal, wenn ich von Problemen von Jugendlichen höre, fürchte ich die Strenge von seiten der Richterin.

Um mich herum herrscht Aufregung, seit der Prozeß anberaumt ist. Manche sagen mir, ich liefe Gefahr, zwanzig Jahre zu kriegen. In einem solchen Fall wollen sie meine Tochter hüten. Ich weigere mich, solche Angebote anzunehmen. »Wenn jemand sie statt meiner übernehmen wird, dann ist das meine Mutter.« Sie ist Denises Großmutter. Sie ist eine gute Großmutter. Ich unterzeichne für sie ein Dokument, daß ihr die Erziehungsberechtigung für den Fall erteilt wird, daß ich viele Jahre im Gefängnis verbringen muß. Denn sonst, so befürchte ich, wird Denise irgendwo in einem Heim untergebracht, wo ich sie später nie mehr wiederfinde.

Ohne meine Tochter könnte ich nicht mehr leben. Meine Tochter ist jetzt so wichtig für mich wie Kiki.

Man rät mir auch, Louis zu heiraten, nach wie vor mit dem Ziel, meine Tochter zu behalten. Ich bin unentschlossen. Wir verstehen uns nicht mehr so gut wie anfangs. Louis gibt selber zu, daß er große Probleme hat, die er einfach nicht überwinden kann. Als ich Louis doch noch heirate, geschieht es ohne jede Hoffnung, nur um das Schlimmste für unsere Tochter zu verhüten.

## Notwehr oder eiskalter Mord?

Am Tag vor dem Prozeß holen mich die Erzieher, die mich betreuen, ab und begleiten mich auf dem Weg ins Gefängnis, wo ich die Nacht verbringen muß. Das ist Vorschrift: Am Tag vor seinem Prozeß vor dem Schwurgericht muß der Angeklagte wieder ins Gefängnis zurückkehren. Das lasse ich mir bereitwillig gefallen. Und, wer weiß, vielleicht kann ich meine Freundin Florida wiedersehen.

Leider nicht! Aber natürlich freue ich mich für sie, daß sie entlassen worden ist.

Die Aufseherinnen in Loos erkennen mich wieder und sind sehr nett zu mir. Nach der Leibesvisitation stecken sie mich mit zwei schwangeren Frauen in eine Zelle, die wegen Drogenhandels sitzen. Die Armen werden zweifellos hier niederkommen.

Ich denke an meine kleine Denise. Ich habe Angst um ihre Zukunft. Ich habe eine Tochter. Meine Anwältin hat einen Sohn, der genauso alt ist wie Denise. Aber welch andere Zukunftsaussichten dürfte der haben?

Am Abend kann ich nichts essen, aber ich schlafe die ganze Nacht.

Am nächsten Morgen holen die Polizisten mich ab und legen mir Handschellen an. Es ist seltsam. Ich habe monatelang in Freiheit verbracht, und jetzt legt man mir plötzlich Handschellen an, genau wie am Anfang. Aber es stört mich nicht. Was sind schon Handschellen im Vergleich zu den Fußtritten mit den Rangers-Stiefeln in den Bauch? Wenn ein Arzt einem sagt: ›Aufgrund dieser Tritte werden

Sie keine Kinder haben können‹, dann ist das ein Drama, ein echtes Drama. Der Rest erscheint unwichtig.

Kaum erreiche ich das Gerichtsgebäude von Douai, entdecke ich Blandine. Sie erwartet mich auf dem Hof.

Sie fragt, wie es mir geht, ob ich genug Kraft habe, den Prozeß durchzustehen.

Ich nicke, und sie sagt: »Nur Mut, Ida!«

Ich glaube an meine Anwältin. Sie hat mich nie betrogen. Ich bin fast sicher, daß sie einen Freispruch erreichen wird, aber das nimmt mir nicht die Angst.

Die Vorsitzende wird Madame Roussel sein. Blandine hält sie für eine sehr gute Richterin.

Journalisten und Fotografen umringen mich. Ich verberge mein Gesicht und habe das Gefühl zu ersticken.

Mama kommt und weint vor Sorge. Meine Schwester Mathilde wirft sich mir in die Arme. Das ist echt das erste Mal, daß sie freundlich zu mir ist. Sie scheint mir nicht länger böse zu sein. Sie hat verstanden, was ich getan habe.

Ich hebe den Kopf, um mit ihr zu reden, und ein Fotograf fotografiert mich aus dem Hinterhalt.

Traurigerweise ist Kiki nicht gekommen. Ich hatte bis zum allerletzten Moment gehofft, aber sie ist auf Reisen in Südafrika, mit Freunden, die die Überzeugungen meines Vaters haben.

Meine arme Kiki, wenn sie wüßte, wie sehr sie mir fehlt!

Der Augenblick ist gekommen, da ich in den Gerichtssaal des Schwurgerichts gebracht werde. Ich trage Handschellen, und ich habe einen Gendarmen auf jeder Seite.

In dem riesigen Saal sind die Magistrate in Roben gekleidet. Die Richterin trägt eine rote Robe. Blandine befindet sich weiter hinten im Saal. Ihr gegenüber sitzt der Generalstaatsanwalt.

Mama sitzt mit Mathilde und ihren Parteifreunden in der ersten Reihe. Ich entdecke Mütze. Er macht mir ein Zeichen, daß er es schade findet, daß ich mir die langen Haare geschnitten habe. Ich lächele ihm zu.

Man ruft die Geschworenen auf. Alle, die nicht aufgerufen worden sind, müssen den Saal verlassen. Ich war zum Zeitpunkt der Tat minderjährig, und mein Prozeß wird unter Ausschluß der Öffentlichkeit geführt. Man erinnert daran, daß ich des Vatermordes angeklagt bin.

Mütze geht hinaus und zeigt mir seine Faust, um mir Mut zu wünschen. Mama, meine Schwester und die Erzieher dürfen im Saal bleiben.

Im Hintergrund zu beiden Seiten der Vorsitzenden sitzen die Geschworenen. Neun an der Zahl. Außerdem gibt es drei professionelle Magistrate. Zwei zusätzliche Geschworene bleiben, für den Fall, daß einer von den anderen krank wird, aber sie sind nicht an den Beratungen beteiligt.

Zu Beginn macht die Vorsitzende den Eindruck, als frage sie sich, ob es nicht meine Mutter gewesen ist, die meinen Vater getötet hat.

Ich bin schockiert. Ich stehe auf und greife zum Mikrophon.

»Was soll das denn das heißen? Ich warte seit drei Jahren auf meinen Prozeß, ich wiederhole, daß ich es getan habe.«

»Setz dich«, sagt Blandine.

»Ja, aber das verstehe ich nicht.«

Die Vorsitzende scheint über meine Haltung erstaunt zu sein.

Natürlich habe ich Angst, wieder ins Gefängnis zu müssen, aber ich will die Tat auf mich nehmen, nach bestem Wissen antworten und die Wahrheit sagen.

Die Aussage meiner Schwester Mathilde kann ich nicht fassen. Während es meinem Vater zunächst gelungen war, sie gegen mich aufzuhetzen, und sie danach geschworen hatte, mich umzubringen, bedankt sie sich jetzt bei mir. Sie sagt: »Als ich jünger war, da war ich dumm. Aber ich habe nachgedacht. Ida hat uns das Leben gerettet.«

Sie fährt fort: »Frau Richterin, meine Damen und Herren Geschworenen, bitte sprechen Sie meine Schwester frei.«

»Hör auf, du bringst mich noch zum Weinen«, sage ich zu ihr. »Du wolltest mich umbringen, und von der Richterin und den Geschworenen verlangst du, man solle mich freisprechen?«

»Setz dich«, fleht Blandine mich wieder an.

Ich setze mich. Aber ich begreife die Verwandlung meiner Schwester nicht. Aber trotzdem, mir wird ganz warm ums Herz!

Im Zeugenstand verteidigt mich meine Mutter aus Leibeskräften. Sie wiederholt alles, was sie den Gendarmen gesagt hat. Sie bestätigt, daß mein Vater uns verprügelte, daß er mich ›die Mongolin‹ nannte, daß er mich gezwungen hatte, Christine für die Fußtritte mit den Rangers-Stiefeln, die er mir verpaßt hatte, zu belasten. Sie bringt unsere Befürchtungen und unsere Ängste zum Ausdruck.

Ich hätte sie gern an mich gedrückt.

Sie berichtet von den Diktaten aus *Mein Kampf* und den Faustschlägen und Fußtritten für jeden Fehler. Sie sagt, mein Vater habe eine Terrorherrschaft geführt. »Wenn die

Wut ihn in Trance versetzte, hatte er Schaum vor dem Mund.«

Man ruft meine Schulzeit in Erinnerung, meinen guten Willen im Unterricht und das Mitleid, das ich mehreren Lehrerinnen einflößte. Wenn ich nicht zur Schule kam, so war das nicht mein Verschulden.

Ein Erzieher, der zum Tribunal gehört, sagt, daß ich fast immer zu seinen Terminen erschienen bin. Eine Frau, die eine Erzieherin des Heims in Lille repräsentiert, spricht davon, daß ich mehrfach ausgerissen bin, aber sie reitet darauf nicht herum, weil sie mich verstanden hat.

Niemand äußert sich gegen mich.

Der Gendarm aus La Bassée, den mein Vater ›Roastbeefschädel‹ nannte, erklärt, daß Jean-Claude Beaussart zum Milieu der Neonazis gehörte und daß seine Kollegen ihn oft wegen Diebstahls, Aufhetzung zum Rassenhaß usw. verhaftet haben. Er weist darauf hin, daß ich meine Tat sofort gestanden habe. Er sagt, daß er meine Motive verstehen kann. Ja, er findet, daß ich Schneid bewiesen habe. Er meint, daß die Eskapaden meines Vaters, schon lange bevor es zu dem Mord kommen konnte, hätten gestoppt werden müssen. Er bestätigt, daß alle Welt Angst vor Jean-Claude Beaussart hatte, sogar sie, die Gendarmen.

Mittags wird eine Pause eingelegt.

Die Gendarmen bringen mich zum Essen in das Gefängnis von Douai. Sie selber haben nur belegte Brote, während ich eine warme Mahlzeit bekomme. Ich biete ihnen davon etwas an. Sie schenken mir eine Cola und einen Marsriegel.

»In zwei bis drei Stunden bist du draußen!« sagen sie zu mir.

Ich bin unruhig.

»Glaubt ihr? Und wenn es vertagt wird?«

»Nein, wir glauben, daß du gewinnen wirst und wir den Champagner entkorken werden.«

Sie singen sogar einen Song von Johnny Halliday, um mir Glück zu bringen.

Wir kehren zum Schwurgericht zurück.

Ich schaue mich um. Es sind die gleichen Leute. Es kommt mir so vor, als würde die Staatsanwältin mich fixieren. Sie hat Gefängnis mit Bewährung gegen mich beantragt.

Die Vorsitzende läßt Fotos von dem Schädel der Leiche meines Vaters zirkulieren. Ein Gerichtsarzt hat die Bahn der Kugel erläutert.

Auf einem großen Tisch sind sämtliche Beweisstücke ausgebreitet: Kleidung, Waffen, Granaten, Nazi-Plakate usw.

Man fragt mich noch einmal, was ich getan hätte, wenn mein Vater aufgewacht wäre.

Ich antworte: »Ich hätte gesagt, ich sei die Kleider meiner Mutter holen gekommen.«

Blandine erhebt sich und hält ihr Plädoyer.

Sie spricht, ohne einen Blick auf ihre Notizen zu werfen. Sie fesselt die Aufmerksamkeit der Geschworenen. Ihre Stimme klingt fest und bestimmt. Sie bemitleidet mich nicht für mein Unglück, wie es so viele Leute getan haben, um mich anschließend anzugreifen, sondern sie will positiv sein. Sie ist überzeugend.

Ich glaube, ich bewundere sie mehr als alle anderen Menschen, denen ich je begegnet bin.

Sie beschreibt die Spirale der Gewalt, in der wir gelebt haben, und wie das Leben in meinem Elternhaus nach Christines Auszug zur Hölle geworden war.

»Würden Sie dem ein Ende setzen wollen oder nicht?« fragt sie.

Sie zitiert den Satz des psychologischen Gutachters: »Für Ida war es eine Zwangslage, das heißt: Der Tod ihrer nächsten Verwandten und ihr eigener, oder der Tod ihres Vaters.«

Die Mienen der Geschworenen bleiben undurchdringlich.

Die Staatsanwältin wendet ein, ich hätte mich nicht in einer Notwehrsituation befunden.

Blandine antwortet ihr Punkt für Punkt.

»Sie sagen, es habe sich nicht um Notwehr gehandelt, da der Vater schlief. Aber hätte Ida denn abwarten sollen, bis sie mit ihrer Mutter, ihren Schwestern und der fünfzehn Monate alten Erika im Wagen gesessen hätten? Hätte sie warten sollen, bis der Vater die Granate entsicherte? Hätte sie in dem Moment die Pistole hervorholen und schießen können? Meine Damen und Herren Geschworenen, die Waffe hat sich gegen den gerichtet, der sie geladen hatte.«

Sie zitiert den Artikel dreihundertachtundzwanzig des Strafgesetzbuches zur Notwehr: »Es handelt sich nicht um ein Verbrechen oder ein Delikt, wenn die Schläge und Verletzungen aus der Notwendigkeit der berechtigten Verteidigung von sich selbst oder anderen erfolgt sind.«

Sie antwortet der Staatsanwältin, die gesagt hatte: »Es handelt sich nicht um Notwehr, da keine aktuelle Notwendigkeit bestand.«

Blandine erwidert: »›Aktuell‹ kommt von ›Akt‹. Das heißt nicht ›genau in diesem Augenblick‹. Das Wort ›aktuell‹ hat einen umfassenderen Sinn.«

Sie erklärt den Geschworenen, daß sie die obersten Richter sind und niemand von ihnen verlangen darf, ihre Entscheidung zu rechtfertigen.

Sie fährt fort:

»Man kann planen, jemanden aus Notwehr zu töten, um jemand anders zu beschützen. Die Lebensbedingungen brutaler Gewalttätigkeit, in denen die Familie lebte, haben zur Folge gehabt, daß Ida sich in einer doppelten Zwangslage befand: Tod oder Tod. Ida fühlte sich in Gefahr. Ihre Familie war in Gefahr. Konnte die Situation so weitergehen, oder konnte diese Situation nicht so weitergehen? Sie müssen antworten: ›Ja, es konnte so weitergehen‹ oder ›Nein, es konnte nicht so weitergehen‹.«

Anschließend ziehen sich die Geschworenen zur Beratung zurück.

Nun erfaßt mich wirklich die Angst. Werden Sie mich ins Gefängnis schicken?

Ich habe Angst, in den Saal zurückzugehen. Ich will das Urteil nicht hören. Es ist zu viel. Mein Herz schlägt wie wild. Ich glaube, ich werde vor Lampenfieber in Ohnmacht fallen.

Eine dreiviertel Stunde später nehmen wir unsere Plätze wieder ein.

Ich höre eine Stimme, die sagt: »Man hat ›nein‹ beschlossen.«

Ich verstehe nicht genau, was das heißt. Ich schaue Blandine an. Ich bin wie gelähmt.

Ich höre: »Die Geschworenen haben die Schuldfrage mit ›nein‹ beantwortet.«

Blandine macht mir verständlich, daß ich freigesprochen worden bin.

Freigesprochen! Mir dreht sich alles. Ich gehe auf Blandine zu und umarme sie.

Danach kommt das große Durcheinander. Meine Mutter drückt mich in die Arme. Auch Mathilde küßt mich.

Die Parteimitglieder und früheren Freunde meines Vaters ziehen unzufrieden ab, als sie den Urteilsspruch erfahren.

Ich wiederhole: »Ich bin freigesprochen! Ich bin freigesprochen!«

Die Gendarmen müssen mich zur Haftaufhebung noch mal ins Gefängnis mitnehmen. Draußen erwartet Blandine mich. Viele Journalisten und Fotografen sind da, aber diesmal verstecke ich mein Gesicht nicht. Die Fernsehanstalten haben auch ihre Kameras aufgebaut.

Blandine fragt mich, ob ich es durchhalten werde.

Ich sage: »Ja.«

Die Journalisten bedrängen mich mit Fragen.

»Was werden Sie jetzt tun? Werden Sie jetzt Ruhe haben?«

»Das hoffe ich.«

Ich zeige auf Blandine.

»Das ist meine Anwältin Blandine Lejeune. Sie ist die beste. Wenn Sie eine Anwältin brauchen, wenden Sie sich an Blandine Lejeune.«

Blandine lacht, bedankt sich und küßt mich.

Wildfremde Menschen gratulieren mir. Einige Kollegen applaudieren Blandine.

Sie erzählt mir, daß ich ihr erster Freispruch bin. Wenn ich denke, daß sie mit siebenundzwanzig Jahren von Amts wegen bestellt wurde und mehrere andere Anwälte ihr danach den Fall wegschnappen wollten! Mit ihren kurzen, blonden Haaren und ihrem hübschen, sympathischen natürlichen Gesicht sieht sie beinahe wie ein kleines Mädchen aus. Ihre Karriere hat gerade erst begonnen. Sie wird es weit bringen.

Zwei Journalisten von *France-Soir* und *Spécial-Dernière* wollten sie kennenlernen und haben nur Wahres über die Affäre Beaussart geschrieben. Viele andere Artikel sind erschienen, in *Nouvel Observateur, Libération, Le Monde* … Ich kann sie gar nicht alle aufzählen.

Niemand hat mich runtergemacht. Ich kann es gar nicht fassen, daß ich Verständnis gefunden habe.

Beim Verlassen der Haftanstalt kann ich meine Mutter nicht mehr finden. Sie muß in die Creuse zurückgefahren sein. Ich bin ein bißchen traurig, aber was soll's.

Die Erzieher nehmen mich im Auto mit. Wir fahren am Kirchenvorplatz vorbei, und ich entdecke Mütze.

Ich kurbele die Fensterscheibe herunter und rufe ihm zu:

»Mütze! Ich bin freigesprochen! Freigesprochen!«

Er zeigt mir mit wilden Armbewegungen seine Freude.

Nach einem Umweg über Paris, wo die Erzieher mir den Eiffelturm und die Gärten von Chaillot zeigen, wo Jugendliche Skateboard fahren, kommen wir gegen sechs Uhr in der Früh in Creuse an.

Ich beeile mich, meine Tochter in die Arme zu nehmen. Ich gebe ihr das Milchfläschchen und ziehe sie an.

Ich kann unmöglich schlafen, auch nicht nach dieser im Auto verbrachten, schlaflosen Nacht.

Louis ist auch da, aber wir sind nicht mehr glücklich zusammen. Er kommt einfach nicht vom Alkohol los. Er versucht es mehrere Male, aber er wird immer wieder rückfällig. Ist es denn seine Schuld, daß er betrunken auf die Welt gekommen ist?

Wenn ich mich mit meiner kleinen Tochter, meiner kleinen Denise, in der Sonne ins Gras setzen kann, bin ich überglücklich! Ich brauche meine Tochter genauso wie sie mich.

## Heute?

Heute versuche ich, so zu leben wie jedermann. Es ist schwer. Ich habe mich an die Heime gewöhnt, ich fühle mich dort wie in einem Goldfischglas. Man sorgt für mich.

Ich wäre gerne frei wie die gleichaltrigen jungen Mütter, aber das Leben flößt mir noch immer eine Höllenangst ein.

Und dabei steckt die Gewalt nicht in mir. Mein Vater hat sie mir aufgezwungen. Unweigerlich habe ich hin und wieder noch aggressive Reaktionen, aber ich versuche, sie unter Kontrolle zu halten.

Ich glaube, daß ich eines Tages so leben können werde wie die anderen, ohne die Hilfe von Erziehern, aber dieses Ziel werde ich nur schrittweise erreichen. Aber ich werde durchhalten. Ich nehme keine Drogen mehr, und meine kleine Tochter ist gesund. Für sie will ich leben.

Ich glaube, ich habe die Tiefen des menschlichen Unglücks erlebt. Der Rest meines Lebens kann nur besser werden als das, was ich mit meinem Vater durchgemacht habe.

Schon bald nach meinen Freispruch habe ich mich von Louis scheiden lassen. Die Alkoholsucht hatte ihn einfach zu gewalttätig gemacht. Ich will nicht mehr auf der Welt sein, um geschlagen zu werden und Opfer zu sein.

Louis hat zu der Richterin gesagt: »Lassen Sie Denise bei ihrer Mutter. Ida ist eine gute Mutter. Ich selber bin ein Säufer. Ich will nicht, daß meine Tochter mich so sieht, während sie heranwächst.«

Mir wurde dabei ganz komisch.

Ich wäre gestorben, wenn ich Denise verloren hätte. Kiki ist fern, so schrecklich fern.

Die Erzieherin Fabienne betreut mich. Ich weiß, daß ich mit ihr reden und ihr meine Depressionen anvertrauen kann.

Und dann ist da meine Anwältin, Blandine Lejeune. Sie hat mich niemals fallengelassen. Ich wäre gerne eines Tages in der Lage, ihr zu danken.

Ich ziehe von Heimen in provisorische Unterkünfte. Ein Karton folgt mir überall hin. Er enthält die Erinnerungen meines Leben.

Die guten, wie die Fotos von Kiki, von meiner Mutter, dem Papierdrachen, der größer war als ich, dem Schwein Grui-Grui, das Büchlein von der Geburt meiner Tochter …

Und auch die traurigen, wie der Splint der ersten Granate, die ich geworfen habe, die Schellen, die mein Vater an seiner Angelrute befestigte, seine verlogenen Briefe aus dem Gefängnis, das Faltblatt mit Fotos von Hitlers Adlernest und seinem Chalet am Ende der Straße.

Ich würde, wenn ich im Lager in den Alpen bin, gern einen Adler sehen. Aber einen lebendigen Adler, nicht den falschen Adler auf Hitlers Insignien.

Diese Erinnerungen sind schwer oder sonderbar, aber sie repräsentieren die Härte meiner Jugend. Ich werde mich nicht davon trennen.

Die Vergangenheit, selbst wenn sie schlecht war, bleibt die Vergangenheit.

Ich erwarte viel von meinem neuen Leben mit meiner Tochter. Ich glaube, es ist nicht zu spät, um neu anzufangen. Schließlich bin ich erst einundzwanzig Jahre alt.

Mein Vater hat mir meine Kindheit und meine Jugend geraubt. Meine Zukunft kann er mir nicht nehmen.

Man hat mir gesagt, daß Salomé der Name einer jüdischen Prinzessin gewesen sei. Wenn mein Vater das gewußt hätte, wäre er sofort umgezogen.

Später werde ich zu seinem Grab gehen. Ich werde ihm diesen Bericht meines Lebens zeigen und ihm sagen:

»Siehst du, Papa, deine Mongolin ist gar nicht so eine Niete. Sie ist imstande gewesen, dieses Buch zu schreiben.«

**ENDE**